EVELYN

MARYANN MILLER

TRADUCTION PAR

EMILIE CANCHON

Publié en 2024 par Next Chapter

Couverture illustrée par CoverMint

À ma sœur, Juanita.
Merci pour toutes ces années d'amour et de dévouement envers notre mère.
Et merci d'être la meilleure sœur qui soit.

REMERCIEMENTS

Ce livre n'aurait pu voir le jour sans Kathryn Craft, une accompagnatrice éditoriale extraordinaire et une amie merveilleuse. Alors que j'étais désespérément perdue au beau milieu de la première ébauche de cette histoire, Kathryn est intervenue. Elle m'a prise en main ainsi que mon manuscrit et m'a aidée à comprendre comment rédiger un roman si différent des polars que j'avais jusqu'alors écrits. Après avoir terminé la version préliminaire, Kathryn m'a une nouvelle fois prodigué ses meilleurs conseils pour les révisions.

Je tiens également à remercier ma muse, ou l'esprit de ma mère, qui a commencé à me parler un jour sous la douche et m'a poussée à aller sur mon ordinateur pour entreprendre ce projet.

1

EVELYN – JUIN 1923

Evelyn Gundrum était assise à l'ombre des feuilles qui ornaient les branches pendantes de l'orme, occupée à creuser dans la terre sableuse avec une cuillère en argent ternie que Mlle Beatrice lui avait donnée pour s'amuser. Elle avait aussi un bol en plastique bleu. Il était fissuré, mais retenait néanmoins la terre si elle prenait soin de le garder en équilibre. Lorsqu'elle avait l'autorisation de sortir, Evelyn aimait jouer dans le sable près du porche. Elle remplissait méthodiquement le bol, le vidait, puis le remplissait à nouveau. Sa sœur, qui avait deux ans de plus qu'elle, trouvait cela stupide. Viola préférait rester sous le porche avec ses poupées à proximité de Mlle Beatrice, laquelle s'asseyait sur la balancelle et la poussait lentement d'avant en arrière, un orteil sur le plancher de bois délavé.

À seulement quatre ans, Evelyn ne se souvenait pas pourquoi elles habitaient avec Mlle Beatrice ou pourquoi elles ne l'appelaient pas « maman ». Evelyn n'arrivait pas non plus à se remémorer avec certitude depuis combien de temps elles étaient là. Elle avait le vague souvenir d'avoir vécu ailleurs auparavant, mais ses pensées s'embrouillaient facilement et

Viola était obligée de lui expliquer la raison pour laquelle elles devaient appeler cette dame « Mlle Beatrice ». N'était-elle pas leur mère ?

— Non, avait dit Viola. Notre mère nous a amenées ici il y a plusieurs mois. Beatrice est une amie.

— Pourquoi est-ce que maman nous a données à Mlle Beatrice ?

— Je te l'ai déjà dit.

— Redis-le-moi.

Viola soupira.

— D'accord. Mais c'est la dernière fois. Promets-moi que tu ne me le demanderas plus.

— Et si j'oublie ?

— Alors tant pis. J'en ai assez de te le répéter. Après le départ de papa, maman est allée à Détroit avec un certain John.

— Pourquoi est-ce que papa est parti ?

— Je ne sais pas. Maintenant, tais-toi pour que je puisse te raconter la suite. Maman a dit qu'elle allait venir et nous emmener à Détroit aussi, mais elle a eu un empêchement. Elle nous a donc amenées ici et veut que nous vivions avec Mlle Beatrice.

Evelyn n'était même pas sûre de savoir où elle se trouvait, mais elle se souvenait que Viola lui avait expliqué que Détroit était loin, très loin. De temps en temps, son esprit s'interrogeait sur la raison pour laquelle leur mère ne les avait pas emmenées à cet endroit appelé Détroit. Les mères n'abandonnaient pas leurs bébés. C'est ce qu'avait dit Mlle Beatrice en leur montrant les chatons sous le porche l'été dernier. Ce jour-là, Mlle Beatrice y avait mis de la nourriture pour la maman chat.

Elles n'étaient pas censées lui donner à manger, mais Evelyn lui glissait en cachette un morceau de bacon à l'insu de Mlle Beatrice. La chatte était supposée attraper les souris qui s'introduisaient souvent dans les sacs de farine du garde-manger afin de se nourrir, elle et ses chatons.

— Pourquoi est-ce que vous donnez à manger à la chatte ? Vous nous avez dit de ne pas le faire, avait demandé Evelyn.

Mlle Beatrice avait tapoté l'épaule d'Evelyn.

— C'est juste pour quelque temps. La maman chat a besoin de nourriture pour rester près de ses petits jusqu'à ce qu'ils deviennent plus grands.

— Pourquoi ?

— Pour rester près des chatons et prendre soin d'eux.

— Pourtant, objecta Viola, hier elle a rejeté un de ses petits. Il est mort.

— C'était l'avorton de la portée. (Mlle Beatrice soupira et se leva lentement.) Il n'aurait probablement pas survécu de toute façon.

Les chatons n'étaient plus là. La chatte non plus. Elle avait disparu au cours de l'hiver. Evelyn vérifiait chaque jour avec l'espoir qu'elle soit de retour, mais ce n'était pas le cas. En scrutant l'espace vide, elle pensa à ce que Mlle Beatrice avait dit à propos des mères et des bébés. Evelyn ne comprenait pas la signification du mot « avorton », ni la raison pour laquelle la maman chat avait rejeté son petit. Avait-il été un vilain chaton ? Était-ce ce que l'on entendait par « avorton » ? En était-il de même pour les vraies mères ? Leur mère ?

Lorsque les questions menaçaient d'encombrer le cerveau d'Evelyn, elle les soumettait à Viola, même si sa sœur détestait le déluge d'interrogations qu'Evelyn avait parfois du mal à retenir. Viola s'était contentée d'éclater de rire.

— Ne sois pas bête. Nous ne sommes pas des chatons. Et nous n'avons rien à nous reprocher.

Evelyn essayait de le croire. De toutes ses forces. Et parfois, elle arrivait à oublier ses peurs et à être heureuse.

Parfois.

Aujourd'hui était une journée spéciale. C'est ce que Mlle Beatrice avait dit au petit-déjeuner ce matin. On attendait une invitée surprise et Evelyn, qui avait maintenant l'estomac rempli d'œufs et de toasts, portait sa robe d'été préférée, une robe jaune et parsemée de marguerites blanches. Au moment de sortir, Mlle Beatrice lui demanda de faire attention à ne pas la salir, aussi Evelyn cala le jupon entre ses genoux lorsqu'elle s'accroupit pour creuser dans la terre. Le soleil filtrait à travers les branches de l'arbre et faisait danser la lumière et l'obscurité sur le sable dès que le vent se levait. Le chant des oiseaux perchés sur les hautes branches se mêlait à la danse, et de temps à autre, des bribes de conversation entre Mlle Beatrice et Viola lui parvenaient.

— S'il vous plaît, dites-moi qui va venir.

— Non, mon enfant. C'est une surprise pour toi comme pour ta sœur.

Les questions que posait Viola suscitaient encore davantage d'excitation et l'estomac d'Evelyn se nouait d'impatience. Puis, les voix s'estompèrent et Evelyn n'entendit plus que le chant des oiseaux pendant qu'elle jouait.

Quelques instants plus tard, un nuage passa devant le soleil et Evelyn frissonna sous l'effet de la fraîcheur soudaine. Mlle Beatrice avait eu raison de lui dire qu'il était trop tôt pour porter une robe d'été. Peut-être devrait-elle aller se changer.

Evelyn se redressa et se dirigea vers la maison. Elle remarqua alors que Mlle Beatrice dormait, affalée sur la balancelle du porche. Ces derniers temps, elle avait pris l'habitude de dormir fréquemment pendant la journée, ce qu'Evelyn trouvait très étrange. Seuls les bébés faisaient la sieste, n'est-ce pas ?

Par ailleurs, Mlle Beatrice avait perdu l'appétit aussi bien au déjeuner qu'au dîner, et Viola avait dit l'autre jour qu'elles manquaient peut-être de nourriture. Pour une raison quelconque, Viola redoutait sans cesse qu'un jour, elles n'aient plus rien à manger. Mais Evelyn avait le sentiment que quelque chose ne tournait pas rond chez Mlle Beatrice. Une fois, elle était passée devant la porte ouverte de la salle de bains et l'avait vue penchée au-dessus du lavabo. Un mouchoir froissé devant sa bouche, elle toussait violemment et Evelyn avait aperçu des éclaboussures rouge vif sur le tissu blanc. Puis, Mlle Beatrice avait remarqué sa présence et avait refermé la porte d'un coup de hanche. Si Evelyn savait qu'il s'agissait probablement de taches de sang – elle s'était coupée assez souvent pour les reconnaître –, elle ignorait en revanche ce que cela signifiait. Pourtant, elle devinait que leur présence sur le mouchoir n'était pas normale. Ce constat avait alarmé Evelyn au point qu'elle n'en avait soufflé mot à personne, pas même à sa sœur.

Mais si Mlle Beatrice était malade, elle devait prévenir Viola afin qu'elle puisse l'aider à trouver une solution au cas où elle viendrait à mourir et à les laisser toutes seules.

Evelyn jeta un coup d'œil à sa sœur qui se trouvait à côté de Mlle Beatrice sur la balancelle. Elle pourrait peut-être le lui dire maintenant. Mlle Beatrice semblait profondément endormie. Elle s'avança vers les marches du porche lorsqu'un bruit de moteur la fit se retourner. Une imposante voiture grise s'arrêta en vrombissant devant la maison et une grande femme vêtue d'une robe bleu marine avec des volants sur le haut, de gants blancs et d'un chapeau à larges bords incurvés en sortit. Alors qu'elle se dirigeait vers la maison, une légère brise souleva l'ourlet de sa robe qui s'évasa autour de ses jambes. Il ne s'agissait pas de l'une des femmes qui avaient déjà rendu visite à Mlle Beatrice et la curiosité détourna Evelyn de ses préoccupations.

Soudain, Viola se leva d'un bond, dévala les quatre marches qui menaient au chemin d'accès à la maison et se jeta sur la femme.

— Maman !

La dame se dégagea de l'étreinte exaltée de Viola et resta un moment figée. Elle regarda d'abord Viola, puis ses yeux remontèrent le chemin en direction d'Evelyn.

Maman ?

Un nouveau frisson parcourut Evelyn. Alors comme ça, cette

femme était leur mère ? Elle hésitait à se précipiter vers elle et à la serrer à son tour dans ses bras lorsque Mlle Beatrice se réveilla et l'interpella :

— Regina. C'est bien que tu sois venue si vite.

Mlle Beatrice se leva lentement de la balancelle et alla à la rencontre de la dame sur les marches du porche. Les deux femmes s'enlacèrent et Viola courut jusqu'à Evelyn et la tira par la main.

— Allez, viens. Dis bonjour à maman.

Evelyn planta ses pieds dans le sable et Viola la tira à nouveau.

— Allez, viens !

Avec prudence, Evelyn s'approcha de quelques pas.

— Bonjour, murmura-t-elle d'une voix à peine audible.

La femme qui était leur mère se pencha et caressa doucement la joue d'Evelyn.

— Tu es toute mignonne.

— Tes deux filles sont tout à fait charmantes, renchérit Mlle Beatrice. Entre, je t'en prie. Nous devons discuter de ce que nous allons faire.

Les deux femmes pénétrèrent dans la maison, laissant les filles dans la cour.

Une fois de plus, Viola tira Evelyn par la main.

— Allons écouter.

Plus disposée à écouter aux portes qu'à parler à un étranger, Evelyn se glissa discrètement dans la maison et suivit Viola jusqu'à l'entrée de la cuisine, tout en prenant soin de ne pas se faire remarquer. Au bout de quelques instants, Evelyn se risqua à jeter un coup d'œil par l'embrasure de la porte et vit Mlle Beatrice servir de la limonade. Mlle Beatrice faisait la meilleure limonade qui soit et Evelyn aurait aimé en boire un verre. Elle s'avança de quelques pas dans la cuisine pour en demander un, mais Viola la retint.

— J'ai soif, protesta Evelyn.

Viola porta un doigt à ses lèvres.

— Chut.

— Les filles ? Qu'est-ce que vous faites là ?

Rien n'échappait à l'ouïe aiguisée et au regard attentif de Mlle Beatrice.

— Regarde ce que tu as fait, chuchota Viola qui reprit ensuite d'une voix plus forte : Rien, Mademoiselle Beatrice.

— Dans ce cas, allez ne rien faire ailleurs.

Evelyn emboîta le pas à Viola jusqu'au porche et se hissa sur la balancelle.

— Pousse-moi.

Si Viola s'asseyait sur le bord de la balancelle et étirait sa jambe aussi loin que possible, elle pourrait la mettre en mouvement avec son orteil comme Mlle Beatrice. C'est ce qu'elle fit. Au bout d'un moment, Viola leva le pied et laissa la balancelle osciller lentement d'avant en arrière.

— Peut-être que maman est venue nous chercher, dit-elle.

— Je ne comprends pas.

Viola posa le pied par terre et donna une nouvelle impulsion à la balancelle.

— Tu étais trop petite pour t'en souvenir.

— Me souvenir de quoi ?

— De tout. Tu oublies toujours tout. Je n'arrête pas de te répéter les choses.

Evelyn pensait que Mlle Beatrice était peut-être malade. Était-ce pour cette raison que leur mère était venue ici ? Tout allait-il changer ?

— Est-ce que nous allons devoir déménager ?

— Je ne sais pas. (Viola sauta de la balancelle.) Arrête de poser autant de questions.

Evelyn retint ses larmes. Elle mettait toujours sa sœur en colère. Elle ne le faisait pas exprès, mais cela arrivait sans cesse.

— Pardon, murmura-t-elle.

Mais Viola avait déjà quitté le porche et courait le long de la maison jusqu'à l'arrière-cour.

Evelyn attendit de comprendre ce qui se passait, mais rien n'avait de sens. Ce soir-là, au dîner, le silence accompagna le jambon et les pommes de terre. Mlle Beatrice avait coutume de dire que l'heure du souper se devait d'être agréable et avait souvent des histoires à raconter pendant le repas. Il lui arrivait même parfois de plaisanter, mais ce soir, elle était plus réservée. Était-ce à cause de la présence de son hôte ?

Fait insolite, l'appétit n'était pas non plus au rendez-vous. L'estomac d'Evelyn était tellement noué par la nervosité qu'elle devait se forcer pour avaler chaque bouchée de nourriture. La visiteuse prit une infime quantité de purée de pommes de terre et de haricots verts auxquels elle toucha à peine. Elle se contenta d'incorporer les haricots aux pommes de terre et de les étaler. Evelyn n'arrivait pas à croire que cette femme était vraiment leur mère, quoi qu'en dise Viola. Aussi, peut-être Evelyn devrait-elle l'appeler « Regina » comme le faisait Mlle Beatrice.

Non. Elle devrait dire « Mlle Regina ». C'était ainsi que l'on s'adressait poliment à un adulte.

Evelyn, qui n'osait pas laisser de nourriture dans son assiette, avala les quelques bouchées de pommes de terre qui lui restaient et se tourna vers Mlle Beatrice.

— J'ai fini. Est-ce que je peux quitter la table, s'il vous plaît ?

— Pas encore. Votre mère a quelque chose à vous dire.

— Non, non. Explique-leur, objecta Mlle Regina. Elles sont plus à l'aise avec toi.

Mlle Beatrice soupira et retint son souffle si longtemps qu'Evelyn se demanda si elle allait un jour parler.

— Eh bien, euh... Je... bégaya-t-elle.

— Oh, pour l'amour du ciel, inutile de faire tout ce cinéma. (Mlle Regina regarda attentivement chacune des filles pendant un moment.) Voici ce que vous devez savoir. Vous ne pouvez plus rester ici. Beatrice a Le Cancer, donc elle ne peut plus vous garder. Je ne peux pas vous ramener avec moi, aussi j'ai pris des dispositions pour que vous alliez dans une autre maison ici.

Les mots se bousculèrent dans la tête d'Evelyn qui ne retint que « Cancer » et « Je ne peux pas vous ramener ».

Si Mlle Regina était leur mère, pourquoi ne le pouvait-elle pas ?

Viola posa l'autre question :

— Quel genre de maison ?

Le lendemain, Viola aida Evelyn à mettre ses quelques culottes et deux autres robes dans la petite valise qu'elles partageaient. Ce matin-là, au petit-déjeuner, Mlle Regina leur avait précisé qu'elles pouvaient apporter des vêtements et un petit jouet, mais c'était tout. Elle avait ajouté que le règlement de l'établissement où elles allaient était strict. Evelyn ignorait ce qu'était un établissement. Elle n'avait jamais entendu ce mot auparavant, mais l'appréhension lui avait donné des sueurs froides et l'avait dissuadée de demander ce que cela signifiait.

Le doute envahissait à présent Evelyn. Elle resta debout pendant plusieurs minutes à passer en revue la petite étagère sur laquelle étaient disposés ses jouets : une poupée de chiffon que Mlle Beatrice avait fabriquée, une bobine de bois vide, trois blocs de bois avec des chiffres et des lettres, et un petit cheval en métal. Que devrait-elle emporter ? Il était si difficile de se décider. Elle les aimait tous, et chacun d'entre eux était tellement unique.

— Dépêche-toi, dit Viola. Nous devons partir bientôt. Tiens, prends la poupée.

— Non.

Evelyn s'éloigna de l'étagère et courut à l'extérieur où elle attrapa la cuillère en argent qui se trouvait dans le tas de sable. À son retour, Viola lui demanda :

— C'est ça que tu prends ?

Evelyn acquiesça d'un hochement de tête.

— Pourquoi ?

Evelyn haussa les épaules et entreprit de mettre la cuillère dans la valise. Viola s'approcha et la lui arracha des mains.

— Non. Elle est sale. Va la laver.

Quelques minutes plus tard, Mlle Regina arriva et ordonna aux filles de se presser. Elle les poussa vers la porte et les entraîna à l'arrière de la voiture en leur laissant tout juste le temps d'étreindre Mlle Beatrice. Evelyn s'efforça de ne pas pleurer au moment de prendre congé d'elle, mais des larmes chaudes s'échappèrent de ses yeux et coulèrent le long de ses joues. Elle grimpa dans la voiture à côté de Viola et attendit que Mlle Regina fasse ses adieux et prenne le volant. Evelyn n'était encore jamais montée dans une voiture – elle n'en avait du moins pas le souvenir –, et lorsque le moteur démarra, son bruit couvrit le chant des oiseaux et Evelyn entendit à peine Mlle Beatrice lui lancer un dernier au revoir.

Peu de temps après, les filles se retrouvèrent assises dans un bureau à l'orphelinat Saint-Émilien pendant que leur mère s'entretenait avec une dame habillée tout en noir. Cette dernière portait sur la tête une drôle de chose blanche qui dissimulait ses cheveux et lui serrait le visage à tel point que des plis se formaient à l'endroit où elle rejoignait ses joues. Un voile noir enveloppait la chose blanche. Evelyn savait qu'il était impoli de fixer les gens. Mlle Beatrice le lui avait dit une fois au marché lorsqu'elles avaient vu une femme avec une grosse verrue sur le menton. Aussi, Evelyn baissa les yeux vers la valise qui se trouvait sur le sol entre les chaises.

Les paroles qu'échangeaient les deux femmes entraient et sortaient de l'esprit d'Evelyn qui posa une main sur la valise et essaya de s'accrocher aux souvenirs du temps passé avec

Mlle Beatrice, à l'époque où elles étaient toutes heureuses. Alors qu'elle écoutait sa mère et l'autre femme converser, Evelyn eut l'impression que la fin du bonheur ne devait pas être loin.

Selon toute vraisemblance, c'était ici qu'elle et Viola allaient habiter. Mlle Regina expliqua à la dame qu'elle ne disposait pas de la place nécessaire pour accueillir ses filles à Détroit. Elle n'avait pas non plus d'argent. Cela semblait étrange, car elle portait sans conteste une jolie robe et conduisait une voiture. Mlle Beatrice, elle, portait de vieilles robes défraîchies et n'avait pas de voiture. Elle se rendait au marché à pied. Mais elle avait pu garder Evelyn et Viola.

Evelyn jeta un coup d'œil à sa sœur dont le visage s'était mué en un masque inexpressif. Son cerveau bouillonnait de questions qu'elle avait envie de lui poser. Pourquoi, notamment, leur mère les appelait-elle sans cesse « ses filles » au lieu d'utiliser leurs prénoms ? Mais la mâchoire serrée de sa sœur l'obligea à refouler ses interrogations.

Peut-être pourrait-elle les lui soumettre plus tard. Lorsque Viola aurait, avec un peu de chance, retrouvé le sourire.

Mlle Regina tordit le mouchoir qu'elle tenait à la main tandis qu'elle écoutait la femme en noir. Lorsqu'on lui présenta des documents sur le bureau pour qu'elle les signe, elle le posa sur ses genoux avant de prendre le stylo qu'on lui tendait. Evelyn observa le mouchoir qui gisait là, froissé. Elle allongea le bras et le saisit rapidement. Puis, elle le fourra dans la poche de sa robe. Elle ne savait pas très bien pourquoi. Elle avait agi de manière instinctive.

Une fois les papiers en ordre, Mlle Regina se leva et attrapa son sac à main sans mot dire. Elle se retourna, enlaça brièvement chacune des filles en les effleurant à peine, et quitta la pièce.

Lorsqu'elles étaient arrivées pour la première fois ici en voiture, Evelyn avait trouvé que l'imposant bâtiment gris qu'ombrageaient de grands arbres était joli. Certains d'entre eux étaient couverts de fleurs blanches et ressemblaient à l'arbre du jardin de Mlle Beatrice. Vers la fin de l'été, il leur donnait des poires. Des enfants jouaient sur une étendue de pelouse et Evelyn s'était demandé si c'était une sorte d'école. Ne serait-ce pas agréable d'être pensionnaire dans une école et d'apprendre des choses ?

Elle n'en était plus aussi sûre désormais.

Des larmes lui brûlèrent les yeux.

— Où est-ce que nous sommes ? murmura Evelyn en se penchant vers Viola.

— C'est un orphelinat, cracha Viola.

— Un quoi ?

— Un endroit pour les orphelins.

— C'est quoi des orphelins ?

Viola soupira.

— Des enfants qui n'ont pas de parents, chuchota-t-elle.

— Mais…

La dame en noir coupa court à la question, attrapa chacune des filles par le bras et les entraîna hors du bureau, dans un long couloir qui s'ouvrait sur une grande pièce.

— C'est le dortoir des filles, leur expliqua la femme. C'est là que vous allez dormir.

Les quatre murs de la pièce étaient bordés de lits superposés et la femme s'arrêta devant l'un d'entre eux.

— Il y a un bac en bois sous le lit, reprit-elle en le désignant du doigt. Mettez-y vos affaires. Restez ici jusqu'à ce que la cloche sonne l'heure du déjeuner. Vous pouvez m'appeler Sœur Honora. C'est compris ?

Evelyn jeta un coup d'œil à Viola, la vit acquiescer de la tête et l'imita.

— C'est notre sœur ? demanda Evelyn après le départ de la femme.

— Non.

— Alors pourquoi…

— Je ne sais pas.

Evelyn regarda autour d'elle et essaya de compter tous les lits vides. Elle perdait le fil des chiffres, mais il y en avait beaucoup. Bien plus de vingt. Un frisson la fit tressaillir et elle resserra son pull.

— J'ai peur.

Viola s'accroupit et tira le bac de sous le lit. Elle ôta leurs affaires de la valise et les déposa à l'intérieur en prenant soin de diviser l'espace à l'aide de son pull roulé.

— C'est ta moitié, précisa-t-elle en indiquant le côté vide.

— Est-ce que notre mère va revenir nous chercher ?

Viola ne répondit pas et serra les lèvres.

— Est-ce que nous allons revoir Mlle Beatrice ?

Viola se redressa si rapidement qu'Evelyn dut reculer d'un pas.

— Arrête ! Arrête ! Arrête avec tes questions idiotes !

Evelyn éclata en sanglots. Elle essaya de se retenir, mais ce fut plus fort qu'elle. Viola ouvrit la bouche comme si elle voulait dire quelque chose, puis la referma. Au bout d'un long moment, son expression s'adoucit et elle attira Evelyn contre sa poitrine.

— Je ne sais pas. Je ne sais pas, murmura-t-elle.

Les craintes d'Evelyn redoublèrent. Viola savait toujours tout. Si ce n'était plus le cas, sur qui Evelyn pourrait-elle donc compter ?

2

REGINA – JUIN 1923

LE DOS RAIDE ET LA TÊTE HAUTE, REGINA S'ÉLOIGNA sans se retourner de l'imposant bâtiment gris. Elle maudissait les larmes qui menaçaient de couler sur ses joues. Elle les avait refoulées et avait tenu ses émotions à distance afin de se concentrer sur ce qu'elle avait à faire. Ce n'était pas de sa faute si elle n'était pas en mesure de s'occuper des filles. Si seulement elle ne s'était pas retrouvée coincée dans ce minuscule appartement à Détroit. Si seulement les choses avaient marché avec John qui l'avait emmenée loin de Milwaukee après lui avoir promis la belle vie sur le Grand Boulevard de Détroit. Belle, son existence l'avait été jusqu'à l'accident à la suite duquel elle était devenue veuve avant de se remarier. La mère de John l'avait mise à la porte de la maison et ne l'avait pas autorisée à emporter quoi que ce soit à l'exception de ses vêtements. Deux ans plus tard, la voilà donc qui se retrouvait dans une situation pire que lorsqu'elle était mariée à Fred.

Regina semblait ne jamais avoir de chance. Ou peut-être attirait-elle le mauvais sort.

D'abord, il y avait eu Fred, si fringant avec sa silhouette élancée et ses cheveux foncés qui lui tombaient sur le front, si séduisant avec son sourire malicieux. Et il aimait faire la fête. Ils aimaient tous les deux faire la fête, même après leur mariage, et lorsqu'elle avait eu un retard de règles, elle avait beaucoup prié pour ne pas être enceinte, mais Dieu était resté muet.

Sous le coup d'un nouvel amour et de l'empressement initial de Fred à fonder une famille, elle avait accepté sa première grossesse.

À vrai dire, elle y avait consenti plutôt parce qu'elle redoutait de s'éclipser et d'avorter. Son amie Millie avait failli se vider de son sang dans un appartement sombre et humide où une femme « s'était occupée de tout ».

Sa deuxième grossesse avait été le résultat d'un accident lorsque le caoutchouc s'était rompu et qu'un petit spermatozoïde avait survécu au nettoyage que Regina avait effectué après le plaisir. Toujours plus effrayée à la perspective d'avorter dans la clandestinité qu'à celle d'avoir un autre enfant, Regina s'était résignée à devenir mère pour la seconde fois. Fred n'était plus aussi désireux d'être père et lorsque le moment était venu, il l'avait emmenée à l'hôpital et laissée seule dans la salle d'accouchement. Ce jour avait été l'un des pires de la vie de Regina.

Elle ne voulait pas d'un autre bébé. Elle n'avait jamais voulu être mère.

Elle ne s'était jamais permis de le dire, ne fût-ce qu'à elle-même, pourtant c'était la vérité. Elle n'était pas comme les autres femmes à qui il tardait d'avoir des enfants. Ces femmes qui dorlotaient les bébés à l'hôpital et s'extasiaient devant eux. Le dur labeur d'élever des enfants dans des conditions difficiles atténuait l'éclat de l'amour maternel.

À l'époque, elle avait dit aux gens qu'elle donnait le meilleur d'elle-même compte tenu des circonstances. Les gens qui connaissaient Fred le comprenaient et hochaient la tête en signe d'empathie, mais en son for intérieur, Regina savait qu'elle ne faisait pas de son mieux. L'idéal, ce serait de renoncer à fumer et à boire pour s'offrir un repas de plus par semaine. Un repas supplémentaire qu'elle serait assez sobre pour préparer.

Son mariage avait commencé à se déliter peu après la naissance de Viola. C'est à ce moment-là que la réalité d'avoir un bébé s'était imposée à elle. Pendant les premiers jours à l'hôpital, Regina avait trouvé que cette minuscule chose était la plus belle qu'elle ait jamais vue et lui avait donné le nom de la fleur qu'elle préférait. L'enfant méritait un joli nom. Mais trois semaines plus tard, l'adorable visage du nourrisson avait commencé à se déformer et à devenir écarlate tandis qu'il poussait d'horribles cris. Jour après jour, le bébé hurlait à tel point que Fred s'absentait de plus en plus de la maison et que Regina se demandait combien de temps encore elle allait pouvoir supporter ce bruit sans commettre un geste atroce. C'est alors que sa mère lui avait fait remarquer que le bébé avait probablement faim. Selon toute vraisemblance, Regina n'avait pas assez de lait.

— Mais si tu bois une bière un quart d'heure avant de l'allaiter, ton lait coulera comme une rivière.

Finalement, sa mère avait eu raison. Le lait avait coulé et les pleurs s'étaient arrêtés. Enfin, pas tout à fait, mais assez pour que Regina n'ait plus envie de fourrer une chaussette à la place de son sein dans la bouche de son bébé.

À la naissance de sa deuxième fille et devant l'indifférence de Fred, Regina avait donné à l'enfant le premier nom qui lui était venu à l'esprit, Evelyn Louise, en référence à son second prénom. Peut-être cela favoriserait-il la création d'un lien affectif. Puisque Fred n'était pas là pour s'y opposer, Regina pouvait l'appeler comme bon lui semblait.

Fred n'aimait guère les visites d'hôpitaux.

À sa décharge, Fred était venu la chercher à l'hôpital deux semaines après l'accouchement, mais une fois à la maison, il ne lui avait pas été d'une grande aide avec les filles qui étaient véritablement toutes deux en bas âge. Viola avait à peine deux ans, et si le bébé ne criait pas, c'était elle.

— Elle est probablement jalouse, avait dit la mère de Regina. Les aînés sont parfois horribles avec les autres. J'étais bien contente de n'en avoir qu'un.

Cinq mois plus tard, Fred avait dit qu'il sortait acheter des cigarettes et n'était pas revenu. Si elle n'avait pas été suffisamment en colère au point de le tuer s'il se montrait à nouveau, Regina aurait ri de ce cliché. Combien d'hommes avaient eu recours à la même excuse, et combien de femmes avaient cru que leurs maris reviendraient ? Attendu des heures, des jours, et des semaines, pour finalement se retrouver coincées à la maison avec les enfants ? Sans travail. Sans argent. Et sans espoir.

Une semaine après le départ de Fred, un homme s'était présenté à la porte pour demander de ses nouvelles. L'allure de cet homme bien habillé ne disait rien qui vaille à Regina. Vêtu d'un costume fraîchement repassé, d'une cravate colorée et d'un chapeau, il ressemblait à tous les autres vendeurs qui essayaient de lui soutirer un dollar ou deux. Mais ses yeux avaient un éclat différent. Dépourvus de cette étincelle amicale qu'encadraient des rides de rire, ils étaient durs et vides, et l'homme n'avait pas entamé la conversation par une plaisanterie agréable.

— Est-ce que vous savez où est votre mari ? lui avait-il demandé à la place.

Regina détestait devoir le dire à voix haute, mais le regard de l'homme l'y avait obligée.

— Non. Je n'ai pas eu de nouvelles depuis qu'il est parti il y a quelques jours.

— Il vous a dit où il allait ?

— Il m'a dit qu'il sortait, un point c'est tout.

Regina n'avait pu se résoudre à répéter la piètre excuse dont s'était servi Fred. Cet homme ne s'y tromperait pas.

— Vous pensez qu'il va revenir ?

Sa colonne vertébrale s'était raidie sous l'effet de l'indignation et elle avait haussé la voix.

— S'il avait l'intention de revenir, il serait déjà là.

L'homme s'était rapproché d'un demi-pas.

— Ne me parlez pas sur ce ton, ma petite dame. Compris ?

Il parlait doucement, d'une manière presque informelle, mais ses yeux d'un blond profond avaient un éclat glacial et menaçant. Regina avait acquiescé, ravalant sa fierté et sa peur.

— Bien. (L'homme avait reculé, mais son regard dur était resté inchangé.) Fred doit de l'argent à mon patron. Beaucoup d'argent.

Regina avait brièvement repensé à la grande sacoche que Fred portait en bandoulière lorsqu'il était parti ce vendredi soir. Se pouvait-il que… ? Elle avait tâché de ne rien laisser transparaître.

— Je suis chargé de le récupérer.

— Je ne suis au courant de rien, avait dit Regina qui maudissait la manière dont sa voix s'était brisée en prononçant ces paroles. Il ne m'a rien laissé si ce n'est les enfants et une pile de factures.

L'homme n'avait pas répondu et était resté immobile. Tandis qu'ils se tenaient là en silence, un filet de sueur avait coulé le long du dos de Regina. Et s'il ne la croyait pas ? Et s'il entrait de force et fouillait les lieux ? Elle se demandait si elle pouvait fermer et verrouiller la porte avant qu'il ne fasse un geste lorsqu'il avait reculé d'un demi-pas. Sans cesser de soutenir son regard, Regina s'était efforcée de ne pas montrer son soulagement.

— Quand votre mari reviendra, dites-lui que Bernie veut son argent. (Il avait marqué une pause comme s'il cherchait à lui laisser le temps d'assimiler ses propos.) Compris ? Bernie n'aime pas s'en prendre aux femmes et aux enfants. Mais il fait ce qu'il doit faire.

L'homme était resté encore quelques secondes sur le perron

avant de tourner les talons et de partir. Regina s'était empressée de refermer et de verrouiller la porte. Puis, elle avait appuyé son front contre le bois. *Oh, Fred, dans quel pétrin t'es-tu fourré ?*

La réponse à cette question allait devoir attendre. Evelyn pleurait, car elle avait à nouveau faim, et Regina sentait la bouffée de chaleur qui accompagnait la montée de lait l'envahir. L'astuce de la bière fonctionnait toujours.

Fred s'était absenté pendant six mois, et puis un jour, il était revenu. Lorsqu'il avait franchi la porte d'entrée avec autant de désinvolture que s'il n'était parti que quelques heures, il n'avait pas dit où il était allé. Il boitait de façon notable, mais avait refusé de s'étendre sur le sujet. Il s'était contenté de lui fournir des explications succinctes et de reprendre sa routine, laquelle consistait à parler aux gens au téléphone et à ouvrir la porte lorsque quelqu'un sonnait. Dans la mesure où il était à la maison jour et nuit la plupart du temps, il semblait ne pas se soucier de savoir si Regina sortait seule du moment qu'elle préparait les repas et s'occupait en priorité des enfants. Leur mariage était pour ainsi dire terminé, mais il n'avait jamais demandé le divorce. Elle non plus, car il subvenait à nouveau à leurs besoins. La sécurité présentait des avantages.

Regina ne demandait pas à Fred où il trouvait l'argent qu'il lui donnait pour faire les courses et payer les factures. Elle se contentait de lui en être reconnaissante. Il n'avait rien d'un père et se tenait froidement à distance de sa progéniture, mais il servait aux enfants les repas que Regina leur préparait. Lorsqu'elle était à la maison, cela lui faisait un peu mal de le voir repousser toute tentative d'affection, mais elle se disait que cela rendrait les filles plus fortes. Elles apprendraient à gérer les déceptions et les frustrations. Au cas où leurs vies ne seraient pas meilleures que ne l'avait été la sienne.

Deux mois plus tard, Fred était parti à nouveau.

Cette fois, il n'était pas revenu.

Regina n'aimait pas penser à ce qu'avait été son existence

pendant les mois qui avaient suivi le départ de Fred et précédé sa rencontre avec John. Elle avait fait des choses dont elle n'était pas fière, et elle avait été sans conteste une mauvaise mère pour les filles qu'elle laissait seules des heures durant tandis qu'elle sortait gagner de l'argent. Mais elle restait convaincue que les difficultés auxquelles elles avaient été confrontées les avaient préparées à ce que l'avenir était susceptible de leur réserver.

Et maintenant, quelques années plus tard, elle semblait avoir eu raison. La vie qui attendait les filles n'aurait rien de merveilleux. Regina ne se faisait aucune illusion sur la façon dont elles seraient traitées à l'orphelinat. Ce n'était pas un foyer, un vrai foyer, et elles devraient s'estimer heureuses d'avoir de quoi manger et se vêtir.

Était-ce mieux que ce qu'elle pourrait leur offrir ?

Ses pas chancelèrent tandis qu'elle hésitait à faire demi-tour et à les récupérer. Mais que ferait-elle alors ? Les emmener dans ce petit appartement miteux de Détroit ? Les nourrir tous les soirs avec des hot-dogs provenant du fast-food où elle travaillait ? Les obliger à dormir sur un grabat dans le coin du salon ? Les filles, elle en avait douloureusement conscience, pourraient en venir à la détester pour ce qu'elle avait fait aujourd'hui. Pourtant, elle continua de s'éloigner. C'était ce qu'il y avait de mieux pour elles. Regina avait beau ne pas être la meilleure mère du monde, une partie d'elle se souciait néanmoins de ses filles et espérait ardemment qu'un avenir plus heureux les attendait. Elle ne priait cependant pas pour cela. Elle avait depuis longtemps mis de côté les prières, persuadée que Dieu l'avait abandonnée il y a des années.

3

EVELYN – SEPTEMBRE 1925

SŒUR HONORA FAISAIT TREMBLER EVELYN. ELLE faisait toujours trembler Evelyn. De temps à autre, lorsqu'elle regardait son visage sévère enserré d'une guimpe, cette dernière craignait de ne pouvoir contrôler sa vessie et d'être punie deux fois. La première, pour ne pas avoir frotté le sol assez vite et la seconde pour s'être souillée. C'est ce que disaient les sœurs à propos de l'urine et des excréments. « Se souiller ». Comme si elle s'était roulée dehors dans la terre. Si la religieuse qui se tenait devant elle ne la terrorisait pas autant, Evelyn trouverait cette pensée amusante.

Deux années s'étaient écoulées depuis leur arrivée à l'orphelinat Saint-Émilien, et Evelyn ne comprenait toujours pas pourquoi elles devaient y rester. Mlle Regina ou Mlle Beatrice ne pouvaient-elles pas venir les retirer de cet horrible endroit ? Tout était si déroutant et Evelyn ne cessait de souhaiter qu'un jour, quelqu'un les aime assez pour revenir les chercher. Elle rêvait parfois qu'elle vivait avec les deux femmes. Mlle Beatrice n'était plus malade et Mlle Regina était heureuse d'avoir retrouvé ses filles. Viola disait qu'il était absurde d'espérer. Inutile de rêver. Rien n'allait changer.

— M'écoutes-tu, ma fille ? demanda une voix intransigeante.

Déstabilisée et incapable de prononcer le moindre mot tant elle avait la gorge nouée, Evelyn acquiesça d'un signe de tête.

— Pourquoi n'as-tu pas terminé ? (La religieuse désigna de sa canne le fond du couloir.) Tu es lente comme une tortue. Es-tu seulement bonne à quelque chose ?

— Je ne sais pas, ma sœur, murmura Evelyn.

Un violent coup s'abattit dans son dos.

— Ne parle pas à tort et à travers.

— Mais, je...

Evelyn reçut un nouveau coup.

— Je t'ai dit de te taire.

— Mais vous...

Cette fois, lorsque la canne s'abattit sur elle, Evelyn ne put contrôler sa vessie.

— Regarde un peu ce que tu as fait. Espèce de petite dégoûtante. Enlève immédiatement cette culotte.

Evelyn obéit, tenant avec précaution le sous-vêtement mouillé entre son pouce et son index. Sœur Honora attrapa du bout de sa canne la culotte qu'elle drapa sur la tête de l'enfant.

— Tu la porteras pour le dîner.

— Non ! S'il vous plaît, ma sœur. Non !

— Ça suffit. Allez !

Se tenir debout au milieu du réfectoire tandis que flottait autour d'elle une odeur nauséabonde de vieille urine et que les autres enfants la montraient du doigt et riaient fut l'expérience la plus humiliante de la courte vie d'Evelyn. Elle déglutit difficilement et ravala la bile qui lui montait dans la gorge. Elle ne pouvait pas se permettre de vomir. Elle s'y refusait. Si elle ne voulait pas se couvrir davantage de honte, elle se garderait de vomir.

Son regard se posa derrière les rangées de tables et les enfants hilares pour se concentrer sur le tableau de la Vierge Marie au fond de la grande salle. Marie, mère de Dieu, était aussi censée être leur mère. Leur amie. Mais Evelyn ne voyait en elle ni une amie ni une mère. Elle n'était qu'une dame en bleu sur un tableau.

Lorsque l'on amena les chariots de service et que les enfants se mirent en rang pour recevoir leur dîner, les effluves de la viande et de la sauce inhibèrent momentanément les relents âcres de l'urine séchée. Evelyn en eut l'eau à la bouche. Elle jeta un coup d'œil aux chariots. Au menu ce soir-là, il y avait un rôti accompagné de pommes de terre, de carottes et d'oignons. Un des plats préférés d'Evelyn auquel elle n'aurait pas droit. Les enfants qui enfreignaient les règles étaient privés de souper, mais tout le monde n'était pas forcé de subir une telle humiliation. Cette mesure était réservée aux pires transgressions.

Viola passa près d'elle avec son bol et s'assit à une table voisine. Elle garda les yeux fixés droit devant elle, sans même lui jeter un regard. Maria, une fillette de huit ans qui s'était montrée agréable envers Evelyn, lui lança un coup d'œil furtif, puis détourna la tête et prit place à côté de Viola.

Le mépris de sa sœur qui la traitait comme si elle était une étrangère la blessa davantage que les ricanements des autres. Pourquoi Viola ne daignait-elle pas la regarder ?

Pendant le reste du repas, les jambes d'Evelyn vacillèrent, fatiguées de la longue station debout dans la même position, et la faim gronda dans son estomac. Pourtant, personne ne la regarda, à l'exception de Sœur Honora qui semblait la fixer comme si elle cherchait à surprendre Evelyn en train de commettre une nouvelle transgression. Elle ignorait si Sœur Honora l'obligerait à porter la culotte souillée pendant la prière du soir. Elle espérait ardemment que non. Mais elle s'efforça de se préparer à cette éventualité. Elle ne voulait pas pleurer. Ni à cause de la faim ni à cause de l'humiliation. Elle voulait être forte comme sa sœur. Viola ne pleurait jamais lorsque les sœurs la frappaient, l'insultaient, ou lui imposaient de faire des choses horribles. Elle se contentait de serrer la mâchoire, de les regarder dans les yeux et de retenir ses larmes.

D'une certaine manière, Evelyn devait trouver la force de l'imiter. Sinon, les autres enfants découvriraient à quel point elle était faible et en profiteraient.

La prière du soir succéda au dîner et Evelyn resta péniblement debout pendant encore une heure. Sa seule supplique adressée à un Dieu dont elle n'était même pas certaine qu'il l'écoutait était que la séance se termine avant que ses jambes ne se dérobent et qu'elle ne tombe. Une fois, lorsque Maria s'était effondrée au cours d'une punition, elle avait reçu dix coups de canne sur l'arrière des jambes. Evelyn boiterait pendant des jours si elle devait subir un sort identique.

Puis, alors qu'Evelyn pensait qu'elle serait incapable de tenir plus longtemps, la sanction prit fin. Sœur Honora ferma le livre des prières du soir, arpenta l'allée centrale et s'approcha d'Evelyn.

— Enlève cet immonde torchon de ta tête et va te laver.

— Oui, ma sœur.

Evelyn s'empressa de faire volte-face et se dirigea vers la salle de bains. Elle se déshabilla et entra dans la grande bassine qui servait à se laver. L'eau était froide, mais elle s'en moquait. Elle prit le pain de savon et se frotta les cheveux, puis mit la tête sous l'eau en retenant sa respiration pendant un long moment. Elle aurait aimé rester ainsi pour toujours. Ne plus jamais avoir à affronter Sœur Honora. Ni avoir faim. Ou encore, être taquinée par les autres enfants.

Evelyn crachota et releva précipitamment la tête de l'eau. Elle haletait. Deux filles plus âgées se trouvaient dans la salle de bains.

— Dépêche-toi de sortir de là ! cria l'une d'elles. Tu pues.

Evelyn sortit rapidement de la bassine et se sécha avec une serviette rugueuse. Elle enfila ensuite les vêtements propres qu'elle avait récupérés dans le dortoir et s'habilla. Elle emporta la culotte mouillée jusqu'à l'un des lavabos et entreprit de la laver. Elle la savonna et la rinça à plusieurs reprises afin de faire disparaître l'odeur qui l'imprégnait.

Alors que les lumières étaient éteintes depuis un petit moment et que tout était calme dans le dortoir, Evelyn entendit un bruissement de draps et sentit une tape sur son épaule. Elle leva les yeux et aperçut sa sœur.

— Tiens, dit Viola en lui tendant un morceau de pain enveloppé dans une serviette.

Evelyn le saisit et en prit une grande bouchée tandis que des miettes tombaient en cascade sur le devant de sa chemise de nuit.

— Il y en a partout.

— Punaise, dit Viola en se baissant pour atteindre la couchette d'Evelyn.

Un faible rai de lune éclaira le devant de la chemise de nuit d'Evelyn et Viola aperçut les miettes. Elle les ramassa avec sa main et les porta à sa bouche.

— Fais attention. Si Sœur Honora trouve des miettes, nous serons punies toutes les deux.

— Pardon.

Viola s'assit sur le bord du lit.

— Finis de manger. Je nettoierai le reste après.

— Pourquoi est-ce que tu es aussi gentille ?

— Entre sœurs, c'est normal.

— Mais tu n'as pas été gentille tout à l'heure dans le réfectoire.

Viola détourna les yeux et son regard se perdit dans l'obscurité.

— Je ne pouvais pas.

Evelyn ne comprenait pas pourquoi. Une fois de plus, cet endroit la déconcertait. Pourquoi sa sœur agissait-elle différemment lorsqu'elles se retrouvaient seules ? Cette sœur-ci. Celle qui lui donnait de la nourriture en cachette la nuit et permettait à Evelyn de se sentir mieux pendant un petit moment. Elle donna un petit coup à Viola pour attirer son attention.

— Est-ce qu'on va sortir d'ici un jour ?

— Je ne sais pas.

— Quand je serai mère, je ne ferai pas ça.

Viola fronça les sourcils.

— Pas quoi ?

— Donner mes bébés.

— C'est dans très, très longtemps. Tu n'en sais rien.

— Si. (Elle se redressa, déterminée.) J'aurai une jolie maison comme Mlle Beatrice. Et trois enfants. Et un père. Et une mère. Et des chatons qui ne s'enfuient pas.

— Punaise.

— Tu dis toujours ça, gloussa Evelyn.

Viola poussa un soupir.

— Tu n'arrêtes pas de raconter n'importe quoi.

— Ce n'est pas n'importe quoi. C'est parfait.

Viola soupira à nouveau et passa un bras autour d'Evelyn.

— Tu as raison.

— De quoi est-ce que tu as envie ? interrogea Evelyn.

— Je ne sais pas. Je ne me pose pas souvent la question. (Viola marqua une pause si longue qu'Evelyn se demanda si elle allait en dire davantage, puis Viola resserra son étreinte.) Nous devons penser au présent, Evelyn, et réfléchir à ce que nous allons faire pour survivre ici.

— Est-ce que tu t'occuperas toujours de moi ?

— Quand je pourrai. Mais tu dois apprendre à te débrouiller seule.

Un frisson d'effroi parcourut l'échine d'Evelyn.

— Je ne veux pas.

— Il le faut. Je vais m'occuper de moi-même, et ça signifie que parfois…

La phrase resta en suspens comme si Viola ignorait comment

la terminer. Puis, la raison pour laquelle sa sœur s'était désintéressée d'elle à l'heure du dîner frappa Evelyn de plein fouet.

— Je serai sage, c'est promis.

Mais alors même qu'elle prononçait ces paroles, Evelyn savait que cela n'aurait aucune importance. Ce n'était pas parce qu'elle avait été sage que sa mère l'aimait assez pour la garder. Cela n'avait pas empêché Mlle Beatrice d'attraper Le Cancer. Et cela n'inciterait pas sa sœur à la faire passer avant son intérêt personnel. Mais Evelyn ne savait que faire d'autre à part essayer.

4

REGINA – OCTOBRE 1925

Regina termina de bonne heure son service au fast-food et se dépêcha de rentrer chez elle pour se débarrasser de l'odeur de graisse et de piment qui lui collait à la peau. Elle avait prévu de sortir ce soir et préférait éviter de sentir le hot-dog. Cela faisait deux ans qu'elle occupait le même emploi et le même petit appartement. Il n'y avait pas de baignoire et elle devait se contenter d'un minuscule lavabo dans une salle de bains aux allures de placard. Se laver les cheveux à l'évier de la cuisine était une épreuve qu'elle n'entreprenait pas très souvent, et elle s'en passerait ce soir, espérant qu'un nuage de parfum masquerait toute odeur récalcitrante.

Elle regarda autour d'elle l'espace exigu et soupira. Elle avait depuis longtemps renoncé à l'idée d'aller chercher ses filles. Après les avoir laissées à l'orphelinat, cette pensée l'avait tourmentée pendant plusieurs mois, mais elle ne pouvait en aucun cas les accueillir dans cet appartement ou dans sa vie, ici à Détroit. Ce qui ne signifiait pas pour autant qu'elles s'adapteraient bien à Milwaukee. Néanmoins, elles formaient une famille et Regina s'autorisait parfois à se remémorer des souvenirs d'une époque meilleure avec elles. Elle revoyait leurs sourires lorsqu'elles étaient bébé et ressentait alors une pointe de tristesse, mais ne laissait jamais la nostalgie l'envahir. Les filles étaient mieux sans elle et elle pouvait toujours atténuer la douleur de leur absence avec un autre verre.

Elle enfila la robe charleston qu'elle avait eu la chance de dénicher à la friperie et prit la direction du Fatina's Bar. C'était son endroit de prédilection pour obtenir quelques rendez-vous, mais les hommes qu'elle rencontrait ne valaient pas la peine qu'on s'y accroche. Ils revenaient rarement plus d'une ou deux fois. La manière dont ils entraient et sortaient de sa vie obéissait à un schéma qui avait commencé avec Fred et s'était poursuivi avec John, même si ce dernier ne l'avait pas abandonnée de son plein gré. Il n'était pas responsable de l'accident qui avait provoqué sa mort. C'était à cause de la pluie aveuglante et de la chaussée étroite qu'il avait percuté de plein fouet un semi-remorque. Elle se demandait parfois si elle finirait un jour par trouver un homme qui resterait à ses côtés. Quelqu'un de stable.

Mais il n'était plus l'heure de s'apitoyer sur son sort. Regina écarta ces pensées, se glissa sur un tabouret et fit signe à Tino, le barman. Il connaissait ses habitudes et entreprit de lui servir une chope de bière pression.

Il s'approcha et posa le verre devant elle.

— Tu es ravissante ce soir, Regina.

Il accompagna le compliment d'un clin d'œil aguicheur. Tino était un bel Italien aux cheveux noirs et au corps bien musclé que Regina rêvait de voir pressé contre le sien. Il ne le lui avait jamais proposé, mais ils jouaient à ce petit jeu chaque fois qu'elle venait, ce qui arrivait souvent. Elle lui sourit.

— Ne me tente pas.

Tino gloussa et s'éloigna pour aller servir un autre client. Tandis qu'elle dégustait sa bière glacée, Regina se demanda si elle devait dîner ici – la mère de Tino cuisinait les meilleures pâtes de la ville – ou bien rentrer après avoir terminé sa consommation. Elle regarda autour d'elle et remarqua qu'il n'y avait pas grand monde le lundi. Dommage. Cela faisait deux semaines qu'elle n'avait pas reçu un « ami » chez elle. Elle espérait, mais le choix était limité ce soir. D'un point de vue purement physique, l'homme qui regagnait le box du coin aurait pu être un bon parti, mais son estomac se retourna lorsqu'une odeur corporelle âcre flotta derrière lui. Elle était certes un peu légère et facile, mais elle avait des principes. Ne pas la faire vomir en faisait partie.

Regina savoura sa bière pendant encore quelques minutes. Elle était sur le point de rentrer chez elle et de réchauffer le hot-dog qu'elle avait ramené du travail quand la porte s'ouvrit et qu'un homme qu'elle n'avait jamais vu ici auparavant entra. Vêtu d'un trench sombre et d'un chapeau en feutre marron agrémenté d'une plume bleue, il était très distingué. Ses chaussures étaient si brillantes qu'elle pourrait se servir de l'une des pointes comme miroir s'il s'approchait. Lorsqu'il jeta un coup d'œil en direction du bar, son regard s'attarda un instant sur elle et elle lui adressa son plus beau sourire. Les choses s'arrangeaient.

L'homme s'avança et prit place sur le tabouret à côté d'elle.

— Je vous offre un verre ?

— Je ne vous connais pas.

— Henry. Henry Stewart. (Il sourit.) Vous me connaissez maintenant. Qu'est-ce que vous buvez ?

— De la bière.

— De la bière ? Une jolie femme comme vous devrait prendre quelque chose de mieux.

— J'adore le whisky écossais.

— En voilà une excellente idée. (Henry fit signe au barman.) Deux verres de votre meilleur scotch.

Regina s'efforça d'ignorer le clin d'œil que lui adressa Tino au moment de les servir. Il la connaissait trop bien. Peut-être devrait-elle s'abstenir de repartir avec ce type dans le prochain quart d'heure.

Henry fit s'entrechoquer leurs verres.

— *Salud.*

Il absorba une généreuse rasade de scotch. Regina, elle, en avala une plus petite quantité. Cela faisait un certain temps qu'elle n'avait pas bu d'alcool fort. Il ne faudrait pas qu'elle s'étouffe en essayant d'impressionner ce type. Le liquide tiède glissa dans sa gorge avec facilité et elle savoura les notes boisées qui s'attardèrent dans sa bouche.

— Quel est votre nom, ma jolie ?

Elle eut un bref instant d'hésitation. Quelque chose dans son charme suave la poussait à se demander si elle ne devrait pas laisser tomber. Finalement, elle haussa les épaules.

— Regina, répondit-elle.

— Ah. Un beau nom italien.

— Mes parents étaient allemands.

— Peut-être, mais ils vous ont donné un nom italien. Savez-vous ce qu'il signifie ?

Elle secoua la tête.

— Non. Et vous ?

— Ça veut dire « reine ». Et je dirais que c'est tout à fait approprié.

L'attention qu'il lui témoignait la faisait en effet se sentir reine et elle se réjouissait de ne pas avoir à prendre les devants. Certains hommes étaient si stupides qu'il fallait leur épeler vos désirs. Celui-ci était différent. Il semblait comprendre. Pourrait-elle oser espérer davantage qu'une ou deux nuits de plaisir ?

Comme s'il percevait son hésitation, Henry repoussa son chapeau en arrière et posa sur elle un long regard appréciateur.

— Vous êtes mariée ?

— Mon Dieu, non.

— Vous ne croyez pas en cette belle institution qu'est le mariage ?

Regina se retint de rire. Il avait une drôle de façon de dire les choses.

— Ça n'a pas été une bonne expérience en ce qui me concerne.

Henry lui effleura la joue d'un geste si doux qu'il retira sa main avant même qu'elle soit certaine de l'avoir sentie.

— Personne ne devrait maltraiter une reine.

Regina réprima l'envie de se pincer. Était-ce réel ? Elle craignait que le rêve prenne fin si elle clignait des yeux.

Mais elle ne rêvait pas. Henry était réel. Ceci était réel.

— Avez-vous dîné ? lui demanda-t-il.

— Non.

— Moi non plus. Connaissez-vous un endroit dans les environs où nous pourrions manger un morceau ?

— On peut toujours aller chez moi.

Il fut si long à répondre qu'elle redouta de s'être montrée trop pressante.

— Ce n'est pas une bonne idée pour ce soir, dit-il en lui effleurant à nouveau la joue. Cette fois, sa peau s'enflamma à son contact et elle sentit une bouffée de chaleur. Dieu, qu'il était charmeur.

— Plus longue est l'attente, plus doux est le baiser.

Ils se rendirent trois portes plus loin dans un restaurant italien chic où il affirma pouvoir lui offrir un dîner digne d'une reine italienne. Fidèle à sa parole, il ne rentra pas avec elle ce soir-là. Ce n'est qu'au terme de deux semaines de rencontres presque tous les soirs qu'il assouvit le désir qui brûlait en elle.

Ils se marièrent deux mois plus tard.

Regina ne parla jamais à Henry des filles et se contenta d'aborder brièvement sa relation avec Frank, prétextant que ce n'était rien. Ils s'étaient mariés à la hâte et rapidement séparés. Elle ignorait ce qui la retenait d'évoquer ses filles. Non. Elle le savait. Elle ne pensait pas qu'Henry était comme John, c'est-à-dire qu'il ne voulait pas d'enfants, mais elle ne souhaitait pas courir le risque qu'il lui file entre les doigts. Elle était fatiguée de voir les hommes de sa vie lui échapper et elle était déterminée à s'assurer qu'il reste à ses côtés. Quitte à faire semblant. N'était-elle pas douée pour la simulation ?

5

EVELYN – DÉCEMBRE 1930

EVELYN RESSERRA SON PULL MARRON AFIN DE SE prémunir contre l'air glacial qui régnait dans le long couloir. Il ne lui offrait qu'une maigre protection face au froid qui la transperçait jusqu'aux os et bleuissait ses doigts. Viola lui avait pris le pull après qu'Evelyn l'avait sorti la première du sac de dons. Puis, elle avait cédé à ses supplications et le lui avait rendu. Evelyn se réjouissait de l'avoir, même s'il était finement tissé et laissait passer l'air froid. Cet hiver était plus rude que les deux précédents. Sœur Honora disait qu'il ne faisait pas plus froid à l'extérieur. C'était juste parce qu'il n'y avait pas assez de charbon pour chauffer l'ensemble du bâtiment. Le dortoir était si glacial que la nuit, tous les enfants se blottissaient encore tout habillés sous d'épais édredons.

La seule pièce tempérée de tout le bâtiment était le réfectoire et c'est précisément là que se rendait Evelyn. Viola devrait déjà s'y trouver.

Toute cette semaine, Viola avait terminé de bonne heure ses tâches matinales et était la première dans la file d'attente pour le déjeuner. En plus de se voir attribuer des travaux de choix – elle avait été désignée pour nettoyer l'autel de la chapelle –, Viola était autorisée à assister aux cours l'après-midi.

Ce n'était pas le cas d'Evelyn.

Il y a deux ans, les bonnes sœurs avaient décrété que le cerveau d'Evelyn avait un problème. Elle était lente. Elle était stupide. Elle ne serait jamais capable d'apprendre, alors autant qu'elle fasse des corvées toute la journée. Ces corvées étaient les pires qui soient et consistaient la plupart du temps à frotter les sols, ce qui lui causait des rougeurs aux mains et lui provoquait non seulement des callosités, mais des ampoules.

Evelyn s'efforçait de paraître indifférente devant le fait que Viola avait moins d'ouvrage qu'elle, mais parfois la rancune pointait le bout de son nez. Evelyn était persuadée qu'elle pourrait être aussi intelligente et douée que Viola si les sœurs daignaient seulement lui laisser une chance. Elles se montraient toujours impatientes avec elle. Elles voulaient qu'elle donne sur-le-champ la solution à un problème d'arithmétique. À l'instant même. Elles ne lui octroyaient pas le temps nécessaire pour trouver la bonne réponse. Et elle lisait trop lentement. C'est du moins ce que Sœur Marie avait dit devant toute la classe.

Il n'était pas surprenant qu'Evelyn lise lentement et bute sur les mots lorsqu'on lui demandait de lire à haute voix. La classe entière la dévisageait, y compris Sœur Marie qui fronçait les sourcils d'impatience sous sa guimpe blanche. Savoir chaque paire d'yeux braqués sur elle donnait à Evelyn l'envie de s'enfuir et de se cacher. Elle était certaine que tous lui tomberaient dessus dès qu'elle commettrait sa première erreur de prononciation. Et, bien sûr, celle-ci ne tardait pas à survenir en raison de sa nervosité.

S'ensuivaient alors des éclats de rire.

En pénétrant dans la chaleur relative du grand réfectoire, Evelyn vit plusieurs enfants faire la queue pour prendre un plateau et être servis par Sœur Madeleine qui se tenait derrière les grosses casseroles en métal, prête à distribuer les portions de nourriture. Evelyn dut passer devant Viola qui était la première et parcourir toute la longueur de la file pour arriver au bout et attendre son tour. Se glisser dans la file avant sa sœur était impossible. C'était une transgression susceptible de leur valoir une punition à toutes les deux et Viola était fermement décidée à affirmer sa supériorité sur Evelyn.

À chaque repas, les enfants devaient se mettre en rang jusqu'à ce que tout le monde soit entré dans le réfectoire. Sœur Honora se rendait ensuite à l'avant de la salle et dirigeait la prière, à la suite de quoi le service pouvait commencer. Récemment, Evelyn avait remarqué que les portions de nourriture diminuaient en même temps que les réserves de charbon. Le porridge était auparavant réservé au petit-déjeuner, mais il arrivait maintenant qu'on le leur serve au déjeuner ou au dîner. Sœur Madeleine, qui était responsable de la cuisine, disait qu'une fois le printemps et l'été venus, ils pourraient cultiver un jardin et auraient alors accès à un éventail d'aliments plus large. C'est juste qu'il n'y avait pas assez d'argent pour couvrir les besoins de l'orphelinat.

Viola avait pris l'habitude de manger avec certaines des filles plus âgées, aussi Evelyn s'assit à une table en compagnie d'autres enfants d'une dizaine d'années et mangea lentement son bol de porridge. Elle voulait s'attarder le plus longtemps possible dans le réfectoire afin de profiter de la chaleur pendant encore quelques minutes. Cet après-midi, elle devait frotter le plancher du dortoir et il y ferait plus froid que partout ailleurs dans le bâtiment. Mais elle ne pouvait repousser cela indéfiniment. Elle racla le bol pour récupérer le dernier morceau de nourriture et lorsqu'il fut vide, elle le porta jusqu'au chariot où l'on mettait la vaisselle sale. Une petite chanceuse la laverait dans la chaleur relative de la cuisine.

Après avoir déposé le bol, Evelyn alla chercher un seau et une serpillière dans la pièce attenante à la cuisine où étaient rangés les produits de nettoyage.

Une fois dans le dortoir des filles, Evelyn se dirigea d'abord vers son lit et sortit de dessous une boîte à cigares. Celle-ci contenait quelques crayons, du papier, un joli caillou qu'elle avait trouvé l'été dernier près du ruisseau qui coulait derrière l'orphelinat, et la cuillère qu'elle avait apportée de chez Mlle Beatrice. Son seul lien avec une époque plus heureuse.

Elle renfermait également le mouchoir de sa mère qui, s'il ne la renvoyait pas à des jours meilleurs, était quelque chose qu'elle chérissait néanmoins. Le tissu n'était plus imprégné de la douce odeur de son parfum. Elle s'était estompée depuis longtemps, mais Evelyn s'en moquait. Il avait jadis appartenu à cette femme énigmatique qu'elle brûlait de connaître.

Tandis qu'elle passait son doigt sur la dentelle qui bordait le tissu, Evelyn songea à sa mère. Où était-elle à présent ? Lui arrivait-il de penser à elle et à Viola ? Ses pensées se tournèrent ensuite vers Mlle Beatrice. Le Cancer l'avait-il emportée ?

— Qu'est-ce que tu fais ?

Surprise, Evelyn leva les yeux et aperçut Sœur Honora.

— Rien, ma sœur. Je...

— On ne t'a pas envoyée ici pour ne rien faire.

— Non, ma sœur. Je vais me mettre tout de suite au travail.

— Qu'est-ce que tu tiens là ?

— Rien... Je...

Evelyn tenta de déposer le mouchoir dans la boîte, mais Sœur Honora s'en empara.

— Ne me le prenez pas, s'il vous plaît. C'est tout ce qui me reste de ma mère.

Sœur Honora regarda pendant un moment le morceau de tissu qu'elle avait à la main et Evelyn espéra.

— Ta mère t'a laissée ici, ma fille. Pourquoi te soucies-tu d'un stupide mouchoir ?

Ces paroles transpercèrent le cœur d'Evelyn.

— Puis-je le récupérer, s'il vous plaît ?

Sa requête à peine audible demeura sans réponse.

Sœur Honora conserva le mouchoir et Evelyn glissa à nouveau la boîte sous son lit, les yeux remplis de larmes. Refusant de paraître faible, elle cligna des yeux pour les empêcher de couler et se redressa. Sœur Honora était toujours là. Elle l'observait et des picotements d'anxiété parcoururent l'échine d'Evelyn. Cela n'augurait rien de bon lorsque Sœur Honora restait plantée comme une statue et la transperçait du regard.

— Pour te punir d'avoir manqué à tes devoirs, tu seras privée de dîner.

Evelyn sentit la colère monter en elle et s'efforça de la maîtriser. C'était absolument faux. Elle ne se dérobait pas. Elle travaillait dur, mais elle savait qu'il était préférable qu'elle se taise. Rien n'était juste ou équitable dans cet horrible endroit.

— Tu passeras aussi la serpillière dans le dortoir des garçons.

Evelyn tâcha de mettre de côté son ressentiment et acquiesça.

— Ne reste pas plantée là. (Sœur Honora martela le sol de sa canne pour ponctuer ses paroles.) Au travail.

Evelyn contourna Sœur Honora et attrapa la serpillière. Lorsqu'elle eut terminé de la passer dans le dortoir des filles, l'eau était glacée et elle avait les mains rouges et raides à force de l'essorer. La cloche du dîner avait sonné il y a quelques minutes ; ce n'était donc pas le bon moment pour aller chercher de l'eau chaude à la cuisine. Non seulement elle ne voulait pas voir les autres enfants manger, mais elle n'avait pas envie d'être soumise au regard scrutateur de Sœur Honora. Evelyn finirait donc à l'eau froide. Elle poussa le manche du balai et fit glisser le seau le long des lames de bois inégales du plancher jusqu'au dortoir des garçons. Il était identique à celui des filles sauf qu'il y flottait une odeur de sueur et d'autre chose qu'elle ne parvenait pas à définir.

Tandis qu'elle passait la serpillière, Evelyn réfléchissait à ce que Viola lui avait dit sur la manière dont certains enfants étaient arrivés ici et elle se demandait lesquels des garçons avaient été ou non abandonnés par leur mère. Viola lui avait expliqué que certains enfants n'avaient ni père ni mère. Ils n'avaient nulle part où aller et c'est ainsi qu'ils se retrouvaient à l'orphelinat Saint-Émilien. Evelyn se demandait si le fait de savoir que vos parents avaient été contraints de se séparer de vous rendait votre présence ici plus facile. Lorsque Evelyn était devenue assez grande pour comprendre que sa mère avait choisi de la laisser, cette prise de conscience lui avait causé une blessure profonde et douloureuse qui continuait de la faire souffrir. L'ignorance dans laquelle elle avait vécu les premières années avait été meilleure. Elle préférait ne pas savoir ce qu'était l'abandon.

Evelyn finit de passer la serpillière juste à temps pour se rendre à la chapelle et assister à la prière du soir. Pendant une heure, elle resta agenouillée sur le prie-Dieu en bois dur à grelotter dans le froid tandis qu'elle serrait ses mains gelées contre sa poitrine. Toutes les religieuses étaient assises sur les deux premiers bancs, devant les enfants. Tous se tenaient face à l'autel où des statues géantes de Marie et Joseph trônaient de part et d'autre de Jésus sur l'immense croix. Sœur Marie dirigeait les prières, toutes récitées en latin, et les enfants murmuraient leurs réponses, leurs voix s'entremêlant en une sorte de chant. Souvent, Evelyn trouvait que l'heure de la prière était la plus agréable de la journée. Elle pouvait se glisser sur le dernier banc et écouter le doux son des voix qui énonçaient les mots à voix basse. Elle ne connaissait pas les paroles, mais le rythme l'apaisait toujours.

Ce soir, cependant, elle se sentait glacée jusqu'aux os et avait si faim que son estomac en était douloureux. Elle avait hâte de regagner le dortoir et d'aller se coucher avec Viola. Le règlement voulait d'ordinaire qu'il n'y ait qu'un seul enfant par lit, mais à cause du froid extrême, les sœurs avaient autorisé les pensionnaires à se mettre par deux. Ils avaient également la permission de garder leurs vêtements. Aussi, Evelyn ne retira pas son pull ni ses chaussures.

— Tu n'as pas intérêt à me donner des coups de pied, dit Viola tandis qu'elles se blottissaient sous l'édredon.

— Je ne bougerai pas, c'est promis.

Une fois tout le monde installé, Sœur Honora éteignit les lumières et, tandis que l'obscurité enveloppait la pièce, on n'entendit plus que les légers murmures des enfants qui se parlaient à voix basse. Lorsque les chuchotements cédèrent peu à peu la place à la respiration profonde du sommeil, Evelyn se rapprocha du dos de Viola pour se réchauffer le plus possible.

— Tu dors ?

— Chut !

— Je veux te demander quelque chose.

— Je t'ai dit de te taire.

— C'est important.

Viola se retourna et fit face à sa sœur.

— Quoi ?

— Pourquoi est-ce qu'il n'y a plus de charbon ni de nourriture ?

— Je ne sais pas.

— On ne te l'a pas expliqué à l'école ?

— Il y a quelques semaines, ma sœur nous a raconté que les banques fermaient et que les gens perdaient de l'argent.

— Qu'est-ce que ça sous-entend ?

Viola soupira.

— Je n'en suis pas sûre, mais ma sœur a dit que les gens qui avaient l'habitude de nous aider ne pouvaient plus le faire. C'est à cause d'une dépression.

— Quelle dépression ?

— Je ne sais pas. Ma sœur ne nous l'a pas dit.

— Est-ce que les gens vont récupérer leur argent ?

— Oh, punaise. Quand vas-tu arrêter de me poser toutes ces questions ? Tu n'es plus un bébé.

Evelyn se mordit la lèvre pour retenir ses larmes. Viola avait raison. Elles n'étaient plus des bébés, mais au fond d'elle-même, Evelyn avait encore l'impression d'être cette enfant qui avait vu sa mère s'éloigner sans comprendre pourquoi. Cette enfant qui croyait que si elle était sage et faisait ce qu'on lui disait, tout irait bien.

Elle ferma les yeux et essaya de trouver le sommeil quand elle pensa soudain à quelque chose. Et si elle parvenait à obtenir de l'argent pour l'orphelinat ? Viola avait dit à Evelyn que sa cuillère en argent avait de la valeur. Elle pourrait peut-être la donner à Sœur Honora afin qu'elle la vende. Il y aurait alors davantage de charbon et de nourriture. Et peut-être que Sœur Honora lui sourirait et lui dirait qu'elle était une bonne fille. Et tout s'arrangerait.

Elle s'endormit sur cette pensée et quelque temps plus tard, un puissant tintement la tira de son sommeil. Un vacarme assourdissant de métal contre métal sur un rythme rapide et saccadé. Elle se redressa et essaya de se rappeler quand elle avait déjà entendu ce bruit. C'est alors que les choses lui revinrent en mémoire. Les alertes incendie. Une fois par mois, ils s'entraînaient à sortir du bâtiment en cas d'incendie, mais aucun exercice ne s'était jamais déroulé la nuit. Ils avaient toujours lieu pendant la journée. Parfois, ils faisaient semblant que c'était la nuit et se rendaient dans le dortoir pour apprendre à évacuer les lieux. Était-ce une simulation ou bien la réalité ?

Viola rejeta l'édredon et poussa Evelyn.

— Bouge ! Nous devons sortir.

Evelyn tomba du lit et attrapa sa boîte à trésors lorsque le bruit s'intensifia et que Sœur Honora fit son apparition, tambourinant sur une bassine avec une grande cuillère en métal.

— Mettez-vous en rang et sortez comme on vous l'a appris. NE COUREZ PAS ! Prenez vos couvertures et avancez rapidement dans le calme.

— Est-ce qu'il y a vraiment le feu ? demanda Evelyn à Sœur Honora.

— Oui. Va, maintenant.

L'envie de courir la démangeait, mais Evelyn se retint. Son instinct lui disait que si une seule personne paniquait, la terreur gagnerait tout le monde. Elle agrippa la boîte tandis que Viola attrapait l'édredon du lit. Elles se donnèrent la main et suivirent le rang des filles jusque dans la grande salle. L'odeur âcre de la fumée piquait le nez d'Evelyn. Sœur Madeleine se tenait au milieu de la pièce et guidait les rangées d'enfants vers les portes d'entrée. Les garçons arrivèrent du côté opposé et les deux files avancèrent en tandem. Deux autres sœurs étaient postées près des lourdes portes en chêne et les ouvrirent pour permettre aux pensionnaires de passer.

Une fois à l'extérieur, ceux-ci se regroupèrent sur la vaste pelouse recouverte de plusieurs centimètres de neige qui scintillait au clair de lune. Evelyn se félicita d'être allée au lit avec ses chaussures, mais cela ne l'empêchait pas d'avoir froid aux pieds et de grelotter sous l'édredon avec Viola. Les religieuses se tenaient en ligne entre les enfants et le bâtiment en feu, mais Evelyn pouvait encore apercevoir les flammes grimper le long de la bâtisse, tels de grands doigts orange et jaune.

Certains des plus jeunes enfants s'étaient mis à pleurer et Sœur Honora leur dit de se montrer courageux.

— Estimez-vous heureux que nous soyons sortis vivants.

— Comment le feu a-t-il pris ? demanda Viola.

— Dans la cuisine, répondit Sœur Honora. Le cuisinier a laissé la porte du fourneau ouverte pour plus de chaleur. Une braise a dû tomber.

Evelyn jeta un nouveau coup d'œil en direction du feu. Il était incroyable qu'une petite braise puisse provoquer un tel brasier. En dépit des efforts d'une poignée de voisins venus pour essayer d'arrêter l'incendie, il semblait que les flammes allaient consumer ce qui avait été sa maison pendant près de huit ans. Le côté où se trouvait la cuisine était parti en fumée et le feu dévorant avait gagné la façade du bâtiment. Les seaux d'eau que les gens jetaient sur les flammes n'avaient aucun effet. Que se passerait-il à présent que l'orphelinat n'existait plus ?

Au bout de quelques minutes, ces derniers reculèrent et lâchèrent leurs seaux, laissant le feu brûler complètement. Le gardien, M. Mugliardi, se précipita vers Sœur Honora. Son souffle se condensait au contact de l'air froid.

— Argh, quelle tragédie. Nous avons fait de notre mieux.

— Oui, je sais. Et je vous remercie pour cet effort.

Evelyn n'avait encore jamais vu Sœur Honora faire preuve d'une quelconque gentillesse et sa réponse à M. Mugliardi la surprit.

— Avez-vous pu contacter les autorités ? demanda-t-elle à M. Mugliardi.

— Oui, madame. Des personnes vont venir pour emmener les jeunes dans le bâtiment vide chez les luthériens.

— C'est très aimable à eux de nous permettre de l'utiliser.

— C'est pour les enfants, madame. Ils ont dit que la religion n'a pas d'importance quand il s'agit d'aider les enfants.

Evelyn regarda le grand homme décharné s'éloigner à longues enjambées. Où était situé cet autre endroit où ils allaient ? À quelle distance se trouvait-il ? Sa mère pourrait-elle les y retrouver ? Elle serra la main froide de Viola.

— J'ai peur.

— Moi aussi.

Mais Viola ne semblait pas effrayée. Elle affichait ce même air déterminé qu'Evelyn avait vu tant de fois depuis qu'elles avaient été abandonnées ici. Celui qu'Evelyn s'était donné tant de mal à acquérir.

6

EVELYN – DÉCEMBRE 1931

Ce qui ne devait être qu'un hébergement temporaire au séminaire luthérien se prolongea pendant une autre année. Au cours des premières semaines passées là-bas, Evelyn avait appris que le bâtiment où on les avait emmenés avait servi à loger de jeunes hommes qui se préparaient à devenir pasteurs. Elle ignorait que d'autres religions avaient des séminaires. Bien sûr, elle ne savait pas grand-chose au sujet des autres religions, néanmoins elle connaissait l'existence des séminaires et des séminaristes. Tous les enfants priaient quotidiennement pour eux pendant la prière du soir. Sœur Honora leur avait dit à quel point il était important de prier pour les hommes qui s'apprêtaient à entrer dans les ordres.

Lorsqu'ils avaient trouvé pour la première fois refuge dans le vieux bâtiment, ils avaient découvert avec une grande joie que le séminaire disposait déjà de lits de camp, de draps et de couvertures. Il n'y avait en revanche pas de nourriture et les estomacs grondèrent de faim le premier jour jusqu'à ce que l'on apporte des provisions. Dans la mesure où tout avait été perdu dans l'incendie, ils avaient porté les vêtements avec lesquels ils s'étaient échappés pendant une semaine entière. À la fin de la semaine, on leur avait fait don de nouveaux habits et Evelyn s'était réjouie de pouvoir prendre un bain et de mettre quelque chose qui n'empestait pas la fumée.

Près d'un an plus tard, la diminution des réserves de nourriture avait éclipsé l'incendie. Et il n'y avait pas eu de nouveaux dons de vêtements depuis un certain temps. Les deux robes qu'Evelyn avait reçues lui allaient alors très bien, mais elle avait grandi depuis. À plus d'un titre. Les bonnes sœurs s'empressèrent de faire remarquer aux filles que leurs seins naissants ne leur étaient d'aucune utilité à moins d'avoir des enfants. Elles ne devaient pas les toucher ni laisser quelqu'un d'autre les palper, surtout un garçon. Personne ne disait pourquoi cette règle ne semblait pas s'appliquer à Sœur Honora. Parfois, cette dernière entrait dans la pièce où les filles prenaient leur bain. C'était selon elle pour s'assurer qu'elles se lavaient correctement. Mais il arrivait aussi qu'elle attrape un gant de toilette et commence à savonner l'une des filles, s'attardant longuement sur les bosses souples et arrondies de sa poitrine.

Evelyn frissonnait chaque fois qu'elle entendait Sœur Honora approcher. Celle-ci entrait toujours dans la salle de bains en fredonnant, comme pour annoncer son arrivée. Pour Evelyn, la première fois fut la pire de toutes. Les autres filles détournèrent le regard et s'empressèrent de finir de se laver et de sortir le plus vite possible, la laissant seule avec Sœur Honora. Elles savaient ce qui allait se passer.

C'était aussi le cas d'Evelyn qui avait redouté ce moment.

Sœur Honora prit le gant de toilette des mains d'Evelyn et frotta doucement ses seins naissants. Elle ne prononça pas une parole et se contenta de fredonner. Evelyn gardait les yeux baissés. La friction rendait ses mamelons durs et provoquait une décharge de chaleur dans ses parties intimes, et elle détestait cela. C'était un étrange mélange de dégoût et de... Elle ne parvenait pas à définir l'autre émotion que suscitait cette sensation inhabituelle.

Lorsque le frottement prit fin, Evelyn se risqua à jeter un coup d'œil au visage de Sœur Honora. Un sourire s'y attardait, mais il semblait faux, presque comme une caricature criarde, et son regard ne croisa pas celui d'Evelyn.

Après le départ de Sœur Honora, Evelyn attendit plusieurs longues minutes avant d'extraire son corps ruisselant et frigorifié de la baignoire. Elle se sécha rapidement et se dirigea vers ses vêtements empilés avec soin sur le banc. Sur sa robe était posé le mouchoir que Sœur Honora lui avait pris il y a si longtemps. Cette découverte laissa Evelyn stupéfaite. Elle avait pleuré la perte de ce mouchoir pendant plusieurs semaines après qu'il lui avait été confisqué, mais avec le temps, elle s'était endurcie pour affronter la douleur. Comparée à toutes les autres pertes qui avaient jalonné son existence, celle-ci avait été insignifiante.

Pourtant, elle tendit la main et prit le doux tissu. Elle le maintint contre sa joue et pleura pendant le bref instant de bonheur qu'il lui procura.

La semaine suivante, Sœur Honora revint dans la salle de bains alors qu'Evelyn s'y trouvait. Elle arborait cette fois un sourire qui semblait plus sincère et une idée folle traversa l'esprit d'Evelyn. Ce sourire signifiait-il que Sœur Honora était heureuse de la voir ? Cette dernière éprouvait-elle de l'intérêt à son égard ? La restitution du mouchoir constituait-elle une sorte de geste d'excuse pour tous les horribles traitements qu'Evelyn avait subis au cours des années passées ici ?

— Merci pour le mouchoir, souffla Evelyn d'une voix tremblante.

Sœur Honora ne répondit pas et se contenta de faire signe à Evelyn de finir de se déshabiller. L'appréhension, mêlée à un étrange sentiment d'impatience, s'empara d'Evelyn tandis que la fraîcheur de l'air faisait naître la chair de poule sur sa peau nue. Les émotions s'entrechoquaient tandis qu'elle essayait de comprendre ce qui arrivait à son corps. Sœur Honora tendit la main et fit courir ses doigts sur la poitrine d'Evelyn. Une fois de plus, ses mamelons réagirent à ce contact. Ce n'était pas bien. Evelyn le savait. Mais cela lui procurait une sensation de chaleur dans tout le corps. Sœur Honora s'approcha pour mettre sa main autour du petit sein et Evelyn se demanda si c'était ce que l'on ressentait lorsque l'on était aimé.

Elle n'avait jamais éprouvé le réconfort de se reposer sur la poitrine d'une mère, ni connu ce genre d'amour, à supposer qu'il s'agisse bien de cela.

Aujourd'hui, le contact de Sœur Honora lui sembla différent et ouvrit un puits de désir au plus profond d'Evelyn. Elle aspirait à ce réconfort. À cet amour. Elle combla donc la courte distance qui les séparait et tendit la main pour toucher Sœur Honora de la même manière.

— Arrête, l'interrompit cette dernière en repoussant Evelyn d'un coup sur l'épaule.

Evelyn recula en titubant et glissa sur l'eau de bien d'autres bains qui s'était accumulée sur le sol. Elle tomba violemment sur les fesses et une vive douleur irradia dans son dos.

Sœur Honora lui lança un regard noir.

— Ne t'avise plus jamais de faire ça.

— Mais...

— C'est mal et immoral.

— Mais...

— C'est compris ?

Evelyn ignorait si dire la vérité susciterait encore davantage de colère, aussi elle se tut. Elle ne comprenait pas. Elle ne saisissait rien. Mais elle pensait que si elle restait à terre sur le sol mouillé, alors peut-être que Sœur Honora ne la frapperait plus. Elle adressa à cette dernière un bref signe de tête, même si elle avait envie de crier : *« Pourquoi êtes-vous autorisée à me toucher sans que ce soit un péché ? »*

Evelyn demeura silencieuse tandis que Sœur Honora se mettait à fredonner et continuait à frotter son corps. La chaleur avait cessé d'affluer en elle et laissé place à une vague froide de colère et de dégoût qui la fit frissonner. Sœur Honora ne sembla pas le remarquer. Elle fredonna et frotta pendant encore quelques minutes, puis laissa tomber le gant de toilette aux pieds d'Evelyn et quitta la pièce.

Evelyn avait tellement honte qu'elle ne raconta même pas à Viola ce qui lui était arrivé cette fois-ci. D'un commun accord, aucune des filles ne s'était jamais étendue sur ce qui se passait dans la salle de bains. Evelyn s'en était cependant ouverte à Viola après sa première expérience. Elle voulait savoir si celle-ci avait éprouvé les mêmes sensations lorsque Sœur Honora lui avait initialement rendu visite, mais Viola avait refusé d'en parler.

Pendant les semaines qui suivirent, Evelyn évita la salle de bains. Elle était toujours chargée de passer la serpillière lorsque les filles avaient terminé de se laver et elle pouvait faire une toilette rapide lorsqu'elle était seule à l'intérieur. Sans ôter ses vêtements, elle se nettoya rapidement le visage et plongea la tête dans la baignoire afin de rincer la saleté qui s'était accumulée dans ses cheveux. Toutes les filles avaient les cheveux très courts. Une autre des bonnes sœurs les leur coupait une fois par mois, si bien qu'il ne fallut que quelques minutes à Evelyn pour les essuyer à l'aide d'une serviette. Elle épongea ensuite rapidement l'eau et se hâta de sortir, en espérant que Sœur Honora n'entrerait pas.

Lorsque Evelyn se retrouva dans le couloir, elle manqua de heurter Maria.

— Oh, pardon. Tu as besoin de quelque chose là-dedans ?

Elle fit un signe par-dessus son épaule.

— Non. Ma sœur m'a envoyée chercher le reste des enfants. Nous devons tous venir dans le réfectoire.

C'était curieux. C'était le milieu de la matinée. Ils n'allaient jamais dans le réfectoire, sauf pour y prendre un repas.

— Tu sais pourquoi ? demanda Evelyn en emboîtant le pas à Maria.

— Ma sœur ne m'a rien dit.

Même si Evelyn espérait ardemment que Sœur Honora leur annonce de bonnes nouvelles, son instinct lui disait le contraire tandis qu'elle se dépêchait de rejoindre les autres enfants rassemblés dans le réfectoire où régnait le froid. Sans la chaleur des fours pour l'atténuer et charrier une réconfortante odeur de nourriture, le sentiment de malheur imminent qu'éprouvait Evelyn s'intensifia.

Une fois les derniers enfants entrés, Sœur Honora s'avança d'un pas raide vers le devant de la pièce et leur demanda à tous de s'asseoir. Pendant un moment, on n'entendit plus que le raclement des chaises sur le plancher. Puis, ce fut le silence. Les enfants savaient qu'ils ne devaient pas parler à moins d'y être autorisés.

— Les enfants. J'ai une bien mauvaise nouvelle à vous annoncer aujourd'hui. Comme vous le savez, Dieu nous a lancé de nombreux défis ces dernières années. La Grande Dépression…

L'esprit d'Evelyn se mit brièvement à vagabonder. Sœur Honora parlait sans cesse de la « Grande Dépression » comme de quelque chose de merveilleux, mais Evelyn ne voyait pas ce qu'elle avait d'extraordinaire. Les jours de faim, de froid, et de misère avaient été bien trop nombreux ces dernières années.

— … l'orphelinat va devoir fermer.

Evelyn ramena soudain son attention sur la bonne sœur. Qu'avait-elle dit ?

— Nous avons pris des dispositions afin que certains d'entre vous puissent travailler.

Evelyn se tourna vers Viola.

— De quoi parle-t-elle ?

— Chut ! Si tu ne rêvassais pas tout le temps, tu le saurais.

— L'orphelinat fermera officiellement ses portes dans deux

semaines. Nous nous entretiendrons avec chacun d'entre vous pour vous dire où vous irez. C'est tout.

Un silence de mort s'ensuivit et Evelyn perçut les battements de son cœur qui tambourinait contre ses côtes. C'était pire que l'incendie. Bien pire. Et elle n'était pas sûre d'aimer un Dieu qui leur ferait une chose pareille.

— Et Noël, ma sœur ?

Evelyn regarda autour d'elle pour voir qui avait posé la question. C'était Marie et Evelyn se félicita d'être restée muette lorsqu'elle vit le regard que Sœur Honora décocha à la jeune fille.

— Nous n'avons pas de quoi nous nourrir, la tança-t-elle. Comment peux-tu espérer fêter Noël ?

Evelyn ne s'en souciait pas à titre personnel, mais elle savait que les plus jeunes comptaient sur quelque chose de spécial pour les fêtes. L'année précédente, l'incendie leur avait volé Noël. Et maintenant ça ? Si seulement il y avait un moyen. Evelyn leva la main. Oserait-elle dire quelque chose ?

— Euh, excusez-moi, ma sœur.

— Quoi ?

— Peut-être que si nous avions de l'argent. Je veux dire... j'ai une cuillère en argent. Je serais heureuse de...

— De quoi ?

— Je pourrais vous la donner pour que vous la vendiez et...

Sœur Honora éclata d'un rire déplaisant.

— Idiote. Tu penses vraiment pouvoir nous aider avec ça ? Une cuillère en argent ne suffira pas à acheter un seul cadeau, et encore moins... (Elle laissa sa phrase en suspens et fit un geste en direction du groupe d'enfants.) Petite sotte. Petite sotte.

Evelyn fixa le sol afin que personne ne remarque les larmes qui lui montaient aux yeux avant de couler sur ses joues. N'apprendrait-elle jamais ?

Ainsi, Noël arriva et prit fin sans rien pour faire de ce jour un évènement spécial. Pas même des fleurs sur l'autel pour la messe de Noël. Il n'y avait que du porridge à manger aux trois repas de la journée et Evelyn essayait de ne pas penser au canard rôti et aux pommes de terre qu'ils avaient l'habitude de consommer pendant les fêtes. Le lendemain, Sœur Madeleine entra dans le réfectoire où Evelyn était occupée à nettoyer les tables et lui tapota l'épaule.

— Sœur Honora désire te voir.

— Dois-je finir de laver les tables ? Il n'en reste plus que deux.

— Non. Elle a demandé que tu viennes immédiatement.

— Oui, ma sœur.

Evelyn se rendit dans la cuisine afin de vider le seau d'eau dans le grand évier en acier. Tandis qu'elle rinçait rapidement le chiffon et l'essorait, elle s'interrogea sur sa convocation. Les tâches ménagères étaient rarement interrompues. Quelle qu'en soit la raison. C'est donc avec beaucoup d'appréhension qu'Evelyn se hâta de gagner la petite pièce que Sœur Honora avait transformée en bureau. Ce dernier n'était pas aussi bien aménagé que celui dont elle disposait à l'orphelinat Saint-Émilien, néanmoins elle avait réussi à lui donner un air officiel. Lorsque Evelyn entra, Sœur Honora lui fit signe de s'asseoir sur la chaise en bois devant le bureau jonché de papiers. Sœur Honora prit place de l'autre côté et éplucha les documents. Elle en présenta un à Evelyn et leva les yeux vers elle.

— Nous t'avons trouvé un travail.

— Un travail ? Où ? Pour faire... ?

— Ne m'interromps pas, s'il te plaît. Je te dirai tout ce qu'il te faut savoir et je ne répondrai à aucune question. C'est compris ?

Evelyn acquiesça. Sœur Honora regarda le papier et poursuivit :

— Tu iras dans une famille à Milwaukee. Ils ont besoin d'une jeune fille pour s'occuper des enfants et aider aux tâches ménagères. (Elle marqua une pause et annota le document qui se trouvait devant elle.) C'est un travail semblable à celui que tu as effectué ici.

Evelyn ravala l'envie de poser des questions au sujet de Viola. Où allait-elle ? Allaient-elles être séparées ? Ou était-il possible qu'elle aille au même endroit ?

— En ce qui concerne le temps que tu as passé ici, commença Sœur Honora avant de s'interrompre et de plonger son regard dans celui d'Evelyn, je t'interdis d'en parler. Pour toujours. Pas un mot sur quoi que ce soit. Est-ce clair ?

Evelyn déglutit difficilement et acquiesça d'un petit signe de tête.

— Le respect de la vie privée dans tous les domaines est primordial. (Sœur Honora martela chaque mot d'un coup sec de stylo sur le dessus de son bureau.) À défaut d'autre chose, nous avons notre intimité. N'est-il pas vrai ?

Evelyn ignorait si Sœur Honora attendait réellement une réponse de sa part, et avait-elle le courage de dire la vérité ? Elle n'avait eu droit à aucune intimité depuis son arrivée ici. Les religieuses surveillaient en permanence les enfants. Dans les classes. Dans le réfectoire. L'une d'elles faisait même le tour du dortoir le soir, après l'extinction des feux. Ensuite, il y avait ce qui se passait dans la salle de bains, mais Evelyn avait décidé de garder à tout jamais le silence à ce sujet. C'était trop affreux. Trop inavouable pour en parler à voix haute à quelqu'un d'autre.

Aussi, plutôt que de dire quoi que ce soit, Evelyn se contenta de hocher à nouveau la tête. Elle commençait à être douée pour acquiescer, même lorsqu'elle avait envie de crier.

— C'est tout, conclut Sœur Honora. Tu iras rejoindre ta nouvelle maison à la fin de la semaine.

Evelyn demeura immobile et Sœur Honora désigna la porte d'un geste de la main.

— Tu peux disposer.

Evelyn se leva et s'avança vers la porte avant de rebrousser chemin. Elle n'en avait pas eu l'intention. Elle avait prévu de se retirer en silence telle l'enfant obéissante qu'elle était supposée être, mais elle avait besoin de savoir.

— S'il vous plaît, ma sœur ? Et Viola ?

Sœur Honora lui décocha un regard noir et elle eut l'impression d'avoir été aspergée d'eau glacée.

— Aurais-tu oublié ce que je viens de dire à propos de l'intimité, jeune fille ? Ce sont des renseignements qui ne te concernent pas.

— Mais…

— Tu peux disposer.

Evelyn se pinça les lèvres pour s'empêcher de prononcer une parole de plus et quitta la pièce.

Le jour du départ, Evelyn se tenait près du lit en compagnie de Viola. Sa sœur s'en allait aussi aujourd'hui, mais elle ne savait toujours pas où. Toutes deux avaient de petites valises ouvertes à l'intérieur desquelles elles disposaient leurs maigres affaires. Evelyn regarda sa sœur.

— Je ne veux pas aller quelque part sans toi.

— Ce n'est pas à nous de décider. Arrête de faire le bébé.

— Je ne fais pas le bébé. (Evelyn écarta ses sous-vêtements pour laisser de la place à la boîte à cigares qui contenait ses trésors.) C'est juste que je ne veux pas que nous soyons séparées.

Viola s'approcha et enlaça Evelyn.

— Je sais. Je suis désolée.

Evelyn étreignit sa sœur quelques instants, puis demanda :

— Est-ce que nous pourrons nous voir ?

— Je ne sais pas. Sœur Honora a dit que les dispositions étaient confidentielles.

— Elle me l'a dit aussi. Et je ne comprends pas ça. (Evelyn s'écarta de sa sœur, ferma la valise et la verrouilla.) On devrait pouvoir savoir où se trouve l'autre. Je ne sais pas si je peux survivre sans toi.

— Ne sois pas stupide. Bien sûr que tu peux. Tu es plus forte que tu ne le penses.

Evelyn sourit à sa sœur. Elle voulait croire en ses paroles, mais elle ne se sentait pas forte. Elle n'était pas certaine de savoir ce que cela signifiait.

— Tu sais quel jour nous sommes ? demanda Viola.

Evelyn secoua la tête.

— C'est le Jour de l'An. Une nouvelle année. Un nouveau départ.

Viola sourit, mais Evelyn n'arrivait pas à déterminer si elle le faisait de manière sincère ou simplement afin de la réconforter.

Viola verrouilla sa valise, puis elle la souleva et s'éloigna.

— Sois prudente, sœurette, lança-t-elle à Evelyn.

En observant sa sœur rejoindre Sœur Madeleine qui allait emmener Viola dans sa nouvelle maison, la gorge d'Evelyn se serra et elle ne put retenir ses larmes. Elle ne pleurait pas pour sa sœur. Viola s'en sortirait. Evelyn pleurait sur son propre sort. Sa mère ne la retrouverait jamais. Viola semblait ne pas s'en soucier, contrairement à Evelyn. Cela l'inquiétait tellement qu'elle en avait le souffle coupé.

7

EVELYN – JANVIER 1932

VÊTUE D'UNE ROBE D'INTÉRIEUR DÉLAVÉE DONT quelqu'un avait fait don à l'orphelinat, Evelyn se tenait sous le porche, sa valise dans une main. Sœur Honora lui agrippait fermement l'autre main. Devant elles se dressait la porte d'entrée de la plus grande maison qu'Evelyn ait jamais vue. Cette dernière était largement quatre ou cinq fois plus grande que celle où elle avait vécu avec Mlle Beatrice. Le porche occupait toute la façade ainsi qu'un côté de la demeure, et d'imposants piliers blancs supportaient un balcon supérieur.

Sœur Honora frappa bruyamment et, quelques instants plus tard, des pas se rapprochèrent. La lourde porte en bois s'ouvrit alors sur une jolie jeune femme au sourire éclatant. Un jeune enfant qui portait un pantalon court et un bavoir par-dessus une chemise blanche jeta un regard furtif par-delà la jupe ample de la femme. Il semblait avoir environ quatre ans.

— Madame Hershlinger ? demanda Sœur Honora.

La femme acquiesça d'un signe de tête.

— Voici la jeune fille dont nous avons parlé la semaine dernière. (Sœur Honora poussa Evelyn et l'obligea à s'avancer un peu plus près de la porte entrouverte.) C'est une bonne travailleuse.

— Oui. C'est ce que vous avez dit au téléphone. (La femme s'écarta.) Entrez.

Evelyn emboîta le pas à Sœur Honora et vit l'enfant se précipiter dans le hall d'entrée, ses chaussures de cuir claquant sur le carrelage. Il tourna à l'angle d'un couloir et disparut.

— C'est Jonathan, expliqua la femme. Il est un peu timide. Suivez-moi, je vous en prie.

Elle les conduisit dans un salon agrémenté de plusieurs meubles charmants dont le plus grand était un canapé recouvert d'un imprimé floral. Le tissu était si chatoyant qu'il aurait pu être du satin. Même si la dame les y avait conviées, Evelyn hésita à prendre place dessus, mais Sœur Honora n'eut pas tant de scrupules. Elle s'empressa de s'asseoir, sortit plusieurs papiers d'une serviette en cuir et les tendit à la dame.

— Voici tous les renseignements dont nous disposons au sujet de cette jeune fille.

— Evelyn, c'est ça ? demanda la femme avec un sourire. C'est un très joli prénom. Je m'appelle Sarah Hershlinger. C'est un nom difficile à prononcer, alors tu peux m'appeler Sarah.

— Les jeunes filles ne sont pas autorisées à se montrer aussi familières, objecta Sœur Honora. Elle vous appellera Mme Hershlinger ou bien madame.

— Oui, madame, rectifia Sarah avant d'adresser un clin d'œil à Evelyn.

C'est à ce moment-là qu'Evelyn conclut que ce ne serait peut-être pas si mal après tout. En chemin, Sœur Honora lui avait expliqué que cette famille avait eu la chance de conserver sa fortune pendant la Grande Dépression, et qu'elle aussi pouvait s'estimer heureuse de travailler ici. Sœur Honora lui avait précisé qu'elle disposerait d'une chambre particulière, mais Evelyn ne savait pas quelle impression cela lui ferait. Elle détestait être séparée de Viola. C'était à sa connaissance la première fois qu'elles n'étaient pas ensemble et cela allait lui sembler bien étrange de dormir seule sans un corps chaud contre lequel se blottir lorsqu'il faisait froid. Mais peut-être que le froid ne serait pas un problème dans cette maison. Il faisait agréablement bon dans ce charmant salon. Elle s'assit avec précaution sur le bord d'un des coussins du canapé et posa sa petite valise sur le sol, à côté de ses pieds.

— Voici l'accord entre vous et l'orphelinat Saint-Émilien. (Sœur Honora sortit deux autres feuilles de papier de sa serviette.) Vous acceptez de fournir le gîte et le couvert à l'orpheline Evelyn Gundrum en échange de tâches ménagères et de garde d'enfants.

— Nous pourrions aussi lui verser un petit salaire.

— Ce n'est pas nécessaire. Les enfants ne travaillent pas pour de l'argent.

— Toutes les jeunes filles ont besoin d'en avoir un peu sur elles pour se faire plaisir. (Sarah sourit à Evelyn et se tourna à nouveau vers Sœur Honora.) Cela poserait-il un problème à l'orphelinat Saint-Émilien ?

Sœur Honora hésita un instant. Son visage prit cette expression qui faisait toujours trembler les gens et Evelyn craignit qu'elle n'insiste sur une absence de rémunération.

— Bien sûr que non, répondit-elle d'un ton qui témoignait clairement d'une certaine réticence. C'est à vous et à la jeune fille de régler ça.

Evelyn était désormais sûre de se plaire ici et d'aimer Sarah. C'était la première fois qu'elle voyait Sœur Honora céder à quelqu'un.

— Si vous voulez bien signer les deux exemplaires de l'accord, dit-elle. Je vous en laisserai un.

Dès que Sarah eut terminé de signer les documents, Sœur Honora en prit une copie.

— Bien. Ce sera tout. Si cette fille se montre insolente ou

vous pose le moindre problème, une bonne correction la remettra dans le droit chemin.

— Je n'en doute pas.

L'affaire conclue, Sœur Honora se leva. Sarah fit de même et Evelyn l'imita. Avant de partir, Sœur Honora se tourna vers Evelyn.

— Surveille tes manières. Tu n'as nulle part où aller si ça ne marche pas.

Un frisson de crainte parcourut Evelyn.

— Oui, ma sœur.

— Très bien, alors.

Sœur Honora se redressa et sortit de la pièce. Sarah se précipita à sa suite, mais Evelyn ne bougea pas, toujours tétanisée de peur. Elle ne pouvait s'imaginer seule dans la grande ville. Elle s'efforça de sourire lorsque Sarah revint, mais elle tremblait intérieurement.

— Ça va ? lui demanda Sarah. Tu es toute pâle.

Evelyn ne put se retenir.

— Je ferai tout ce que vous me demanderez. Ne me mettez pas à la porte, s'il vous plaît.

— Seigneur. (Sarah prit Evelyn par le bras et la conduisit jusqu'à une chaise.) Nous n'avons aucunement l'intention de te mettre à la porte. Nous avons demandé une gentille fille comme toi.

— C'est vrai ?

Sarah sourit.

— Oui. Et je savais que tu serais parfaite.

Evelyn ne savait quoi répondre. Personne ne lui avait encore jamais parlé comme cette dame venait de le faire. Et personne ne l'avait jamais qualifiée de parfaite.

— Es-tu prête à faire la connaissance des enfants ? s'enquit Sarah au bout d'un moment. Jonathan a dû courir jusqu'à la salle de jeux.

Evelyn prit sa valise et emboîta le pas à Sarah jusqu'à une

pièce située à l'arrière de la maison. Lorsqu'elles mirent le pied à l'intérieur, elle eut l'impression d'entrer dans un royaume féerique. Une éclatante peinture jaune citron égayait la pièce et des étagères rouges, bleues et vertes couvraient trois pans de mur. Certaines d'entre elles contenaient des livres tandis que d'autres débordaient de petits jouets et de puzzles. Des tables et des chaises étaient disposées de chaque côté d'une grande fenêtre sur le quatrième mur.

Au milieu de la pièce se trouvait une maison de poupées. Une très grande maison de poupées. Une petite fille aux nattes blondes était assise par terre et déplaçait les poupées d'une pièce à l'autre de la maison. Elle semblait un peu plus âgée que Jonathan et portait une robe rouge garnie de volants blancs à l'encolure et à l'ourlet. Ses jambes étaient repliées sur le côté et des chaussures noires vernies dépassaient du jupon de sa robe. Evelyn s'émerveilla de la beauté de la fillette.

— Abigail, dit Sarah. Lève-toi et dis bonjour à Evelyn. C'est la jeune fille qui est venue travailler ici. Je t'ai parlé d'elle la semaine dernière, tu t'en souviens ?

— Oui, maman. (La fillette se redressa et s'approcha.) Bonjour, Evelyn. Nous espérons que tu te plairas ici.

— Où est ton frère ? demanda Sarah.

Abigail désigna un coin de la pièce protégé d'une pile de boîtes.

— Terré dans sa forteresse.

Sarah éclata de rire.

— Abigail aime jouer avec ses nouveaux jouets. Son frère, lui, préfère s'amuser avec les boîtes d'emballage.

Si on lui avait laissé le choix, Evelyn aurait aimé elle aussi construire quelque chose avec les boîtes, mais elle garda cette pensée pour elle-même. Elle n'arrivait pas à déterminer si Sarah était ou non d'accord avec ce que faisait le garçonnet et elle voulait éviter de susciter une quelconque désapprobation.

— Jonathan, dit Sarah. Sors de là tout de suite. Evelyn va

habiter ici pendant un certain temps, alors autant te comporter en gentleman et venir faire sa connaissance.

Jonathan écarta une partie des boîtes et sortit. Il avait les mêmes cheveux châtain clair que sa mère et sa sœur, mais avait un peu de mal à regarder Evelyn.

— Bonjour, Jonathan, le salua Evelyn.

Il bredouilla légèrement en guise de réponse.

— J'aime ta forteresse, reprit Evelyn.

— C'est vrai ? (Il leva aussitôt la tête, ses yeux bleus brillant d'excitation.) Tu veux jouer ?

Sarah pouffa de rire.

— Pas maintenant. Elle pourra jouer avec toi plus tard. Il faut d'abord qu'elle s'installe.

La chambre d'Evelyn se trouvait en haut d'un long escalier, à l'arrière de la maison. Ce dernier étant situé juste à côté de la cuisine, elles s'y arrêtèrent pour permettre à Evelyn de rencontrer Hildy, la cuisinière, avant de monter les marches.

— Tous les domestiques sont logés à cet étage, expliqua Sarah lorsqu'elles atteignirent le sommet de l'escalier. En plus d'Hildy, nous avons Genevieve, la gouvernante principale. Tu l'assisteras dans les tâches ménagères.

— Oui, madame.

— M. Martinelli, le gardien, occupe une petite chambre au-dessus des écuries. Il n'y a donc pas d'hommes sur ce palier.

La chambre réservée à Evelyn se trouvait au bout du petit couloir.

— Je te demande de bien vouloir m'excuser. C'est la plus petite des pièces de l'étage, annonça Sarah en ouvrant la porte.

Evelyn ne comprenait pas pourquoi la femme s'excusait pour la chambre. L'espace était suffisant. Plus que suffisant, à vrai dire. Le lit était étroit, mais cela laissait assez de place à côté pour un tapis qui semblait très moelleux et chaud au contact des pieds nus. Un petit bureau en érable était disposé sous une fenêtre agrémentée de ravissants rideaux blancs que retenaient des rubans dorés, et en face du lit se trouvait une commode haute également en érable. Il y avait tellement de tiroirs qu'Evelyn se demandait si elle parviendrait un jour à les remplir.

— Oh, c'est très joli, déclara Evelyn.

— Hildy a nettoyé la chambre pour toi hier. (Sarah entra et inspecta le dessus du bureau afin de s'assurer qu'il n'y avait pas de poussière.) Mais après, ce sera à toi de la garder propre et en ordre.

— Oui, madame.

— Oh, appelle-moi Sarah, je t'en prie.

— Oui, madame. (Evelyn sentit le rouge lui monter aux joues.) Je veux dire, j'essaierai.

Sarah éclata de rire.

— Tu peux ranger tes affaires dans la commode. M. Martinelli a dû oublier d'apporter l'armoire. En attendant, tu peux suspendre tes robes à cette patère dans le coin.

— Vous voulez que j'enlève ma robe ?

— Quoi ? Non. Je voulais parler de tes autres robes.

— Je n'en ai pas d'autres.

Sarah parut choquée, mais s'empressa d'afficher un sourire pour dissimuler sa stupéfaction.

— Oh. Je vois. Eh bien, nous allons devoir y remédier.

Et c'est ce que Sarah fit. En l'espace d'un mois, l'armoire de la chambre d'Evelyn contenait quatre nouvelles robes, un manteau long et une veste. Au cours de ce même mois, elle s'était également installée dans une routine confortable. Comparé au récurage des sols à l'orphelinat qui la laissait avec les doigts craquelés et sanguinolents, son travail ressemblait presque à des vacances. Ici, Evelyn était chargée d'épousseter et de passer la balayeuse à tapis tous les jours dans le salon du rez-de-chaussée. Sarah aimait qu'il soit propre au cas où elle recevrait la visite de l'une de ses amies. Evelyn aidait par ailleurs la cuisinière à couper les légumes, éplucher les pommes de terre et émincer la viande des enfants qui prenaient la plupart de leurs repas dans la cuisine en compagnie d'Evelyn et des autres domestiques.

La gentillesse qu'on lui témoignait était merveilleuse, mais Evelyn craignait qu'elle ne dure pas. Elle prenait donc soin de ne rien faire qui puisse contrarier Sarah ou son mari et la remettre en question.

Un jour, alors qu'Evelyn était là depuis près de deux mois, Sarah annonça qu'elle organisait un dîner le samedi suivant et demanda à Evelyn si elle voulait aider au service.

— Tu peux aider Hildy à apporter les plats à table et à les tenir pour que les invités puissent prendre ce qu'ils veulent.

— J'aimerais bien, répondit Evelyn.

— Bien. Je vais te trouver un joli tablier blanc que tu porteras par-dessus ta robe anthracite.

Ce samedi soir, Evelyn noua le tablier autour de sa taille et ajusta le haut de la chasuble de sorte que les volants ne soient pas repliés. Elle était impatiente d'aider Hildy et de montrer à Sarah qu'elle était capable de faire tout ce qu'on lui demandait.

— Voilà. (Hildy tendit un plateau à Evelyn.) Ce sont des amuse-bouches. Sers-toi de ces pinces en argent pour en mettre un dans chacune des petites assiettes sur la table. Tu te souviens de ce que je t'ai dit à propos des assiettes et de l'argenterie ?

— Oui, madame. La petite assiette près du verre d'eau est pour ceci. (Evelyn désigna d'un signe de tête le plateau qu'elle tenait à la main.) Elle servira également pour le pain. Ensuite, je pourrai la retirer.

— D'accord. C'est bien.

Evelyn se rendit dans la salle à manger, remarqua le sourire que Sarah lui adressa et distribua soigneusement les amuse-bouches. Elle en avait goûté un plus tôt à la cuisine et n'avait pas aimé la saveur de cette chose à base de poisson sur un petit biscuit salé.

Tout se déroula bien jusqu'à ce qu'Evelyn aide Hildy à servir le plat principal. Le plat qui contenait la grosse dinde rôtie avait été déposé devant M. Hershlinger afin qu'il la découpe et la serve pendant que Hildy apportait un large récipient de pommes de terre aux invités. Evelyn la suivait avec une grande saucière, et lorsqu'elle tenta de se glisser entre deux convives pour servir la dame à sa droite, l'homme assis à sa gauche se pencha trop près et heurta son bras. Du jus de viande s'échappa de la saucière et se répandit sur le côté de la robe de la femme. Cette dernière se leva précipitamment et essuya la tache à l'aide de sa serviette.

Evelyn se figea un instant puis regarda Sarah.

— Je suis vraiment désolée. Je vous en prie, ne me fouettez pas. Je vous en prie ! Ça ne se reproduira pas. Je vous le promets.

Les mots s'échappèrent de la bouche d'Evelyn tel un train en marche. Sarah se leva d'un bond et se précipita vers elle. Evelyn recula d'un air si terrorisé que Sarah s'immobilisa et la regarda longuement.

— Mon enfant, ce n'est rien, dit-elle. C'était un accident. Nous le comprenons. Maribeth va bien. (Sarah désigna du doigt l'invitée.) Tu vois, elle va bien. Elle n'est pas en colère et moi non plus. N'aie pas peur.

— Alors vous n'allez pas me fouetter ?

— Oh, mon Dieu, non. (Sarah combla la distance qui les séparait et prit Evelyn dans ses bras.) Ce n'est rien, murmura-t-elle. Ce n'est rien. Ce n'est rien. Tu n'as rien à craindre. Personne ici ne te fouettera jamais. Je te le promets.

En dépit de cette promesse, Evelyn ne parvenait pas à se détendre complètement. Elle était très prudente dans tout ce qu'elle faisait tandis que le souvenir du claquement sec de la canne de Sœur Honora occupait toujours une place dans son esprit.

Presque tous les soirs, Evelyn aidait les enfants pour leur toilette, même si Sarah s'en chargeait quelquefois elle-même, et ils faisaient ensemble des promenades quotidiennes autour de la propriété afin que ces derniers puissent prendre l'air.

Les enfants se montraient la plupart du temps respectueux et coopératifs, et Evelyn appréciait les promenades. Les tâches ménagères étaient aisées et lui laissaient tout le loisir de les rejoindre dans la salle de jeux ou dans le salon pour lire.

M. Hershlinger était d'une tout autre trempe que sa femme et Evelyn trouvait parfois qu'il ressemblait trop à Sœur Honora de par sa rigidité, son formalisme et son caractère exigeant. En semaine, il se rendait à son travail en ville où il lui arrivait de passer la nuit, et les soirs où il regagnait la maison de campagne, il était en général assez tard. Il préférait ne dîner qu'en compagnie de sa femme. En attendant son mari, Sarah rendait souvent visite aux domestiques dans la cuisine où ils mangeaient et grignotait un morceau de viande ou un peu de pain. S'asseoir ainsi autour de la table rappelait à Evelyn les repas qu'elle prenait avec Mlle Beatrice et Evelyn se rendit vite compte que Sœur Honora avait eu raison. Elle avait beaucoup de chance d'être ici.

Les week-ends étaient atypiques. Le samedi, qu'il pleuve, qu'il vente, ou qu'il neige, la famille avait pour habitude de pique-niquer sous le grand pavillon blanc à l'arrière du jardin, toujours avec Evelyn. Les pique-niques composés de poulet frit, de salade de pommes de terre et de pain fait maison étaient délicieux, et les enfants batifolaient dans l'herbe en jouant à chat. C'était très amusant et même M. Hershlinger perdait un peu de sa rigidité et riait de leurs pitreries. De temps en temps, ils emportaient les paniers remplis de nourriture et de jeux dans un parc voisin où il y avait des balançoires et des toboggans pour se divertir. Evelyn adorait se balancer, se redresser et s'élancer tout en imaginant qu'elle s'élevait dans le ciel.

Le dimanche matin, toute la famille se rendait à l'église. Les domestiques n'étaient pas tenus d'y aller, mais ils le pouvaient s'ils le souhaitaient. Evelyn aimait assister à la messe. Elle appréciait la solennité de cette expérience, la nef caverneuse ornée d'œuvres d'art magnifiques, la musique grandiose qui s'échappait des gigantesques tuyaux et remplissait tous les espaces. Elle aimait même écouter les paroles en latin. Elle n'essayait pas de suivre la messe dans le missel, préférant fermer les yeux et laisser les sons venir à elle dans un faible et doux murmure.

Après la messe, la famille se réunissait autour d'un grand repas raffiné. C'était le seul jour de la semaine où les enfants étaient autorisés à prendre leur repas dans la salle à manger. M. Hershlinger préférait une ambiance plus protocolaire pour les dîners dominicaux que pour les pique-niques. Aussi, Evelyn était-elle chargée de veiller à ce que les enfants se comportent bien et fassent preuve de bonnes manières. Ces derniers ne pouvaient parler que lorsqu'on leur adressait la parole et Sarah se faisait souvent un devoir de leur poser une seule et unique question.

En dépit du caractère rigide et officiel des repas, ceux-ci étaient toujours agréables et la vie était tellement meilleure ici qu'à l'orphelinat. Parfois, Evelyn feignait d'être plus qu'une simple domestique et d'appartenir à cette merveilleuse famille.

Les journées étaient si remplies qu'Evelyn avait rarement le temps de penser à sa mère ou à sa sœur. C'était le soir qu'elle s'interrogeait à leur sujet. Où étaient-elles ? Que faisaient-elles ? L'absence de sa sœur lui était aussi douloureuse qu'un coup de poignard dans la poitrine, et elle ne pouvait s'empêcher de se demander si elle manquait autant à Viola. L'idée que ce ne soit pas le cas la faisait invariablement fondre en larmes, mais Evelyn s'efforçait de dissimuler sa tristesse. Que pouvait-elle vouloir de plus que la gentillesse qu'elle avait trouvée ici ?

8

REGINA – 1938

La taverne était peu fréquentée pour un samedi soir, mais il était encore tôt. Elle se remplirait probablement après vingt et une heures. Regina et Henry avaient commencé à revenir régulièrement à cet endroit où ils s'étaient rencontrés pour la première fois, et elle prenait surtout plaisir à se remémorer cette merveilleuse soirée qui avait changé sa vie de manière si spectaculaire. Même s'ils étaient à présent mariés depuis plus de dix ans, Henry se montrait toujours très romantique et ce soir, il lui avait offert une rose rouge qu'elle portait sur le revers de son manteau.

Elle le regarda à travers le nuage de fumée qui tourbillonnait à travers la pièce, chevauchant la brise créée par les ventilateurs suspendus au plafond. Il sourit. Son sourire possédait la faculté de la faire fondre.

Elle posa sa chope de bière sur la table et prit une profonde inspiration.

— Je veux que tu trouves mes filles, dit-elle.

Henry se pencha en avant comme s'il n'avait pas bien entendu.

— Quoi ?

— Peux-tu retrouver mes filles ?

Il leva une main.

— Attends. Reviens en arrière. Quelles filles ?

Regina avait la gorge si serrée qu'elle peinait à articuler. On aurait dit qu'un gros serpent s'était enroulé autour de son cou.

— Mes filles.

— Tu as des enfants ? (Il la dévisagea longuement.) Pourquoi ne m'as-tu rien dit ?

— J'avais peur.

— De quoi ?

— Que tu me quittes.

Regina y songeait depuis des semaines, mais il lui avait fallu tout ce temps pour trouver le courage de poser la question à Henry. À présent, elle l'observait avec attention afin de jauger sa réaction. Était-il en colère ? La quitterait-il comme John l'avait fait ? Henry fut si long à répondre que ses craintes s'intensifièrent. Les paumes de ses mains étaient moites de sueur et un frisson glacé la parcourut.

Henry avala une longue gorgée de bière, puis reposa la chope sur la table en prenant soin de la superposer à l'endroit exact où un cercle de condensation se trouvait déjà.

— Je suis déçu.

Regina voulait lui demander pourquoi, mais elle n'osait pas.

— Tu m'as caché ça ? Pendant tout ce temps ?

— Je sais. Je sais. J'aurais dû t'en parler tout de suite. Mais après John… quand je lui ai parlé de mes filles… il n'en voulait pas.

— Comment peut-on ne pas vouloir d'enfants ?

Cette question la prit au dépourvu et la vexa un peu. La jugeait-il, lui aussi ?

Au cours de leurs années de mariage, Regina n'avait que très peu parlé à Henry de Frank et de John, évitant soigneusement de mentionner qu'elle avait deux filles. C'était sans doute la honte, plus que tout autre chose, qui l'avait poussée à garder cela secret.

— Raconte-moi ça, Regina. Raconte-moi tout.

C'est ce qu'elle fit. Sans rien omettre. Elle ne le quitta pas des yeux, à l'affût du moindre signe de reproche. Il n'y en eut aucun.

— Tu n'as pas arrêté de les appeler « tes filles ». Quels sont leurs prénoms ?

— Viola et Evelyn.

Henry but une nouvelle gorgée de bière.

— As-tu été en contact avec elles depuis que tu les as laissées à l'orphelinat ? s'enquit-il.

— Très peu.

Devant son absence de réponse, Regina tambourina légèrement des doigts sur la table. Henry affichait une expression insondable. Il poussa un soupir, puis demanda :

— Pourquoi maintenant ?

— Comment ça, pourquoi maintenant ?

— Pourquoi veux-tu les retrouver maintenant ?

Regina réfléchit pendant de longues minutes avant de répondre.

— Parce que j'aimerais savoir ce qu'elles sont devenues.

— C'est tout ?

— Non. (Les larmes lui brûlèrent les yeux et elle déglutit difficilement.) Je veux leur demander pardon.

Henry tendit le bras et posa sa main sur la sienne. Son contact était chaleureux et réconfortant.

— Quand as-tu reçu de leurs nouvelles pour la dernière fois ?

— Il y a six ou sept ans. L'orphelinat a dû fermer. Je ne sais pas où sont allées les filles.

— Personne ne t'a informée de rien ?

Regina secoua la tête.

— La dernière fois que j'ai appelé, la directrice n'était pas là.

La sœur qui a répondu au téléphone m'a expliqué qu'elle ne pouvait rien m'apprendre à leur sujet.

Après un autre long moment, Henry soupira et dit :

— Alors nous allons devoir les trouver.

Ce n'était pas une parole en l'air de sa part. En tant que policier de Détroit, il pouvait solliciter le concours de la police de Milwaukee par courtoisie professionnelle.

— Je suis sûr qu'ils pourront m'aider à localiser les filles.

— Ce ne sont plus des fillettes, précisa Regina. Elles ont grandi.

— Je sais bien, dit Henry. Mais elles étaient encore enfants quand tu as perdu contact avec elles. Et quand elles sont entrées à l'orphelinat. Et c'est là que l'on trouvera probablement des informations concernant l'endroit où elles ont été envoyées plus tard.

Regina termina sa bière, partagée entre l'impatience de revoir ses filles et la crainte de ce que seraient leurs retrouvailles. Elle était si muette qu'Henry finit par lui donner un coup de coude dans le bras.

— Ça va ?

— Oui. Je crois. Je veux dire, bien sûr.

— Il va me falloir un peu de temps pour m'adapter à cette situation. Mais j'aime les enfants.

Regina lui adressa un pâle sourire.

— Je sais.

Cela prit quelques mois, mais un avocat qui s'était occupé des contrats de travail des jeunes pensionnaires de l'orphelinat finit par trouver les adresses des deux filles. Henry s'était chargé de la correspondance entre Milwaukee et Détroit à son travail et revint un jour à la maison avec de bonnes nouvelles. Sans même prendre la peine d'ôter son manteau et son chapeau, il en fit part à Regina qui préparait le dîner dans la cuisine.

Regina regarda les renseignements qu'Henry avait obtenus de son collègue et consignés de son écriture soignée au dos d'une enveloppe. Elle demeura silencieuse pendant de longues minutes et se contenta de fixer les mots et les chiffres qui composaient deux adresses à Milwaukee.

Henry enleva son chapeau et se débarrassa de son manteau.

— Si tu veux y aller, je peux poser des congés et nous pouvons faire le trajet en voiture. Nous avons besoin de vacances.

— Je ne sais pas si je dois débarquer comme ça.

Regina s'assit à la table de crainte que ses jambes ne se dérobent. Elle était comme paralysée. Elle ne s'attendait pas à ce que l'enquêteur retrouve les filles.

— La dernière fois qu'elles m'ont vue, c'est quand je les ai laissées à l'orphelinat. Peut-être n'auront-elles pas envie de me voir.

— Peut-être que si.

Regina lui adressa un petit sourire.

— Tu es toujours si optimiste.

— L'un de nous doit l'être.

Henry posa son manteau sur le dossier d'une chaise et se dirigea vers la cuisinière pour allumer le feu sous la cafetière en aluminium.

— Tu veux du café ?

Regina acquiesça.

— Je devrais peut-être d'abord leur envoyer une lettre. Leur dire que j'aimerais leur rendre visite.

— C'est possible.

Henry sortit deux tasses blanches d'un meuble.

— Dois-je mentionner dans la lettre une date précise pour notre venue ?

— Bien sûr.

Regina consulta le calendrier accroché au mur au-dessus du téléphone.

— Pourquoi pas dans quatre semaines ? Je pourrais poster la

lettre demain. Sais-tu combien de temps il faut pour qu'elle arrive à destination ?

— Je n'en sais rien. (Henry porta les tasses de café jusqu'à la table.) Peut-être une semaine ?

— Dans ce cas, nous devrions attendre leur réponse.

— Viens boire ton café. (Henry s'assit et lui fit signe.) Je verrai au travail à quel moment je peux prendre des congés. Nous pourrons alors fixer une date de départ.

— Mais je voulais leur envoyer un courrier demain. (Regina regagna la table.) Avant que je ne change d'avis.

Henry sourit.

— Nous enverrons une autre lettre avec la date plus tard. Nous pouvons nous permettre d'acheter deux timbres.

Regina éclata de rire. Henry la faisait toujours rire.

Evelyn ferma le livre qu'elle lisait lorsque Sarah entra dans la bibliothèque. Jonathan et Abigail lisaient eux aussi. C'était l'heure de lecture quotidienne. Les enfants n'avaient plus besoin d'aide pour lire. À vrai dire, leurs capacités avaient largement dépassé celles d'Evelyn et ils l'aidaient souvent lorsqu'elle ne comprenait pas certains mots. Sarah se dirigea vers Evelyn qui était assise dans le confortable fauteuil Queen Anne qu'elle préférait.

— Une lettre est arrivée pour toi, annonça Sarah en lui tendant une petite enveloppe blanche.

— Pour moi ?

Evelyn ne se souvenait pas de la dernière fois qu'un courrier lui avait été adressé ici.

— Oui. Elle a été postée de Détroit, dans le Michigan.

Détroit ? Evelyn ne connaissait personne là-bas. Qui donc avait bien pu lui envoyer une lettre de si loin ?

— Vas-tu l'ouvrir ? demanda Sarah. Ou préfères-tu attendre d'être seule dans ta chambre ?

— Non, ça va aller.

Evelyn glissa un ongle sous le rabat de l'enveloppe et le décolla. À l'intérieur se trouvait une simple feuille de papier. Elle parcourut les quelques lignes, puis les lut à nouveau. Ses yeux se remplirent de larmes et l'une d'entre elles coula le long de sa joue.

— Oh, mon Dieu, s'alarma Sarah. Tu as reçu de mauvaises nouvelles ?

Evelyn secoua la tête.

— C'est ma mère.

Les enfants étaient plongés dans leur lecture et ne prêtaient pas attention à ce qu'il se passait, mais Sarah fit signe à Evelyn d'aller de l'autre côté de la pièce. Toutes deux s'assirent sur des chaises à barreaux qui encadraient une petite table dans le coin.

— Je croyais que tu étais orpheline, commença Sarah. Tu as travaillé pour nous pendant tout ce temps sans jamais nous dire que ta mère était en vie ?

— Parler de ma mère n'a jamais été facile.

— Je vois. (Sarah marqua une pause.) Veux-tu me dire ce que contient cette lettre ?

Evelyn haussa les épaules.

— C'est le simple fait de recevoir des nouvelles de ta mère qui t'a fait pleurer ?

— En partie. (Evelyn soupira.) Elle veut venir ici.

— Oh. (Sarah se redressa sur sa chaise.) Ça serait bien, non ?

Evelyn haussa à nouveau les épaules. Elle ignorait si ce serait une bonne chose ou pas. Elle ne savait pas ce qu'elle devait en penser. Elle était comme engourdie.

— Pourquoi ta mère veut-elle te rendre visite ? demanda Sarah après quelques instants.

— Elle habite à Détroit maintenant. Avec un nouvel époux. Elle souhaite que nous fassions sa connaissance.

— Nous ?

— Ma sœur et moi.

— Tu as une sœur ?

Evelyn acquiesça d'un hochement de tête.

— Elle s'appelle Viola.

Sarah jeta un coup d'œil aux enfants qui étaient toujours absorbés dans leurs jeux, puis se tourna à nouveau vers Evelyn.

— Une mère et une sœur ? Je suis très étonnée que tu aies réussi à garder cela secret.

— Avant de venir ici, Sœur Honora m'a dit que nous ne devions pas parler de notre passé ou de notre famille aux personnes pour lesquelles nous travaillons. Elle a ajouté que c'était privé et devait le rester.

Dans le silence qui s'ensuivit, Evelyn se demanda si Sarah était contrariée et s'empressa d'essayer de se rattraper.

— Parfois, je voulais vous le dire, commença-t-elle. Vous avez été si bonne et…

— Ce n'est rien. (Sarah balaya ses paroles d'un geste de la main.) Tu as eu raison de faire ce que l'on t'a dit. J'ai juste été surprise. C'est tout. Je m'étais demandé pourquoi la directrice ne nous avait pas donné plus d'informations sur toi, mais j'en avais conclu que si tu étais orpheline, il y avait peu de renseignements à fournir.

Evelyn tritura nerveusement le rabat de l'enveloppe jusqu'à ce que Sarah pose sa main sur la sienne et l'oblige à s'arrêter.

— Qu'est-ce que tu comptes faire ? demanda-t-elle.

— Je ne sais pas.

— Ta mère a-t-elle demandé une réponse ?

Evelyn acquiesça d'un hochement de tête.

— Elle veut savoir où nous pourrions nous rencontrer.

Sarah commença à dire quelque chose, puis marqua une pause et tapota du doigt sur son menton.

— Sais-tu où se trouve ta sœur ? demanda Sarah lorsque le tapotement cessa enfin.

— Non. Je sais seulement qu'elle est allée travailler dans une famille quelque part à Milwaukee.

— Mais ta mère sait où elle est ?

Evelyn sortit la lettre et la relut.

— Oui. Ma mère a dit qu'elle avait également envoyé une lettre à Viola.

— Dans ce cas, nous la trouverons aussi. (Sarah croisa les mains sur ses genoux et releva le menton.) Et si tu désires rencontrer ta mère et son époux, nous pouvons prendre les dispositions nécessaires.

— Alors dois-je lui dire que c'est d'accord ?

— Seulement si tu le souhaites. Tu devrais y réfléchir.

— Je le ferai.

— Bien. (Sarah sourit.) Et quoi que tu décides, ce ne sera pas un problème pour nous.

— Merci.

— Pourquoi ne regagnes-tu pas ta chambre maintenant ? Je vais m'occuper des enfants afin qu'ils soient prêts pour le dîner.

— Oh, non. Je ne peux pas. Je dois faire mon travail.

Sarah tapota l'enveloppe qu'Evelyn tenait à la main.

— Tu as besoin de temps pour absorber cette nouvelle. Va. J'insiste.

Evelyn, que la bonté de Sarah avait profondément émue, crut que son cœur allait éclater en mille morceaux. Elle avait tellement envie de bondir et de la prendre dans ses bras, mais à l'exception d'une tape sur l'épaule ou d'un frôlement de main, elles n'avaient échangé aucune marque d'affection.

Evelyn se leva.

— Merci.

Sarah lui effleura le bras et Evelyn dut quitter la pièce en toute hâte pour s'empêcher de céder à son impulsion folle. Une fois dans ses quartiers, elle s'assit au petit bureau et sortit la lettre afin de la relire. Sa mère avait indiqué un numéro de téléphone. Devrait-elle l'appeler ? Evelyn n'aimait pas le téléphone et se réjouissait que la gouvernante y réponde la plupart du temps lorsque celui-ci sonnait à la maison. À une ou deux reprises cependant, Evelyn avait dû parler à un interlocuteur et s'était embrouillée dans ce qu'elle devait dire. Elle détestait se sentir si peu sûre d'elle au point de ne pouvoir répondre à un simple appel, mais c'était l'horrible vérité. Sarah avait beau la féliciter, Evelyn ne parvenait pas à oublier les paroles sévères de Sœur Honora qui l'avaient fait fondre en larmes et perdre confiance en ses capacités.

— Tu es stupide. Tu n'apprendras jamais rien.

Elle n'appellerait donc pas sa mère. Au fond, cela reviendrait au même que d'essayer de parler à cet inconnu qui avait téléphoné l'autre jour.

Evelyn ouvrit le tiroir de son bureau et en sortit une feuille du papier à lettres crème que la jeune Abigail lui avait offert à Noël dernier. Chaque page était ornée de minuscules roses de couleur rose dans le coin supérieur droit. Abigail avait été si fière de l'avoir choisi et payé de ses propres deniers. Evelyn posa le papier sur la surface du bureau, prit un des deux stylos dans le pot qui contenait aussi trois crayons, et se mit à écrire.

Chère mère, commença Evelyn avant de s'interrompre. Devait-elle écrire « chère » ou simplement « mère » ?

Elle décida de laisser la salutation telle quelle et réfléchit à la suite. Elle n'avait pas l'habitude d'écrire ou de recevoir du courrier, et ne savait donc pas trop par où commencer. La lettre de sa mère s'ouvrait sur « J'espère que cette lettre te trouvera en bonne santé », mais cela ne semblait pas être la chose à dire pour Evelyn. Elle n'était pas certaine de pouvoir écrire cela et de le penser vraiment. Il y a quelques années, elle avait soigneusement mis de côté toutes les pensées concernant sa mère, car elles étaient toujours très douloureuses. Cette sollicitation, qui lui avait fait l'effet d'un véritable séisme, avait ébranlé sa boîte à souvenirs et d'horribles sentiments menaçaient de s'en échapper.

Evelyn prit une inspiration et tenta de les repousser. Tout ce qu'elle avait à faire, c'était de rédiger une simple réponse. Elle en était capable. Après s'être interrogée pendant encore plusieurs minutes quant à la manière de formuler la lettre, Evelyn se contenta de dire à sa mère qu'elle était la bienvenue et de bien vouloir l'informer de la date de son arrivée. Puis, elle la cacheta et l'emporta au rez-de-chaussée. Les lettres à poster étaient toujours déposées dans un plateau d'argent creux qui se trouvait sur une petite table dans l'entrée afin que M. Hershlinger les relève et les emmène en ville. Evelyn y avait souvent vu des enveloppes qui portaient l'écriture de Sarah, et parfois une ou deux rédigées de la main d'Hildy ou Genevieve, mais c'était la première fois qu'Evelyn avait recours à ce service de courrier informel.

L'idée de ce qui pourrait résulter de cet échange de lettres suscitait en elle un mélange d'excitation et d'appréhension. Elle ne pouvait même pas concevoir ce que cela ferait de revoir sa mère après tout ce temps. Elle se la représentait toujours sous les traits de cette jolie femme qui était venue dans une belle voiture, bien que cette image agréable se soit estompée au fil des années. Se reconnaîtraient-elles au moins ?

~

Après le dîner, alors que les enfants avaient regagné leurs chambres et qu'Evelyn aidait Hildy à ranger la cuisine, Sarah entra. Elle pria Evelyn d'attendre qu'Hildy ait fini et se soit retirée dans sa chambre. Puis, elle lui demanda si elle était parvenue à une décision concernant sa mère.

— Je lui ai dit qu'elle pouvait venir.

— Bien. Nous ferons de notre mieux pour l'accueillir.

Evelyn n'était pas sûre de ce qu'elle en pensait, mais Sarah ne lui laissa pas le temps d'y réfléchir.

— J'essayais de chercher un moyen de retrouver ta sœur et

j'ai pensé qu'une approche directe serait la meilleure solution. Puisque ta mère connaît l'adresse de Viola, nous pourrions peut-être l'appeler.

Evelyn manqua de faire tomber la pile d'assiettes qu'elle venait de ramasser.

— Appeler ma mère ?

— Oui. Si elle a mentionné son numéro de téléphone dans la lettre.

Il y avait en effet un numéro dans la lettre, mais encore une fois, les paumes d'Evelyn devinrent moites et son cœur s'emballa à l'idée de se servir du téléphone.

— Je ne m'en sens pas capable. Peut-être pourriez-vous le faire à ma place ?

Sarah porta un doigt à son menton.

— Je ne sais pas si cela plairait à ta mère qu'une inconnue formule une telle demande.

— Je vois.

— Mais je pourrais tenter une autre approche. J'adore essayer de résoudre une énigme. C'est beaucoup plus épanouissant que la couture.

Evelyn sourit, parfaitement consciente que Sarah n'aimait pas les activités auxquelles s'adonnaient d'ordinaire les femmes.

Deux jours plus tard, Sarah entra dans la salle de jeux où Evelyn et les enfants étaient assis à une table sur laquelle ils avaient étalé leurs livres de coloriage et leurs crayons de couleur. Evelyn aimait colorier avec Jonathan et Abigail qui étaient ravis lorsqu'elle dessinait un chat ou un lapin sur l'une de leurs pages. Aujourd'hui, elle aidait Abigail à dessiner un lapin.

— Evelyn, demanda Sarah en lui touchant l'épaule. Puis-je te dire un mot ?

Evelyn se leva de sa chaise et suivit Sarah jusque dans le couloir.

— Quelque chose ne va pas ?

— Non. Je voulais juste te dire que j'ai retrouvé ta sœur.

— Oh.

Evelyn fut si surprise que ses genoux défaillirent et elle s'appuya contre le mur pour ne pas tomber. Elle ne s'attendait pas à ce que cela soit si rapide.

— Comment ?

— Ça n'a pas été très difficile. Mon avocat m'a aidée à trouver des renseignements sur la famille pour laquelle travaille ta sœur.

— Vous lui avez parlé ?

— J'ai pensé que tu aimerais le faire en premier.

— Est-ce qu'elle est loin d'ici ?

Sarah secoua la tête.

— Oh.

Et dire qu'elle vivait tout près depuis toutes ces années. Evelyn s'était même forcée à envisager la possibilité de ne jamais revoir Viola. C'était la seule manière pour elle d'être un peu heureuse ici. Sœur Honora avait toujours été si prompte à rappeler aux enfants : « Il ne sert à rien de se morfondre sur quelque chose que l'on ne peut pas changer. »

Aussi, comme pour sa mère, Evelyn avait soigneusement mis de côté ses sentiments à l'égard de sa sœur. Ils étaient comme de petits trésors conservés dans une boîte toujours fermée. Jusqu'à aujourd'hui.

— Quand pourrais-je la voir ?

— Quand tu en auras envie. Tu peux disposer d'une journée entière pour faire à nouveau connaissance.

— Quelle est son adresse ? Je devrais lui envoyer une lettre.

— Je pense que tu devrais peut-être surmonter ta réticence à te servir du téléphone. (Sarah sourit et glissa un papier dans la main d'Evelyn.) Voici son numéro.

Evelyn jeta un coup d'œil à la table sur laquelle se trouvait le téléphone.

— Allez, insista Sarah. Je te laisse.

Sarah regagna la salle de jeux et Evelyn demeura figée sur

place pendant de longues minutes. Puis, elle prit une inspiration et se dirigea vers le téléphone. Elle décrocha le combiné et l'opératrice la salua.

— Puis-je vous être utile ?

— Oui. Je voudrais passer un appel.

— Le numéro, s'il vous plaît.

Evelyn lut les chiffres inscrits sur le morceau de papier.

— Un instant, s'il vous plaît.

Evelyn saisit le téléphone de son autre main et essuya sa paume moite sur sa jupe. Puis, elle entendit une autre voix.

— Allô.

— Allô. Je souhaiterais parler à Viola Gundrum s'il vous plaît.

— Viola à l'appareil. Qui est-ce ?

Evelyn se laissa tomber dans le fauteuil en se félicitant qu'il soit toujours là, près du téléphone.

— C'est ta sœur.

— Evelyn ?

— Tu as d'autres sœurs ?

Quelques instants s'écoulèrent au bout desquels Evelyn entendit un gloussement à l'autre bout du fil.

— Je n'arrive pas à croire que nous nous parlons après tout ce temps, dit Viola. Comment m'as-tu retrouvée ?

— La dame pour laquelle je travaille a fait appel à son avocat pour mener des recherches. Je te raconterai tout ça quand on se verra. (Evelyn brûlait d'impatience à l'idée de revoir sa sœur.) Mais dis-moi d'abord à quel endroit tu travailles et comment tu vas.

— Le moment est mal choisi pour discuter, répondit Viola. Mes jeudis ne sont pas trop chargés. Pourrais-tu venir ici après-demain ? Nous pourrions nous voir.

Le ton de Viola était si brusque qu'Evelyn se demanda si elle aussi ressentait une aversion pour le téléphone.

— Evelyn ? reprit Viola.

— Oh. Oui. Je suis presque sûre de pouvoir venir. À quelle heure ?

— L'après-midi. Vers quinze heures ?

— D'accord. Donne-moi l'adresse.

Evelyn prit un stylo et écrivit soigneusement les informations sur le petit bloc de papier posé sur le bureau, puis dit au revoir. Elle raccrocha tandis que son souffle s'accélérait sous l'effet de l'excitation. Sa sœur. Elle allait enfin revoir sa sœur.

9

EVELYN – 1938

Le jour de la visite, Evelyn choisit de prendre le bus pour se rendre à l'adresse où résidait Viola. Sarah lui avait proposé que le chauffeur l'emmène, mais elle préférait procéder ainsi. Tandis que le bus avançait en vrombissant dans la rue et faisait des embardées de temps à autre lorsqu'il heurtait un nid-de-poule, elle aurait aimé qu'il aille plus vite. Elle se pencha en avant sur son siège comme si cela pouvait accélérer les choses. Impatiente de voir cette visite arriver, Evelyn avait à peine dormi la nuit précédente tandis que les images de joyeuses retrouvailles défilaient dans son esprit. La compagnie et la force de sa sœur lui avaient cruellement manqué et il lui tardait de renouer le contact.

Sarah l'avait aidée à repérer la rue sur un plan de la ville et à établir un itinéraire d'autobus. Ce n'était pas compliqué et Evelyn descendit à l'arrêt situé à trois rues de l'endroit où vivait Viola. En marchant sous le soleil de ce début de printemps, Evelyn remarqua que les jardinets devant les maisons étaient négligés et que les parterres de fleurs et les arbustes semblaient avoir besoin d'un peu d'attention. La peinture de certaines habitations s'écaillait et les volets de l'une d'elles étaient de travers. La promenade n'avait pas grand-chose d'agréable à l'exception du chaud soleil et des tulipes qui avaient poussé dans certains massifs. Elle vérifia avec soin les adresses et finit par s'arrêter devant une maison à ossature de bois qui était à peine mieux entretenue que ses voisines.

Evelyn se dirigea vers la porte et sonna. Tandis qu'elle attendait que cette dernière s'ouvre, son cœur tambourina contre ses côtes tel un oiseau qui tentait de s'échapper d'une cage. Lorsque Viola se présenta enfin, Evelyn resta bouche bée. Sa sœur était si belle. Si grande. Et si à l'opposé d'Evelyn. Sarah lui disait souvent qu'elle était jolie, mais Evelyn avait du mal à le croire. Jamais elle ne se sentait belle, capable, ou sûre d'elle. Une petite voix dans sa tête ne cessait de lui seriner toutes les critiques dont les sœurs l'avaient abreuvée : « Tu es stupide. Tu es maladroite. Tu n'arriveras jamais à rien. » Elle essayait en permanence de faire taire cette voix, mais elle était tenace.

Viola sortit et enlaça Evelyn. Son étreinte lui rappela que l'amour qui les unissait était toujours le même. Evelyn se sentait tellement bien en sécurité dans les bras de sa sœur qu'elle déplora le moment où elles durent mettre fin à leur accolade pour entrer dans la maison. Tandis qu'elle lui emboîtait le pas dans une entrée étroite, passait devant un salon puis une salle à manger, et arrivait jusqu'à la cuisine, Evelyn songea à quel point il était dramatique que, pendant toutes ces années, elles aient habité si près l'une de l'autre sans le savoir. Elles marchèrent en silence et Evelyn perçut chez sa sœur une tension qu'elle n'avait pas détectée lors de leur première étreinte. La cuisine où la conduisit Viola était exiguë et cette maison était si différente de celle de Sarah qu'Evelyn se demanda si Viola était bien traitée ici. Les maigres décorations qu'elle avait entraperçues dans la salle à manger et le salon lui faisaient dire que cette famille était pauvre. Peut-être plus que ne l'avait été Mlle Beatrice.

Evelyn peinait à trouver quelque chose à dire et regrettait à présent de ne pas avoir laissé Sarah l'accompagner. Sarah était toujours si douée pour gérer les moments inconfortables et entamer une conversation enjouée.

— Je ne peux pas bavarder trop longtemps, dit Viola en faisant signe à Evelyn de s'asseoir à une petite table.

— Tu es attendue quelque part ?

— Non. (Viola se dirigea vers la cuisinière sur laquelle était posée une cafetière en aluminium.) Je vais devoir préparer le dîner dans un petit moment.

— Oh.

Evelyn ne savait que dire d'autre. Chez les Hershlinger, les visiteurs étaient conviés à rester dîner. Il était clair que les choses fonctionnaient de manière différente dans cette maison, et Evelyn se demanda encore une fois si les propriétaires étaient bons envers sa sœur.

— Veux-tu du café ?

— Avec plaisir. (Evelyn ôta ses gants et les posa sur la table. Leur blancheur offrait un contraste saisissant avec le Formica rouge foncé.) Je suis ravie que mère nous ait remis en contact. Tu m'as manqué.

— Toi aussi. (Viola éteignit le feu sous la cafetière et remplit deux tasses.) C'est du café réchauffé. J'espère que tu n'y vois pas d'inconvénient.

— Pas du tout.

Viola apporta une petite assiette de biscuits au sucre avec le café. Evelyn en grignota un avant de demander :

— Tu te plais ici ?

— Je dois travailler très dur. (Viola haussa les épaules.) Mais pas autant que toi lorsque nous étions à Saint-Émilien.

— Tu t'en souviens ?

— Bien sûr que oui. Je détestais la façon dont les sœurs t'obligeaient à frotter le sol tous les jours.

— Tu n'as jamais rien dit. Pourquoi n'es-tu jamais intervenue ?

— À quoi cela aurait-il servi ? (Viola soupira.) Ça n'aurait rien changé.

Evelyn tritura sa cuillère dans tous les sens.

— Pendant tout ce temps, j'ai cru que tu t'en fichais. Tu semblais tellement heureuse d'avoir la charge de travail la moins importante.

— Je n'étais pas heureuse. J'étais reconnaissante.

— Ce n'est pas la même chose ?

— Bien sûr que non. Je souriais et j'étais joyeuse pour que les sœurs disent de moi que j'étais une bonne et agréable enfant. Et elles me récompensaient. Tu étais une petite chose si triste et si morose, et j'ai l'impression qu'elles aimaient s'en prendre à toi.

— Je ne savais pas comment agir autrement. Je ne pouvais pas faire semblant d'être heureuse.

Viola but une gorgée de café et posa sa tasse.

— Mais regarde-toi maintenant. Ton sourire est la première chose que j'ai remarquée en ouvrant la porte. Tu ne faisais pas semblant, n'est-ce pas ?

Evelyn se mit à rire.

— Tu as raison. Je suis heureuse.

Evelyn prit alors conscience que, d'une certaine manière, sa vie et celle de sa sœur avaient été inversées. Alors qu'elle s'apprêtait à porter un biscuit à sa bouche, elle s'interrompit pour réfléchir à ce qu'elle en pensait. Elle ne pourrait jamais se réjouir du malheur d'autrui, mais elle se réjouissait de ce revirement.

— Sais-tu quand mère va venir ? demanda Viola.

— Non. J'attends un autre courrier de sa part.

Evelyn mordit dans le biscuit.

— Et toi ? As-tu reçu d'autres lettres ?

— Seulement celle-ci.

— Comment te sens-tu à l'idée de la revoir après tout ce temps ?

Viola haussa les épaules.

— Elle reste notre mère.

Evelyn ramassa les miettes avec son doigt. Évoquer sa mère suscitait en elle des émotions qu'elle s'était efforcée de réprimer. La raison pour laquelle elle ne laissait jamais les souvenirs de sa mère remonter à la surface était qu'ils ravivaient sa colère d'avoir été abandonnée. Une colère qu'elle partageait jadis avec Viola en même temps que le lit de l'orphelinat, mais qu'aujourd'hui, Viola semblait avoir oubliée.

— Une mère n'abandonne pas ses enfants, lui rappela Evelyn.

— C'était il y a longtemps. Et nous ne sommes plus des enfants.

— Cela signifie-t-il qu'il faut faire une croix sur le passé ?

Viola soupira.

— À quoi bon y penser ? Il vaut mieux oublier tout cela et regarder vers l'avenir.

— À quoi bon faire comme s'il ne s'était rien passé ?

Evelyn ne savait pas si elle pourrait pardonner ou oublier.

— Je ne l'ai pas oublié. Je ne fais pas non plus semblant, répliqua Viola dont les yeux bleu foncé se mirent à briller. Les circonstances changent. Les gens changent. Du moins, certaines personnes.

— Qu'est-ce que ça sous-entend ?

— Tu n'arrêtes pas de te plaindre.

Viola porta aussitôt la main à sa bouche comme si elle pouvait ravaler ses paroles.

Viola semblait aussi stupéfaite qu'Evelyn. Ce n'étaient pas les retrouvailles auxquelles cette dernière s'attendait. Certes, elle ne serait jamais aussi forte que sa sœur, mais elle n'était plus une pleurnicheuse. Et ce n'était pas se plaindre que de se souvenir de la façon dont leur mère les avait abandonnées à leur sort. Comment Viola pouvait-elle suggérer qu'elles oublient toutes ces horribles années passées à l'orphelinat ? Elle entreprit de se lever.

— Je devrais peut-être y aller.

Viola étendit la main par-dessus la table pour la retenir.

— Non. Je suis désolée. C'est juste que...

— Viola !

Une femme au visage sévère fit irruption dans la cuisine et jeta à peine un coup d'œil à Evelyn avant de poursuivre :

— Il faut nettoyer la salle de bains. La petite Betha a vomi. Et ensuite, d'autres tâches ménagères t'attendent.

— Oui, madame, répondit Viola. Voici ma sœur, Evelyn. Je vous ai parlé d'elle l'autre jour.

Evelyn ne savait pas ce qui la surprenait le plus. Était-ce le doute qu'elle percevait dans la voix de sa sœur, ou bien la froideur de la femme qui hocha à peine la tête avant de sortir précipitamment de la pièce ?

— Je suis désolée. (Viola se leva et débarrassa la table.) Sincèrement. Je ne pensais pas ce que j'ai dit tout à l'heure, je t'assure.

— Je me souviens que tu détestais que je pleure.

Viola sourit.

— Oui. J'essayais de te rendre forte.

— Tu as toujours été la plus forte.

— Je n'en suis pas si sûre.

Depuis quand Viola avait-elle changé ? Elle ne s'était jamais laissé intimider auparavant. Pas même lorsqu'on la punissait. Elle avait pour habitude de se tenir résolument devant Sœur Honora et de ne pas broncher lorsque s'abattait la lanière du fouet. Elle ne versait pas une larme. Et maintenant, d'une certaine manière, elle était comme une petite souris craintive.

Mme Martin s'approcha de la porte de la cuisine.

— Viola !

— Oui, madame. J'arrive. (Viola se tourna vers Evelyn.) J'aimerais que nous puissions passer plus de temps ensemble.

— Je comprends. (Evelyn ramassa ses gants et se leva.) Je peux t'aider à tout ranger ?

— Ce serait gentil de ta part.

Evelyn porta l'assiette de biscuits jusqu'au comptoir et la posa à l'endroit que Viola lui avait indiqué. Puis, elle prit son manteau posé sur le dossier de la chaise et l'enfila.

— Mme Hershlinger, Sarah, la dame pour laquelle je travaille, a dit que nous pourrions dîner ensemble chez elle quand mère et Henry viendront. Qu'en dis-tu ?

— Je vais devoir m'organiser par moi-même pour les rencontrer, répondit Viola. Mme Martin a besoin de moi ici tous les jours.

— Oh. (Evelyn inspira pour masquer sa déception.) Alors peut-être pourrions-nous tous nous retrouver dans un endroit proche d'ici.

— Il serait préférable d'attendre de connaître la date de leur venue. Ensuite, nous pourrons prendre des dispositions.

— Comme tu veux.

Evelyn enfila ses gants.

— Je te raccompagne à la porte.

— Ce n'est pas la peine. Tu devrais peut-être t'occuper de l'enfant.

Viola acquiesça.

— Oui, merci.

Elle étreignit brièvement Evelyn et l'accompagna jusqu'au couloir. Puis, elle tourna dans une direction et Evelyn se dirigea seule vers la porte d'entrée.

10

EVELYN – AVRIL 1938

EVELYN SE TENAIT SOUS LE PORCHE ET REGARDAIT LA route. Henry et sa mère devaient arriver aujourd'hui. Une neige tardive de printemps était tombée pendant la nuit, mais M. Martinelli avait déblayé l'allée et le chemin d'accès ce matin-là, et le soleil du début d'après-midi faisait rapidement fondre le blanc qui subsistait encore sur les touffes d'herbe nouvelle. Pourtant, Evelyn frissonna.

Ces derniers jours, Evelyn avait beaucoup réfléchi à tout ce qui avait changé depuis qu'on l'avait laissée sur le pas de la porte de l'orphelinat avec Viola. Certes, leur mère ne les avait pas abandonnées sur le pas de la porte à proprement parler, mais c'était ainsi qu'elle le ressentait. Ses émotions avaient atteint leur paroxysme et s'échappaient des replis de son cœur où elle les avait enfermées. Un mélange de colère, de tristesse, de déception, mais aussi de honte l'envahissait. Qu'avait-elle bien pu faire de mal avec Viola pour que leur mère ne veuille pas d'elles ? Si elles avaient été suffisamment à la hauteur, celle-ci ne se serait jamais séparée d'elles, n'est-ce pas ?

Et maintenant, l'appréhension venait s'ajouter à ce tourbillon émotionnel.

Elle triturait la cuticule de son pouce avec son index lorsque Sarah s'approcha d'elle et passa un bras autour de son épaule.

— Ça va aller.

— Et si ce n'est pas le cas ? Je n'ai aucune idée de ce que je dois lui dire.

— Je t'aiderai.

Sarah déplaça son bras jusqu'à la taille d'Evelyn et exerça une légère pression.

Ce geste la réconforta tandis qu'une voiture quittait la route et s'engageait dans l'allée circulaire qui menait à la maison.

Le souffle d'Evelyn se bloqua dans sa gorge.

La voiture dans laquelle sa mère se rapprochait était rouge vif et scintillait au soleil, mais ce moment présentait tant de points communs avec ce jour si lointain sous le porche de Mlle Beatrice qu'Evelyn perdit le peu de sang-froid qu'elle avait tant bien que mal réussi à rassembler. Les années s'évaporèrent à l'image de la neige du matin et elle redevint cette petite fille aux jambes tremblantes et aux yeux piquants de larmes.

Sarah la serra à nouveau dans ses bras.

— Tout se passera bien, tu verras.

Evelyn acquiesça, prit une inspiration et raidit sa colonne vertébrale. Elle était capable de gérer ces retrouvailles.

Sarah fit entrer les invités et tandis que chacun s'affairait à suspendre son manteau dans le couloir et que l'on procédait aux présentations officielles, Evelyn profita de l'effervescence pour rester en arrière-plan et observer. Sa mère semblait plus posée que dans ses souvenirs chez Mlle Beatrice. Heureuse même. Henry Stewart était plus petit qu'elle ne s'y attendait. D'une certaine manière, elle avait cette idée qu'un policier était plus grand et plus imposant. Même M. Hershlinger devait être plus robuste que l'homme qui se tenait dans l'entrée, son Fedora brun dans une main et l'autre posée sur le bas du dos de Regina. Il l'effleurait à peine, mais cela traduisait une proximité qu'Evelyn connaissait bien grâce aux romans qu'elle lisait. Pour

Evelyn, les histoires de personnes qui s'aimaient méritaient qu'elle se donne la peine de comprendre les mots.

D'un geste, Sarah incita Evelyn à s'avancer.

— Pourquoi ne conduis-tu pas tes invités au salon ? Vous y serez plus tranquilles.

Evelyn faisait de son mieux, mais elle ne pouvait empêcher la panique de se lire dans les yeux. Il était facile d'être déterminée lorsqu'elle n'avait pas à bouger ou à parler. Sarah lui tapota l'épaule et lui lança un regard qui signifiait : « Ça va aller. »

Regina et Henry s'assirent sur le canapé, et Evelyn s'installa dans le fauteuil Queen Anne en face d'eux. Ses doigts se crispèrent sur le tissu de sa jupe. Elle s'était habillée pour l'occasion et portait un chemisier lavande agrémenté de dentelle et de boutons en nacre ainsi qu'une jupe froncée de couleur grise. Une ceinture noire mettait en valeur sa taille mince.

— Tu es devenue une très jolie jeune femme, fit remarquer Regina après quelques instants d'un silence pénible.

— Merci.

Un autre long silence s'ensuivit, puis Henry se racla la gorge.

— C'est un plaisir de te rencontrer enfin. Ta mère parle souvent de toi.

— Vraiment ?

Evelyn jeta un coup d'œil à sa mère. Elle croyait ne plus se soucier depuis longtemps de savoir si cette dernière pensait encore à elle, et l'élan d'espoir que suscitèrent les paroles d'Henry la surprit.

— Bien sûr. Je n'ai pas arrêté de tenir à toi juste parce que…

Elle semblait incapable de terminer sa phrase et Evelyn se demanda pourquoi. Était-ce un mensonge ? Elle savait qu'il arrivait fréquemment aux gens de dire une chose, mais d'en penser une autre. Elle avait appris grâce à la lecture que l'on pouvait promettre une loyauté qui n'existait pas, mais elle ignorait comment déceler la fourberie au milieu d'une vraie conversation. Elle se réjouit de voir Sarah s'approcher de la porte pour demander si quelqu'un désirait boire quelque chose.

— Peut-être du thé chaud ?

— Oui, avec grand plaisir. (Evelyn se leva.) Je vais aider Hildy.

— Mais…

Sarah tenta d'empêcher Evelyn de se précipiter hors de la pièce, mais la jeune femme passa devant elle sans s'arrêter. Sarah sourit à Regina et Henry.

— Nous revenons tout de suite avec le thé.

— Qu'y a-t-il ? demanda Sarah en entrant dans la cuisine où Evelyn disposait des tasses en porcelaine avec des roses jaunes sur un plateau. Hildy se tenait près de la cuisinière et surveillait la théière.

Evelyn jeta un coup d'œil à Sarah.

— C'est encore plus difficile que je ne le pensais.

— Bien sûr. La séparation a été trop longue et il y a beaucoup de choses que vous n'avez pas encore partagées.

— Mais tout de même…

— Comment ça ?

— C'est ma mère. (Evelyn essuya une larme qui avait roulé sur sa joue.) Je devrais ressentir quelque chose.

Sarah passa un bras autour des épaules d'Evelyn.

— Ne te préoccupe pas de tes sentiments pour l'instant. Vois cela comme une nouvelle amitié. Prenez le temps d'apprendre à vous connaître et oublie le reste.

Cela ressemblait beaucoup à ce que lui avait dit Viola, mais Evelyn avait l'impression qu'il s'agissait davantage d'un conseil que d'une accusation.

Ses pleurs redoublèrent, aussi Sarah sortit un mouchoir de sa poche et le lui tendit.

Hildy s'approcha avec la théière.

— Tout va bien, madame ?

— Oui, Hildy. Evelyn a juste besoin d'un moment pour se ressaisir.

Hildy posa la théière sur le plateau qu'Evelyn avait préparé et secoua la tête.

— Drôle d'affaire.

— Oui, je suis bien d'accord, acquiesça Sarah avant d'exhorter Evelyn à bouger. Retournons au salon avant qu'ils se demandent si nous sommes allés jusqu'en Chine chercher du thé.

Cette pointe d'humour fut tout ce dont avait besoin Evelyn. Un sourire aux lèvres, elle souleva le plateau d'argent et le transporta au salon où elle le posa sur une table d'appoint. Les mains tremblantes, elle servit le thé en prenant soin de ne rien renverser et mit l'assiette de scones sur une autre petite table près de sa mère et d'Henry. Puis, elle s'assit en face d'eux avec sa tasse. Sarah prit place à ses côtés sur le fauteuil Queen Anne assorti, et tous savourèrent leur thé et sourirent dans un silence gêné, avec pour seul bruit le tintement de la porcelaine lorsque quelqu'un reposait sa tasse sur une soucoupe.

Evelyn cherchait quelque chose à dire quand Sarah rompit enfin le silence.

— Avez-vous fait bon voyage ?

— Oui. (Regina tendit la main et prit un biscuit sur le plateau.) Nous nous sommes arrêtés à Chicago dans un club qui avait du très bon jazz.

— J'ai lu dans un journal qu'il y avait beaucoup de gangsters à Chicago, fit remarquer Sarah. Vous n'avez pas eu peur ?

Henry secoua la tête.

— Je crois qu'ils repèrent les flics à deux kilomètres.

Evelyn n'était pas sûre de ce qu'il voulait dire, mais dans la mesure où Sarah riait, il s'agissait peut-être d'une plaisanterie. Elle sourit par politesse.

— Vous avez toujours l'intention de rester manger avec nous

ce soir, n'est-ce pas ? demanda Sarah. Hildy s'est surpassée avec le rôti.

— C'est très aimable à vous, répondit Regina, mais nous espérions d'abord rendre visite à Viola. J'ai cru comprendre dans sa lettre qu'elle ne pourrait pas se joindre à nous pour le dîner.

Evelyn avait été déçue en apprenant que les Martin avaient refusé de donner congé à Viola pour la soirée. Les retrouvailles avec leur mère auraient été tellement plus faciles si Viola avait pu se trouver là pour détourner en partie l'attention. En l'état actuel des choses, Evelyn avait l'impression d'être une poupée d'exposition soumise au regard de sa mère et d'Henry. Ils détournaient les yeux lorsque Sarah prenait la parole, mais reportaient rapidement leur intérêt sur Evelyn.

— Votre autre fille vous attend-elle à une heure particulière ? demanda Sarah.

— Nous devions l'appeler à notre arrivée, répondit Regina. Nous espérions pouvoir nous servir de votre téléphone.

— Mais bien sûr. (Sarah se leva.) Il est dans le couloir. Je peux vous montrer.

Regina regarda Henry.

— Vas-y.

Les genoux d'Evelyn se mirent à trembler sous l'effet de la nervosité lorsque Henry quitta la pièce avec Sarah. Qu'allait-elle bien pouvoir dire à sa mère ?

Regina rompit le silence tendu.

— C'est lui qui avait le numéro. Pas moi.

— Oh.

Regina prit une autre bouchée du scone.

— C'est très bon.

— Oui. Hildy est une excellente cuisinière.

— Tu te plais ici ?

— Oui, beaucoup.

Evelyn se sentit soulagée lorsque Henry et Sarah revinrent.

— Viola n'a pas pu se libérer. Elle aimerait nous rencontrer demain, expliqua Henry devant le regard interrogateur de Regina.

— Où ?

— Elle a proposé que nous nous retrouvions à l'hôtel.

— Dans ce cas, restez manger avec nous ce soir, suggéra Sarah.

— Nous ne voudrions pas vous imposer notre présence, protesta Regina.

— Pas du tout. C'est nous qui avions lancé l'invitation et nous nous étions préparés en conséquence. Vous devez avoir faim après votre voyage.

— Oui, merci, admit Regina.

— Je dirai à Hildy d'être prête à servir le dîner dès que M. Hershlinger rentrera du travail.

— Dois-je m'occuper des enfants ? demanda Evelyn.

— Non, merci. Hildy s'est arrangée pour que sa petite-fille vienne l'aider à préparer leur repas.

— Combien d'enfants avez-vous ? demanda Henry.

— Deux. Abigail et Jonathan. Aimeriez-vous les rencontrer ?

— Avec plaisir.

— Lisa peut les amener pendant que je me concerte avec Hildy.

La présence des enfants facilita l'attente de l'arrivée de M. Hershlinger. Evelyn était fière de constater à quel point ils se montraient bien élevés avec sa mère et Henry, et elle se réjouissait également de voir combien Henry semblait apprécier leur compagnie. Elle se demanda brièvement s'il était père. Sa mère l'aurait sûrement précisé dans sa lettre. Elle se rendit alors soudain compte qu'elle ignorait depuis combien de temps sa mère et Henry étaient mariés. Il serait impoli de le leur demander, mais sa curiosité était forte. Heureusement, M. Hershlinger revint avant qu'elle ne cède à l'envie de leur poser la question et ils gagnèrent la salle à manger.

Evelyn ne s'était rendue dans la salle à manger principale

qu'à de rares occasions, lorsque l'on avait besoin de son aide pour servir les convives lors d'un dîner spécial ou pour s'occuper des enfants le dimanche. Aujourd'hui, cela lui faisait tout drôle d'être assise autour de la grande table en chêne dressée pour cinq personnes et d'être servie par Hildy, même si le clin d'œil qui accompagna son assiette de rôti atténua quelque peu son malaise.

Sarah et son mari animèrent la conversation pendant le repas. Ils parlèrent des enfants et s'enquirent au sujet de la vie de Regina et d'Henry à Détroit. Regina se montra peu loquace, mais Henry raconta la manière dont ils s'étaient rencontrés pour la première fois et Sarah parut ravie.

— C'est presque une histoire qu'aurait pu écrire l'une des sœurs Brontë.

Evelyn acquiesça d'un hochement de tête. Elle pouvait aisément se représenter Henry comme un personnage de l'une des histoires d'amour qu'elle avait lues. Il était charmant, beau et intelligent. Elle se demandait ce qu'il savait des circonstances qui les avaient amenées, elle et sa sœur, à entrer à l'orphelinat. Peut-être Regina lui avait-elle expliqué pourquoi le père d'Evelyn était parti. Avait-elle partagé tous les secrets de famille ? Était-il possible qu'il soit au courant de tous leurs malheurs et aime Regina malgré tout ?

— Puisque je me moque éperdument de ces histoires romantiques, dit M. Hershlinger, j'aimerais en savoir plus sur votre travail dans la police, Henry.

Alors la conversation se concentrait désormais sur les hommes, Evelyn piqua un morceau de pomme de terre rôtie avec sa fourchette, mais elle n'arrivait pas à avaler quoi que ce soit. L'émotion qui lui nouait la gorge rendait la déglutition presque impossible. Heureusement, personne ne dit rien quant au fait qu'elle poussait les pommes de terre et les carottes sans les manger, à l'exception d'Hildy qui laissa échapper un « tss » de désapprobation au moment où elle débarrassa les assiettes.

Le repas terminé, ils retournèrent au salon pour le dessert. M. Hershlinger avait invité Henry à prendre un verre de cognac accompagné d'un cigare dans son bureau, mais ce dernier avait refusé. Evelyn trouvait cela un peu étrange. Lorsque les Hershlinger recevaient du monde, les hommes se retiraient généralement après le dîner, préférant l'alcool au café.

Aujourd'hui, Hildy servit de la tarte aux pêches et du café. Lorsqu'ils furent tous installés, Henry s'éclaircit la gorge et regarda Evelyn.

— Nous nous demandions si tu accepterais de venir vivre à Détroit.

Quoi ? Partir d'ici ? En état de choc, Evelyn demeura figée un instant, sa fourchette à mi-chemin de sa bouche. Puis, elle dévisagea sa mère d'un air interrogateur. Était-ce ce dont elle avait envie ? Cela était-il prévu depuis le début ? Si tel était le cas, ils devaient en avoir discuté. Mais pourquoi était-ce lui et non elle qui lui avait posé la question ? Et n'aurait-il pas dû le faire en privé ?

Un silence pesant s'installa dans la pièce et Sarah porta la main à sa gorge.

— Oh, là, là, s'exclama-t-elle. C'est une requête considérable.

Henry se tourna vers Sarah.

— Bien sûr. Nous aimerions juste qu'elle y réfléchisse.

Encore abasourdie, Evelyn attendait que sa mère dise quelque chose. N'importe quoi. Evelyn ne pouvait en aucun cas envisager de bouleverser sa vie de manière aussi radicale si cette dernière ne voulait pas d'elle. Une autre pensée plus troublante lui vint alors à l'esprit. Si sa mère le souhaitait, pourquoi cela intervenait-il maintenant, après tant d'années ?

Comme sa mère continuait à se taire, Evelyn reposa sa fourchette sur son assiette et se tourna vers Henry.

— Qu'aviez-vous en tête ?

— En tête ?

— Oui. En quelle qualité devrais-je vivre là-bas ? Avez-vous besoin d'une domestique ?

Henry secoua rapidement la tête.

— Non. Non. Ce n'est pas pour ça que je t'ai posé la question. (Il se tourna vers Regina.) Ce n'est pas ce à quoi nous pensions, n'est-ce pas ?

— Non, bien sûr que non.

Sa mère avait enfin daigné ouvrir la bouche, mais pas pour prononcer des paroles d'encouragement. Néanmoins, c'était un début.

— Où pourrais-je loger ? demanda Evelyn. Qu'est-ce que je ferais ?

— Je... nous espérions que tu viendrais habiter chez nous, précisa Henry.

Evelyn jeta un coup d'œil à sa mère qui acquiesça. Pouvait-elle se fier au message que sous-entendait ce hochement de tête ? Oserait-elle céder à l'espoir que cela puisse être le cas ?

— Je ne sais pas quoi dire.

— Tu n'es pas obligée de prendre une décision maintenant, reprit Henry. Ta mère et moi avons conscience que ce n'est sans doute pas ce à quoi tu t'attendais.

— Non. Pas du tout.

— Evelyn pourrait peut-être y réfléchir et vous donner une réponse avant que vous ne retourniez à Détroit, intervint Sarah. Elle pourrait ensuite déménager plus tard si tel est son choix. De cette façon, ce serait à sa convenance et à la nôtre. Il nous faudrait trouver quelqu'un pour assumer ses fonctions ici. (Sarah tendit la main pour effleurer celle d'Evelyn.) Est-ce que cela te va ?

Evelyn, qui redoutait que sa voix ne se brise, se contenta d'opiner du chef. Elle n'arrivait même pas à mettre un mot sur ce tourbillon de sentiments qui s'enchevêtraient de plus en plus. Elle craignait que si elle tirait sur l'un d'entre eux, tous ne s'écroulent en masse, comme le faisait parfois la laine lorsque l'on roulait un nouvel écheveau.

Regina et Henry semblèrent satisfaits de cet arrangement eux aussi. Ils se hâtèrent de terminer leur café et leur tarte, précisant qu'ils étaient fatigués du voyage et désiraient rejoindre leur hôtel. M. Hershlinger leur dit au revoir et gagna son bureau. Sarah et Evelyn accompagnèrent Henry et Regina jusqu'à la porte d'entrée où tous échangèrent une poignée de main. Evelyn ne pouvait envisager de serrer l'un ou l'autre dans ses bras et fut soulagée qu'ils n'essaient pas de l'enlacer avant de sortir.

Après avoir fermé la porte, Evelyn se tourna vers Sarah, les larmes aux yeux.

— Que dois-je faire ?

— Pour l'instant, rien. (Sarah la prit par le bras et la reconduisit au salon.) Je crois que tu devrais prendre un verre de sherry et aller te coucher. Tu as subi un choc émotionnel important.

— Mais je n'ai jamais bu de sherry.

— Bien. Dans ce cas, il n'en faudra pas plus pour t'aider à dormir.

11

REGINA – AVRIL 1938

HENRY POSA SA BIÈRE SUR LA PETITE TABLE DU BAR DE l'hôtel où ils attendaient Viola et donna un coup de coude à Regina.

— Tu es bien silencieuse ce soir.

— Je réfléchis, c'est tout.

— Tu t'inquiètes pour ta fille ?

Regina se retint de pouffer de rire. De quelle fille parlait-il ?

Il passa un bras autour de ses épaules et l'attira à lui.

— Tout se passera bien.

— Tu crois ? (Regina avala une grande gorgée de bière.) Et si elles ne veulent pas venir ?

— Alors la vie continuera. Comme elle l'a toujours fait.

— Ça ne te dérangerait pas ?

— Bien sûr que si. (Henry souleva sa chope et essuya la nappe de condensation à l'aide de sa serviette.) Tu oublies que c'est moi qui ai proposé ce voyage.

— Je ne l'ai pas oublié.

— Je sais, c'est juste que…

Henry s'interrompit et Regina suivit son regard jusqu'à une

charmante jeune femme qui venait d'entrer dans le bar obscur. Elle s'immobilisa dans l'embrasure de la porte et regarda autour d'elle. Regina remarqua alors la robe noire avec un col blanc que Viola leur avait dit qu'elle porterait. Regina fit un signe de tête en direction de la femme.

— C'est peut-être elle.

Henry acquiesça et se leva pour attirer l'attention de cette dernière.

Lorsqu'elle leur fit face, Regina fut convaincue qu'il s'agissait bien de Viola. Elle ressemblait tellement à Regina lorsqu'elle avait dix-neuf ans qu'elle ne pouvait être la fille de personne d'autre. L'estomac de Regina se noua tandis que Viola saluait Henry et se dirigeait vers la table en ôtant ses gants noirs. Henry tira la troisième chaise à son intention, mais au lieu de s'asseoir aussitôt, elle fit le tour de la table et serra brièvement Regina dans ses bras.

Cette étreinte stupéfia Regina au point de la laisser sans voix. Elle s'attendait à ce que Viola se montre aussi réservée qu'Evelyn, mais celle-ci semblait détendue et affichait un sourire chaleureux. Lorsqu'elles s'assirent, Regina observa le jeu de lumière sur les traits de sa fille et s'émerveilla une fois de plus de leur ressemblance mutuelle.

— Je suis heureuse que vous ayez pu me retrouver ici, dit Viola. Je n'ai pas très souvent l'occasion de m'absenter de mon travail.

— Veux-tu boire quelque chose ? demanda Henry. Ou préfères-tu que nous allions directement au restaurant ?

Viola se cala sur sa chaise.

— Je prendrais bien un whisky sour.

Regina fut un peu surprise. L'âge légal pour boire était-il de dix-neuf ans ? Lorsque Henry passa commande auprès de la serveuse, celle-ci en prit note sans formuler la moindre objection, alors peut-être cela n'avait-il pas d'importance ici.

— Votre visite chez Evelyn s'est bien passée ? demanda Viola.

— Oui, répondit Regina. (Elle attendit que la serveuse pose le whisky sour sur la table et s'en aille pour poursuivre.) Elle travaille dans une belle maison.

Viola prit son verre et en avala une gorgée.

— Elle m'en a parlé quand nous nous sommes rencontrées. Elle semble heureuse là-bas.

Regina acquiesça et dégusta sa bière afin de dissimuler sa déconvenue. Evelyn semblait en effet heureuse à l'endroit où elle travaillait. Et c'était bien là le problème. Serait-elle prête à délaisser tout ce qu'elle avait ici ? Et était-ce bien raisonnable de sa part et de celle d'Henry de formuler cette demande simplement parce que Regina se sentait coupable de les avoir abandonnées des années auparavant ? Regina posa sa bière avant qu'elle n'échappe à sa main tremblante. Henry lui effleura le coude.

— Ça va ?

— Oui. Oui, ça va. (Elle prit une inspiration et regarda Viola.) Parle-nous de ton travail.

— Je fais le ménage, la cuisine et je m'occupe des enfants.

— Ça te plaît ? demanda Henry.

Viola haussa les épaules.

— Les enfants sont gentils. Deux petites filles.

— Et les parents ?

— M. Martin est souvent absent. Il voyage pour son travail. Quant à Mme Martin… elle est… plutôt sévère.

— C'est dommage, regretta Regina.

Viola haussa à nouveau les épaules.

— C'est toujours mieux qu'à l'orphelinat.

Regina grimaça lorsque Viola prononça ce mot. C'était un sombre rappel, mais à sa surprise, Viola tendit le bras par-dessus la table et posa délicatement sa main sur la sienne.

— Ne t'en fais pas. Je ne suis plus en colère depuis longtemps.

Le poids qui pesait sur les épaules de Regina s'allégea quelque peu.

— Je suis heureuse de l'entendre.

Viola acquiesça et ils burent en silence pendant quelques instants. Puis, Henry croisa le regard de Regina et haussa un sourcil. Regina était certaine qu'il sollicitait en silence sa permission de formuler à Viola la même demande qu'ils avaient faite à Evelyn la veille. Lorsqu'ils en avaient discuté pendant le long trajet en voiture depuis Détroit, Regina avait su qu'elle n'aurait pas le courage d'exprimer cette requête elle-même. Elle hocha la tête en signe d'approbation.

— Viola, dit Henry pour attirer son attention, j'espère que ce n'est pas trop tôt pour te le demander, mais accepterais-tu de déménager à Détroit avec nous ?

Son regard se posa tour à tour sur Henry et Regina avant de s'arrêter sur sa mère.

— Pourquoi voudriez-vous que je fasse ça ?

Ce n'était pas la réponse que Regina escomptait et elle s'empressa de se tourner vers Henry.

— Eh bien...

Henry lui tapota la main.

— Je crois que ta mère espérait que vous puissiez être réunies toutes les trois.

Viola fit face à sa mère.

— Pourquoi maintenant ? Tu es malade ?

Regina secoua rapidement la tête.

— Peut-être que nous pourrions... être une famille.

Viola reprit une gorgée de son verre et laissa un long silence s'écouler entre eux. Puis, elle demanda :

— Evelyn vient-elle ?

— Elle n'a pas encore pris de décision, répondit Regina.

— Et vous ? demanda Viola en s'adressant directement à Henry. Pourquoi voulez-vous que nous venions à Détroit ?

Henry et Regina échangèrent un regard.

— Nous n'avons pas décidé cela sur un coup de tête, expliqua-t-il. Nous en avons discuté pendant plusieurs jours. Et comme je n'ai jamais eu de famille, j'ai pensé que ce serait une bonne idée.

— Prends le temps d'y réfléchir, ajouta Regina. Nous pouvons attendre ta réponse.

— La décision ne sera pas difficile à prendre, déclara Viola. Je serais ravie de quitter l'endroit où je me trouve actuellement. Mais il me faudra du temps pour m'arranger.

— À nous aussi, renchérit Henry. Nous devrons chercher un logement plus grand…

— Vous voulez que nous habitions avec vous ?

— Bien sûr.

— Je ne veux pas vous manquer de respect et l'idée d'être à nouveau ensemble ne me dérange pas, mais je suis adulte et je préfère vivre seule.

— Je vois.

Henry semblait ne pas savoir que dire d'autre, aussi Regina prit la parole :

— Nous comprenons. Je suis heureuse que tu sois disposée à envisager de déménager.

Evelyn était assise sur le petit canapé de la salle de jeux, les enfants de part et d'autre d'elle, et lisait à haute voix *Le Chat qui est allé au paradis*. Même si ces derniers savaient mieux lire qu'Evelyn, ils ne se moquaient jamais d'elle. Peut-être parce que les enfants ne savaient pas vraiment lire quand Evelyn était arrivée et qu'ils avaient appris tous ensemble. Evelyn s'était montrée surprise lorsque Sarah lui avait demandé de bien vouloir se charger de dispenser aux enfants leurs premières années de cours. Elle ne se sentait pas suffisamment à la hauteur, mais Sarah avait insisté. Aussi, Evelyn lisait avec les enfants et leur enseignait quelques chiffres. Elle avait toujours été plus douée avec les chiffres qu'avec les mots. Sarah avait été satisfaite des progrès réalisés par les enfants jusqu'à ce qu'Abigail atteigne l'âge de huit ans. C'est à ce moment-là qu'une préceptrice avait été engagée pour lui enseigner l'histoire, la géographie et la musique.

Jonathan avait eu huit ans cette année et allait désormais commencer à suivre des cours avec la préceptrice. Pourtant, les deux enfants aimaient s'asseoir auprès d'Evelyn et l'écouter lire. Et Evelyn était ravie d'avoir leurs corps chauds blottis contre le sien. Les enfants grandissaient si vite. Dans des moments comme celui-ci, elle imaginait qu'elle pourrait un jour avoir une maison et une famille parfaite composée d'un mari, d'une femme et de deux adorables enfants.

— Evelyn ? (Sarah entra dans la pièce.) Il y a quelqu'un au téléphone pour toi.

— Pour moi ?

Evelyn n'avait même pas entendu le téléphone sonner. Mais il faut dire qu'elle y prêtait rarement attention.

— Oui. Je crois que c'est ta sœur.

— Oh. D'accord. (Evelyn ferma le livre et se leva.) A-t-elle précisé la raison de son appel ?

Sarah secoua la tête.

— Elle a juste demandé à te parler.

— Tu reviendras finir l'histoire ? demanda Jonathan.

— Oui, je...

— Et si je vous faisais la lecture ? proposa Sarah. Evelyn risque d'en avoir pour un assez long moment.

Evelyn pénétra dans le couloir et souleva le combiné.

— Allô.

— C'est Viola.

— Je sais. Sarah me l'a dit. Est-ce que ton dîner avec Regina et Henry s'est bien passé ?

— Très bien.

S'ensuivit une pause comme si Viola ne savait que dire. Evelyn non plus. Parler au téléphone était si étrange. Un peu comme si l'autre personne était là sans réellement l'être parce qu'on ne la voyait pas.

— Écoute, finit par dire Viola, as-tu décidé de déménager ou non à Détroit ?

— Oh. Alors ils te l'ont demandé à toi aussi ?

— Oui.

— Alors ? reprit Viola après un nouveau silence prolongé.

— Ils m'ont dit que je pouvais y réfléchir. (Evelyn porta un doigt à sa bouche et mordit un morceau de cuticule qui pendait.) As-tu, euh, pris une décision ?

— Oui. Enfin, peut-être. Rien ne me retient vraiment ici. À part toi, bien sûr.

Evelyn sourit. Cela faisait plaisir à entendre.

— Si je dis oui, est-ce que tu en feras autant ?

Il ne faisait aucun doute que Viola la suppliait et Evelyn se sentit déchirée. C'était la décision la plus effrayante qu'elle ait jamais eue à prendre. Ce qui lui était arrivé jusqu'à présent avait été décidé pour elle. Sans lui laisser le choix.

— Dois-je donner ma réponse maintenant ?

— Non. Mais bientôt. Je pense que ce serait une belle aventure que d'aller dans une autre ville. Et tu as toujours voulu que mère revienne nous chercher, et maintenant c'est fait.

— Il y a longtemps que j'ai arrêté d'espérer ça.

Viola demeura silencieuse pendant si longtemps qu'Evelyn se demanda si elle avait raccroché.

— Viola ?

— Oui.

Evelyn entendit un profond soupir, puis Viola poursuivit :

— Si tu ne veux pas venir à Détroit pour toi-même, ou pour

mère, peux-tu le faire pour moi ? J'ai vraiment envie de partir, mais je n'ai pas envie de perdre tout contact avec toi. Nous venons juste de nous retrouver.

Même si elles n'étaient pas d'accord sur certaines choses, Evelyn ne voulait pas non plus perdre Viola.

— D'accord. J'y réfléchirai et je te donnerai bientôt ma réponse.

— Dans deux jours tout au plus. Promis ?

— Entendu.

Ainsi, quatre semaines plus tard, Evelyn avait fait ses valises et était prête à déménager à Détroit. Sarah l'avait beaucoup aidée à prendre sa décision. Elle avait dit à Evelyn qu'elle croyait Henry et Regina sincères dans leur volonté de former une sorte de famille. Et la famille était ce qu'il y avait de plus important dans la vie. Même si elle ne considérait pas Regina et Henry comme sa famille, l'inverse était vrai concernant Viola, et peut-être que si elle y mettait du sien, elle se sentirait un jour aussi proche d'Henry et de Regina qu'elle l'était de Sarah.

Evelyn saisit la petite valise posée sur son lit et descendit l'escalier. Dans la mesure où ses autres affaires avaient été expédiées quelques jours auparavant, elle n'avait qu'un seul bagage à emporter dans le train. Elle entra dans le salon, s'assit un moment sur le canapé, et repensa aux années écoulées et à tous les évènements qui s'étaient déroulés dans cet endroit merveilleux. Une pointe de tristesse l'envahit tandis qu'elle caressait le tissu d'ameublement en satin. Elle allait laisser une partie de son cœur ici avec ces gens.

— Oh, te voilà. (Sarah entra dans la pièce.) Tu es prête ?

Evelyn se leva.

— Oui.

— Je ne t'accompagne pas jusqu'à la gare, dit Sarah. Je déteste les adieux déchirants.

Evelyn acquiesça et fit de son mieux pour retenir ses larmes, mais perdit la bataille lorsque Sarah se précipita vers elle et la serra dans ses bras.

— Tu vas nous manquer, lui murmura-t-elle à l'oreille.

— Vous aussi.

Evelyn s'accrocha à Sarah pendant une bonne minute avant de s'écarter et de se retourner pour effectuer son premier pas dans l'inconnu.

Evelyn et Viola passèrent leurs premières semaines à Détroit chez leur mère et Henry, mais elles étaient à l'étroit dans un petit appartement composé d'une chambre et d'une autre pièce plus exiguë qui pouvait à peine contenir un lit double et un bureau. Viola dormit sur le canapé jusqu'à ce qu'elle trouve un emploi à l'hôtel Book Cadillac dans le centre-ville de Détroit et emménage dans un foyer pour jeunes filles, mais ils étaient encore trop nombreux à occuper un espace aussi minuscule. Henry avait cherché un appartement plus grand adapté à leur budget, mais ses efforts n'avaient pas abouti. En partie parce que l'emploi au fast-food que sa mère avait prévu pour Evelyn n'avait rien donné. Evelyn détestait ce travail au milieu de la graisse et des odeurs, et le directeur la trouvait trop lente, si bien qu'elle avait été renvoyée au bout d'un mois.

« Nous avions besoin de ta contribution », lui avait dit sa mère lorsqu'elle lui avait expliqué pourquoi ils ne pouvaient pas se permettre de déménager. « Je suis sûre que tu comprends. »

Evelyn le comprenait et ne voulait surtout pas dépendre d'Henry et de sa mère. Même si tous deux se montraient assez agréables, en particulier Henry, Evelyn ne sentait aucun lien se tisser entre eux. Les retrouvailles entre mère et fille étaient un échec et ne ressemblaient en rien à ces moments de tendresse qu'elle voyait parfois dans un film ou lisait dans un livre. Elle avait espéré, mais là encore, l'espoir était vain. Si les dix-sept années qu'elle avait passées sur cette terre lui avaient appris quelque chose, c'était d'espérer peu. Ainsi, la déception serait moins grande.

Viola essaya de trouver à Evelyn un emploi à l'hôtel, mais il n'y avait aucun poste vacant, aussi elle entreprit de chercher autre chose. Elle postula dans quelques magasins en tant que vendeuse, mais n'ayant aucune expérience, on la refoula. Elle avait presque perdu tout espoir lorsque Henry rentra un soir et lui expliqua qu'il avait entendu parler d'un couple qui cherchait une gouvernante.

— Mon commissaire m'a raconté que son jeune frère, qui est avocat, venait de perdre la femme qui travaillait pour lui et sa famille. Je lui ai dit que cela pourrait t'intéresser.

Evelyn avait espéré ne plus avoir à se contenter de ce type de travail, mais elle ne savait quoi faire d'autre.

— Je suppose que oui.

— Ils s'appellent John et Vivian Gardner. Je pourrais t'y conduire pour que tu fasses leur connaissance.

C'est ce qu'il fit et, quelques jours plus tard, Evelyn commença à travailler pour eux. Ils étaient assez sympathiques, mais n'avaient rien à voir avec Sarah et son mari. Ici, la frontière qui séparait l'employeur de l'employé était fermement établie et Evelyn regrettait la proximité qu'elle avait eue avec Sarah. Sarah lui avait dit qu'elle pouvait rester en contact, mais Evelyn hésitait, ne sachant pas si elle le pensait vraiment. Peut-être valait-il mieux clore ce chapitre de sa vie. Evelyn commençait à être douée pour tourner les pages.

L'un des avantages que présentait son travail était que la maison n'était qu'à quelques kilomètres de l'endroit où habitaient Henry et Regina, ce qui leur permettait de continuer à se voir souvent. Lorsqu'elle était arrivée à Détroit, elle avait essayé d'appeler Regina « maman », avant tout parce que Viola le voulait. Cependant, cela lui avait toujours paru inapproprié. Aussi, Evelyn avait-elle recommencé à appeler sa mère par son prénom ces dernières semaines. Le changement était presque passé inaperçu aux yeux de Regina, par conséquent Evelyn était satisfaite de sa décision.

Les Gardner avaient deux enfants d'âge scolaire : Elspeth, sept ans, et Gerald, dix ans. Evelyn était chargée de leur faire prendre le petit-déjeuner, de les accompagner le matin jusqu'à l'école située à environ huit cents mètres, puis de les retrouver à quinze heures trente pour rentrer à la maison. Entre-temps, elle devait s'occuper tous les jours de faire le ménage, la lessive, et de préparer le dîner. Le travail n'était pas plus difficile que chez les Hershlinger, mais les circonstances étaient si différentes qu'Evelyn avait du mal à s'adapter. Elle n'était jamais autorisée à prendre son repas avec la famille ou à passer du bon temps avec eux après le dîner. Quelle chance elle avait eue de pouvoir passer de douces soirées à lire, regarder la télévision ou faire des jeux en compagnie de Sarah, Abigail et Jonathan avant d'aller se coucher ! Elle ne s'était jamais rendu compte à quel point elle avait été privilégiée jusqu'à présent.

Tous les jours de la semaine, lorsque M. Gardner regagnait la maison pour le dîner, Evelyn devait se retirer dans sa petite chambre qui jouxtait la cuisine pour lire ou écouter la radio. Elle essayait de profiter de ce moment de tranquillité, mais la pièce lui paraissait toujours aussi confinée. Il n'y avait guère assez de place pour faire plus de dix pas entre le lit étroit, un bureau à trois tiroirs et une chaise à barreaux si inconfortable qu'elle ne pouvait s'asseoir qu'une demi-heure pour lire. Un autre inconvénient résidait dans la proximité de sa chambre avec la porte qui menait au garage. Chaque fois que quelqu'un entrait ou sortait du garage, les charnières de la porte émettaient un grincement aigu qui lui perçait les tympans. La semaine dernière, elle avait trouvé de l'huile pour machine à coudre et en avait appliqué sur les charnières. Un silence béni régna pendant quelques jours, mais ensuite le grincement reprit.

Aujourd'hui, alors qu'elle était assise dans le fauteuil, des larmes coulaient sur ses joues. Elle avait essayé de les retenir. Essayé de se dire que les choses s'arrangeraient. Qu'elle avait bien fait de venir ici, à Détroit. Mais au fond d'elle-même, elle n'en était pas convaincue. La plupart du temps, Sarah et les enfants manquaient tellement à Evelyn qu'elle pensait ne pas pouvoir le supporter. Et elle se demandait si elle reconnaîtrait un jour un tel bonheur.

12

EVELYN – AVRIL 1940

ALORS QU'ELLE SE RENDAIT AU GARDE-MANGER POUR y chercher de la farine, Evelyn entendit de faibles notes de musique qui provenaient du garage. Elle avait besoin de farine pour commencer à préparer le gâteau qu'elle allait confectionner pour le dimanche de Pâques, mais elle avait quelques minutes devant elle et fit donc un détour par le garage dans l'espoir d'y trouver le jeune homme qu'elle avait rencontré il y a quelques semaines. En entrant, elle eut le plaisir de le voir assis sur un broc à lait renversé, une guitare posée sur son genou.

— Je t'ai entendu chanter.

Il leva les yeux.

— Ouais ?

— C'était bien.

— Merci.

Evelyn ne savait que dire d'autre.

Russell Van Gilder travaillait avec son oncle en bas de la rue. Ce dernier, qu'il appelait simplement Hoffman, possédait un petit atelier d'outillage et Russell était venu de Virginie-Occidentale jusqu'à Détroit pour apprendre le métier. Il louait le garage des Gardner afin de disposer d'un endroit où travailler sur sa voiture, une Ford T démontée qu'il avait désignée d'un signe de tête. Evelyn ignorait si c'était son accent traînant du sud ou bien son sourire qui avait fait chavirer son cœur. À moins que ce ne soit ses yeux qui étaient d'un bleu cristallin et pur comme elle n'en avait encore jamais vu et semblaient pétiller de malice lorsqu'il souriait.

Ils pétillaient en ce moment même.

— Je devrais te laisser terminer, dit Evelyn en se détournant.

— Reste si tu veux. Est-ce qu'il y a une chanson que tu aimerais entendre ?

Evelyn haussa les épaules. Elle écoutait de la musique à la radio, mais aucun titre de chanson ne lui vint à l'esprit.

— Que dirais-tu de *Tea for Two* ?

Russell gratta les cordes de sa guitare, puis se mit à chanter doucement. Sa voix était juste et agréable à l'oreille, et Evelyn se serait crue capable de rester ici pour toujours à l'écouter. C'était bien sûr impossible. Elle devait bientôt commencer la préparation du gâteau. Mais pour l'instant, il y avait la musique.

À la manière dont il la regardait lorsqu'il chantait « *Me for you, and you for me* », elle se demanda s'il lui faisait parvenir un message. Ses joues s'empourprèrent et elle détourna les yeux, fustigeant son absurdité. Ce n'étaient que les paroles d'une chanson.

Il termina, s'interrompit un instant et reprit :

On a hill far away, stood an old rugged cross...

Fascinée, Evelyn l'écouta pendant qu'il chantait toute la chanson. Elle savait qu'il s'agissait d'un hymne, mais elle n'avait jamais rien entendu de semblable à l'Église catholique.

— C'était magnifique, le félicita-t-elle lorsqu'il eut terminé. Ça ne me dit rien.

— Tu ne vas pas à l'église ? (Il lui sourit.) C'est un hymne célèbre.

— Je fréquente l'Église catholique. Les chants sont en latin.

— C'est un peu difficile de suivre les paroles de cette façon, n'est-ce pas ? rétorqua-t-il, un sourire aux lèvres.

— Je ne crois pas que nous soyons censés le faire, répondit-elle en lui souriant à son tour.

Russell posa la guitare dans l'étui ouvert à ses pieds.

— Pourquoi ça ?

— Je ne sais pas.

Evelyn réfléchit un instant à la musique de l'église. Elle savait qu'il s'agissait principalement de chant grégorien. Ils l'avaient appris à l'orphelinat. Mais elle ne s'était jamais demandé pourquoi les paroles n'étaient pas en anglais. Elle appréciait toujours cette musique si douce et apaisante, mais qui n'avait rien à voir avec la chanson qu'elle venait d'entendre. L'histoire de cette croix était tellement touchante et triste qu'elle en avait eu les larmes aux yeux. Elle n'avait jamais ressenti cela à l'église.

Russell referma l'étui à guitare et se redressa.

— Je dois me remettre au travail.

— Oui. Moi aussi.

— Je pourrais peut-être chanter à nouveau pour toi un de ces jours.

Les joues d'Evelyn s'empourprèrent et elle baissa la tête.

— Avec plaisir.

De retour à l'intérieur, Evelyn se rendit dans la salle de bains où elle s'aspergea le visage d'eau fraîche avant de gagner la cuisine pour préparer le gâteau. La manière dont son corps réagissait à la proximité de Russell l'excitait et l'effrayait à la fois. Elle n'avait jamais éprouvé une telle sensation de chaleur dans ses parties intimes. Pas même lorsque Sœur Honora la frottait sans relâche parce qu'elle était sale. C'est ce que cette dernière lui avait dit quand elle l'avait surprise en train de regarder à cet endroit. Evelyn était simplement curieuse, mais Sœur Honora avait ajouté que c'était mal d'y toucher, de regarder, ou de permettre à quelqu'un d'autre d'y toucher.

Lorsque Evelyn avait osé demander pourquoi Sœur Honora était autorisée à le faire, elle avait reçu une violente gifle qui lui avait fait saigner la lèvre et n'avait plus posé beaucoup de questions par la suite.

Evelyn se sécha le visage et plia la serviette avant de la suspendre avec soin sur le support. Mme Gardner aimait que les choses soient bien rangées.

Russell essuya ses mains poisseuses sur un chiffon déjà taché d'huile et de graisse, puis referma le capot de la vieille Ford T et reprit sa guitare. Il commença lentement à gratter quelques accords tandis que ses pensées se tournaient vers Evelyn. Evelyn. Il le dit à voix haute, appréciant la manière dont son prénom roulait sur sa langue. C'était tellement poétique qu'il croyait pouvoir écrire une chanson à propos d'Evelyn.

Lorsqu'il avait loué le garage des Gardner, il n'avait pas eu l'intention que celui-ci devienne aussi un endroit pour jouer de la musique. Mais l'ambiance y était plus calme que chez son oncle où les enfants de son cousin couraient dans les pièces et les couloirs en poussant des cris et des éclats de rire sonores. Ici, les enfants étaient moins agités et attendaient sans doute qu'on les emmène au parc pour faire du bruit. La plupart du temps, c'était Evelyn qui s'en chargeait. Il le savait parce qu'il l'avait vue se promener avec eux à plusieurs reprises en fin d'après-midi, alors qu'il remontait la rue depuis la maison de son oncle.

Chaque fois qu'il la voyait, Russell savait qu'Evelyn était différente des autres femmes pour lesquelles il avait eu une attirance. Des femmes qu'il n'avait fréquentées que pour le sexe. Elle dégageait une pureté qui le rebutait et l'excitait en même temps.

C'est à seulement dix-sept ans qu'il avait eu un premier aperçu des trésors enfouis entre les jambes d'une femme. Priscilla, une voisine dont le mari l'avait laissée avec deux jeunes enfants, l'avait invité un soir sous prétexte d'avoir besoin de son aide pour réparer une fenêtre cassée. La fenêtre était en effet brisée, mais lorsqu'il avait fini de la calfeutrer et lui avait dit qu'il reviendrait plus tard avec une vitre pour terminer convenablement le travail, elle l'avait convié à rester boire une tasse de café.

Après s'être assis sur une frêle chaise en bois à la table de la cuisine, il avait été stupéfait lorsqu'elle avait attrapé une flasque sur l'étagère supérieure d'un meuble et ajouté une généreuse quantité de whisky dans chacune des tasses à café. Il avait également été déconcerté un peu plus tard lorsqu'elle avait saisi sa tasse vide et l'avait posée sur le comptoir avant de lui prendre la main pour l'emmener dans la chambre à coucher.

Cet été-là, il avait réparé beaucoup de choses chez Priscilla et elle lui avait appris comment donner du plaisir à une femme.

Il voulait donner du plaisir à Evelyn.

Le samedi était le jour de congé d'Evelyn qui en profitait souvent pour aller voir sa mère et Henry dans leur petit appartement. Viola se joignait parfois à eux, ce qui rendait les visites plus animées. Viola semblait toujours enjouée et avait fréquemment des histoires drôles à raconter au sujet des clients de l'hôtel. Aujourd'hui, cependant, il était prévu que tous se retrouvent au bar de l'hôtel afin d'assister à la prestation d'un duo vocal qui devait se produire. Viola les avait entendus dans un bar de Hamtramck quelques semaines auparavant et avait dit qu'ils étaient très bons.

Viola fréquentait souvent les bars depuis leur arrivée à

Détroit et la consommation d'alcool de sa sœur consternait quelque peu Evelyn. Elle se souvenait encore de la manière dont Viola parlait de leur mère qui rentrait à la maison en état d'ébriété ainsi que de son dégoût pour l'odeur aigre de l'alcool et les déclarations d'amour trop bruyantes qui n'avaient rien de sincère. Lorsque Viola lui avait confié cela à voix basse sous les couvertures de l'orphelinat, toutes deux s'étaient juré de ne jamais en faire autant.

La seule fois où Evelyn avait essayé de rappeler cette résolution à Viola, sa sœur s'était moquée d'elle.

— Nous étions gamines. Nous sommes grandes maintenant. Tu devrais venir avec moi un jour.

Evelyn avait donc accepté de l'accompagner ce soir, mais elle ne savait pas à quoi s'attendre. En pénétrant dans la salle sombre et enfumée, Evelyn ne vit pas tout de suite sa sœur. Elle remarqua cependant que plusieurs des femmes attablées fumaient des cigarettes et de minces cigares avec leurs compagnons masculins et haussa un sourcil en signe de stupéfaction. Selon le livre d'Emily Post sur les bonnes manières, il était de mauvais goût pour une dame de fumer, surtout en public. Seuls certains types de femmes se livraient à cette activité, ce qui n'était pas le cas d'une « dame ». Mais peut-être que les dames ne fréquentaient pas les bars. Evelyn avait lu le livre dans l'espoir qu'il l'aiderait à surmonter en partie sa maladresse sociale, mais elle craignait qu'il ne l'ait rendue un peu critique.

Après avoir repéré sa sœur à une table éloignée, Evelyn se fraya un chemin à travers la foule et la rejoignit. Elle se sentait un peu inélégante dans sa robe noire agrémentée d'un col de dentelle blanche. Viola portait une robe rouge légèrement décolletée sur le devant et des boucles d'oreilles en or qui scintillaient à la lumière des bougies.

— Ta robe est magnifique, la complimenta Evelyn.

— Merci.

— Regina et Henry viennent-ils ?

— Non. Elle n'est pas en forme. Il est resté à la maison pour s'occuper d'elle.

Evelyn s'assit.

— Rien de grave ?

— Non. Juste un rhume de fin d'hiver.

— Les enfants dont je m'occupe sont malades aussi. Mme Gardner ne voulait pas me laisser prendre mon jour de congé aujourd'hui.

— Comment as-tu fait pour la convaincre ?

— Je l'ai menacée de démissionner.

Evelyn sourit au souvenir du visage surpris de son employeuse et de la permission qu'elle lui avait accordée.

— Ah. Ma petite sœur a du caractère après tout.

Evelyn se réjouit du compliment, heureuse d'avoir l'approbation de Viola, et fut déçue lorsque la serveuse s'approcha de leur table, troublant ainsi ce moment.

— Que désirez-vous ?

— Euh...

Evelyn se rendit compte qu'elle ignorait quoi commander. *Oh, mon Dieu.*

— Donnez-lui-en un, intervint Viola en levant son verre. Et apportez-m'en un autre.

— Qu'est-ce que c'est ? demanda Evelyn.

— Du whisky sour.

— Je n'ai jamais bu de whisky.

— Alors il serait temps de t'y mettre.

Viola se mit à rire et Evelyn ne put s'empêcher d'en faire autant. Elle était ici pour prendre du bon temps, alors pourquoi pas ?

La boisson avait un goût agréable et acidulé, presque comme de la limonade, et Evelyn la trouva plutôt bonne. Elle en but un autre verre tandis que les York Brothers terminaient leur première prestation avec une chanson intitulée *Detroit Hula Girl*. Tous dans le bar applaudirent et ovationnèrent les musiciens, et Viola alla même jusqu'à se lever et à se déhancher un peu sous les vivats des clients installés aux tables voisines. Mal à l'aise, Evelyn sentit la chaleur lui monter aux joues, même si elle était quelque part tentée de danser à son tour. La pièce semblait pencher étrangement d'un côté et elle avait l'impression de bouger avec elle. Pourtant, c'était la première fois qu'elle se sentait aussi bien depuis son arrivée à Détroit. Elle sourit à sa sœur et lui tapota le bras lorsqu'elle se rassit.

Lorsque le groupe quitta la scène, la lumière revint dans la salle. Evelyn se rendit compte qu'elle n'allait pas pouvoir se retenir jusqu'à ce qu'elle rentre à la maison. Elle se pencha donc vers Viola et lui demanda :

— Est-ce qu'il y a des toilettes ici ?

— Suis-moi.

Viola se leva et entreprit de se faufiler entre les tables.

Alors qu'elles approchaient du bar, Evelyn aperçut Russell sur un tabouret. Elle s'arrêta un instant.

— Russell ?

Il se retourna et lui sourit.

— Evelyn.

Elle aimait beaucoup la sonorité presque musicale de son prénom lorsqu'il le prononçait.

Viola la poussa du coude et fit un signe de tête en direction de Russell. Evelyn comprit le message.

— Voici ma sœur, Viola.

Russell jeta un premier coup d'œil à Viola, puis un second. *Bien sûr,* pensa Evelyn. *Pourquoi ne regarderait-il pas les atouts qu'expose Viola ?*

— La musique vous plaît-elle, mesdemoiselles ?

— Oh, oui. (Viola esquissa un sourire.) C'est plutôt pas mal.

— Russell joue de la musique.

Evelyn n'était pas sûre de ce qui l'avait incitée à dire cela. Peut-être parce qu'elle était mécontente de la manière dont Viola le regardait et qu'elle s'était empressée d'ajouter quelque chose pour faire diversion.

— Mais pas comme celle que nous avons entendue ce soir.

— Quel genre de musique joues-tu ? demanda Viola.

— Principalement de vieilles chansons et des hymnes que mon père m'a appris.

— Tu pourras peut-être me chanter quelque chose un de ces jours.

— Avec plaisir.

Une légère bouffée de rancœur s'empara d'Evelyn qui comprit alors que même s'ils n'étaient jamais sortis ensemble, elle avait commencé à considérer que Russell lui appartenait. Elle ne lui avait pas parlé dans le garage ces deux dernières semaines, mais elle l'avait entendu chanter à deux reprises. Plutôt que de le déranger, elle était restée près de la porte à l'écouter en faisant semblant qu'il chantait pour elle. Sa voix était riche et douce, et elle le trouvait tout aussi doué que les professionnels qu'ils avaient vus ce soir.

Evelyn tira Viola par le bras et lui adressa un message silencieux lorsque leurs yeux se rencontrèrent.

— Excuse-nous, Russell. Ma sœur doit répondre à un appel de la nature.

— Quoi ? laissa échapper Evelyn presque malgré elle.

Viola éclata de rire et lança un autre sourire à Russell alors qu'elle s'éloignait. Elle se pencha vers Evelyn et lui chuchota :

— J'ai entendu une cliente de l'hôtel qui avait besoin d'aller aux toilettes le dire. J'ai trouvé ça drôle.

Cela n'amusait pas Evelyn. Son visage brûlait d'embarras et d'une colère qui n'avait pas fini de se dissiper. Une fois à l'intérieur de la petite salle d'eau pourvue d'un seul cabinet situé derrière un rideau, elle se tourna vers Viola qui s'était approchée du miroir.

— Ne me fais plus honte comme ça, s'il te plaît.

Viola fit volte-face.

— Tu voulais que je lui dise que tu avais envie de faire pipi ?

— Ne sois pas vulgaire.

— Et toi ne sois pas vieux jeu.

Evelyn passa derrière le rideau et se soulagea. Puis, elle se dirigea vers le lavabo devant lequel Viola se tenait toujours, occupée à retoucher son rouge à lèvres. Celui-ci était d'un rouge vif assorti à sa robe. Evelyn observa sa sœur pendant qu'elle se lavait les mains. Viola était une très belle femme. Elle n'avait même pas besoin du maquillage qu'elle appliquait si généreusement. Elle pouvait attirer tous les hommes qu'elle voulait.

Evelyn aurait aimé ressembler davantage à sa sœur qui était insouciante, mais aussi capable de rire et de flirter. Il ne faisait aucun doute que Viola avait flirté avec Russell et Evelyn espérait que cela ne se reproduirait pas. Elle avait été la première à faire sa connaissance et croyait qu'il ressentait quelque chose lui aussi. Mais ce soir, Viola l'avait éclipsée. Elle l'avait toujours fait et la plupart du temps, Evelyn s'en moquait. Mais pas ce soir. Elle voulait que Russell la remarque, mais elle ne pouvait se résoudre à essayer de le séduire ouvertement comme le faisait sa sœur.

Lorsqu'elles regagnèrent la pièce principale, Russell n'était plus là et Evelyn fut déçue de ne pouvoir lui parler à nouveau. Mais d'un autre côté, elle était aussi un peu soulagée. À présent, Viola ne pouvait plus flirter avec lui et ces deux-là ne se reverraient peut-être pas, ce qui convenait très bien à Evelyn.

Une semaine s'écoula sans qu'Evelyn revoie Russell. Un après-midi, alors qu'elle se dirigeait vers sa chambre pour s'octroyer une courte pause avant de commencer à préparer le dîner, elle entendit de la musique qui provenait du garage. Au lieu de rester derrière la porte à l'écouter, elle l'ouvrit et entra. Russell s'interrompit un instant pour lui adresser un sourire, puis se remit à chanter. C'était une chanson mélancolique où il était question d'un vieil homme et d'une horloge qui s'arrêtait à sa mort.

— C'était très beau, lui dit-elle lorsqu'il eut terminé. Mais un peu triste aussi.

— Elle s'appelle *L'Horloge de mon grand-père.*

— Est-ce que c'est vrai ?

— Comment ça ?

— Est-ce que c'était vraiment celle de ton grand-père ?

Russell laissa échapper un petit rire.

— Non. C'est juste une autre chanson que mon père m'a apprise.

— Ton père t'a appris toutes les autres chansons que je t'ai entendu chanter ?

— Ah, tu as encore écouté à la porte.

— Oui. Je… j'aime la musique.

— Qu'est-ce que tu aimes à part ça ?

Il avait dit cela d'une telle manière, avec un léger sourire et une étincelle dans les yeux, qu'Evelyn crut que ses jambes allaient se dérober sous elle. Elle s'adossa au chambranle de la porte pour ne pas vaciller.

— J'aime les livres et…

Rien d'autre ne lui vint à l'esprit, aussi elle haussa les épaules. Elle avait horreur de perdre ainsi sa langue. Il la prendrait sans doute pour une idiote, tout comme les bonnes sœurs. Alors qu'un silence pénible s'installait, elle se dirigea vers la porte.

— Je ferais mieux d'y aller.

Elle s'apprêtait à la refermer quand elle l'entendit lui lancer :

— Tu aimes les films ?

— Quoi ?

Elle pointa à nouveau le nez à la porte et le vit sourire.

— Est-ce que ça te ferait plaisir d'aller au cinéma ?

— Oh. (Elle s'accorda un moment pour calmer les battements de son cœur.) Oui. Oui, beaucoup.

Il posa sa guitare et se leva comme pour donner à sa prochaine question un caractère officiel.

— Accepterais-tu de m'accompagner ?

— Oui. Je... j'aimerais bien, balbutia Evelyn.

— Ma tante m'a dit qu'il y avait un film avec John Wayne dans un cinéma du centre-ville. Tu aimes John Wayne ?

— Je crois. C'est un cow-boy, non ?

— C'est un acteur, pouffa Russell. Mais il joue des rôles de cow-boys.

— Bien sûr. Comme je suis bête.

— Pas du tout. (Russell s'avança et lui toucha le bras.) Vendredi, ça te va ?

Ses doigts l'effleurèrent à peine, mais leur contact sur sa peau lui donna la chair de poule. Evelyn inspira pour retrouver son calme et se détendre.

— C'est parfait.

— Je t'appellerai demain pour te confirmer l'heure, ajouta-t-il avant de marquer une pause. Tu as le droit de prendre des appels ici ?

— Oui, du moment qu'ils sont brefs. Et pas trop fréquents.

— D'accord. Je te téléphonerai demain.

Evelyn fit un pas en arrière et retourna dans la maison, une main tendrement posée sur son bras.

~

Le vendredi soir, Russell passa chercher Evelyn à dix-huit heures précises. Elle s'était inquiétée tout l'après-midi de ce qu'elle allait porter et regrettait d'une certaine manière de ne pas posséder de vêtements aussi provocants que ceux de sa sœur. Si elle avait toutefois assez de courage pour s'habiller ainsi. Les mises en garde des bonnes sœurs sur ce qui arrivait aux filles qui faisaient preuve de légèreté dans leurs tenues et leurs mœurs résonnaient encore haut et fort dans son esprit. Elle s'étonnait de la rapidité avec laquelle Viola l'avait oublié. Ou peut-être cela lui était-il tout simplement égal.

Evelyn ouvrit la porte du petit placard situé dans le coin de sa chambre et choisit une robe bleue comme un ciel d'été dans laquelle elle se sentait toujours belle. Elle était agrémentée d'un jupon ample qui virevoltait légèrement quand elle marchait et de boutons de nacre sur le corsage. Elle portait des gants et un bonnet blancs, et Russell sourit en la voyant. Elle espérait qu'il s'agissait là d'un sourire d'approbation.

Ils n'empruntèrent pas la Ford T sur laquelle Russell travaillait dans le garage des Gardner. Russell avait passé un certain temps dessus, mais n'avait guère avancé dans la mesure où il se consacrait davantage à sa guitare.

— C'est la voiture de mon oncle, expliqua Russell en lui ouvrant la portière côté passager de la Buick Roadmaster.

La voiture était équipée de sièges en cuir souple et dégageait une odeur de fraîcheur et de propreté.

— C'est gentil à lui de te permettre de l'utiliser, dit-elle alors qu'elle montait à l'intérieur.

Russell se glissa derrière le volant et démarra le moteur.

— Mon oncle est un brave type.

Fort heureusement, ils n'étaient pas loin du cinéma, car la conversation se faisait à bâtons rompus. Après lui avoir posé des questions au sujet de sa famille et de son travail, Evelyn ne savait pas quoi lui demander d'autre tandis qu'il semblait tout aussi perdu. Le charme espiègle de leurs rencontres dans le garage avait disparu et elle le vit tirer sur sa cravate comme si elle était trop serrée. Evelyn espérait ardemment qu'ils surmonteraient bientôt ce malaise.

Entrer dans le cinéma Fisher revenait à pénétrer dans la

grande salle d'un manoir et le décor lui coupa le souffle. Le foyer était ouvert et spacieux avec une luxueuse moquette et des murs en marbre gris et blanc. Evelyn leva les yeux et aperçut un immense chandelier suspendu par une lourde chaîne au milieu du plafond revêtu d'une ravissante mosaïque de marbre. Le chandelier semblait étinceler de mille feux dont l'éclat se reflétait dans les miroirs présents sur l'un des murs. C'était le genre d'endroit dont elle avait entendu parler dans les livres, où les personnages habitaient de belles demeures avec des salles de bal si grandes qu'une centaine de personnes pouvaient y danser sans se marcher sur les pieds.

Evelyn patienta pendant que Russell achetait les billets, puis elle lui emboîta le pas dans l'escalier. En arrivant au sommet, un jeune homme vêtu d'un costume sombre et d'une chemise blanche les escorta jusqu'à leurs places. Evelyn s'efforça de ne pas rester bouche bée devant la magnificence des corniches dorées et des rideaux de velours rouge des loges qui bordaient les murs.

— Comment les gens font-ils pour s'asseoir là-haut ? demanda Evelyn à voix basse en désignant le mur à leur gauche.

Russell se mit à rire.

— Tu vois les rideaux ? Les gens les franchissent à partir d'un couloir situé à l'arrière.

— Oh.

— Je suppose que tu n'as encore jamais vu de loges.

— Non. (Evelyn lui jeta un coup d'œil et sourit.) C'est la première fois que je viens dans un endroit comme celui-ci.

— C'était pareil pour moi jusqu'à ce que je vienne ici. Ma tante m'a amené peu après mon arrivée. Elle pensait que le péquenaud des collines avait besoin de culture. (Il pouffa de rire.) Chez nous, notre petit cinéma n'a rien d'extraordinaire.

— Celui où je suis allée à Milwaukee non plus.

— Tu viens du Wisconsin ?

— Oui. C'est là que je suis née.

— Oh. (Russell se décala sur son siège pour lui faire face.) C'est là que vit ta famille ?

— Je n'ai plus de famille là-bas. Ma sœur et ma mère habitent ici à Détroit.

— Et ton père ?

— Je ne sais rien de lui.

En dépit de ses efforts pour garder un ton pondéré, ses paroles avaient une inflexion tranchante.

— Pardon, dit-il. Je ne voulais pas être indiscret.

Elle soupira.

— Et je ne voulais pas me montrer si cassante. Si tu veux savoir la vérité, mon père est parti quand j'étais bébé. Je n'ai aucun souvenir de lui.

Il détourna un instant les yeux, puis la regarda à nouveau.

— J'ai de la chance, alors. De connaître mon père. Même s'il ne vit plus avec ma mère.

— Oh, s'exclama Evelyn, intriguée à l'évocation de cette relation insolite. Ils sont divorcés ?

Il secoua la tête.

— Séparés. Il habite un meublé en ville et ma mère vit dans la maison de l'autre côté de la rivière, en haut de la colline. (Il éclata de rire.) C'est une montagne, à vrai dire. Tu devrais voir ça un de ces jours. Il y a un peu plus d'un kilomètre pour atteindre le sommet et des rues tout autour.

S'agissait-il là d'une invitation ? L'idée de visiter sa ville natale avec lui l'attirait beaucoup.

— Je dois avouer que je n'ai jamais vu de montagnes. Sauf en photo, bien sûr.

Avant qu'il ne puisse répondre, la salle s'assombrit et les rideaux de scène s'ouvrirent sur un large écran blanc au moins deux fois plus grand que celui du cinéma de Milwaukee où Evelyn s'était rendue à une ou deux reprises. Les lumières situées le long des murs s'éteignirent et Evelyn perçut un bourdonnement derrière elle. L'écran s'anima et la musique les enveloppa.

Evelyn ne tarda pas à se retrouver absorbée par le film au point d'en oublier l'impression qu'elle pouvait faire à Russell. Elle s'inquiétait du sort des passagers de la diligence qui se dirigeait vers le Nouveau-Mexique et elle aimait le personnage que jouait John Wayne. Il transgressait les lois, mais c'était un brave type et ô combien séduisant. Lorsque les Indiens attaquèrent la diligence, Evelyn agrippa le bras de Russell qui posa son autre main sur la sienne. Son contact était si agréable qu'elle n'avait plus envie de bouger.

Lorsque le film se termina et que les lumières revinrent dans la salle, Evelyn fut un peu déçue. L'histoire aurait pu se prolonger à l'infini. Et elle espérait bien que Ringo Kid et Dallas se retrouveraient et resteraient ensemble.

— Ça t'a plu ? demanda Russell alors qu'ils se levaient pour sortir en rang avec le reste du public.

— Oui. Enfin, presque tout. Sauf la fusillade.

Russell sourit et la prit par le coude afin de se frayer un passage au milieu du flot de personnes qui remontaient l'allée.

— Je n'aime pas ça non plus, confia-t-il. Ça me dérange de voir quelque chose se faire tuer.

Cet aveu surprit Evelyn. Elle pensait que tous les hommes aimaient chasser et tuer des animaux pour se nourrir ou pour le plaisir. Les hommes invités chez les Hershlinger en parlaient souvent et M. Hershlinger se rendait même chaque année dans le Montana pour chasser l'élan.

Le retour s'effectua principalement en silence, mais à l'inverse du trajet jusqu'au cinéma, c'était un silence agréable. De temps en temps, Evelyn entendait Russell fredonner doucement et le voyait tapoter sur le volant avec ses doigts. Il s'aperçut qu'elle le regardait et sourit.

— La musique du film était très bonne.

— Tu t'en souviens ?

Il acquiesça.

— Pas toi ?

Elle secoua la tête.

— Je ne crois pas que tout le monde prête attention à la musique comme toi.

Il éclata de rire.

— Mon père m'a dit ça une fois.

— Il avait raison. Tu as un talent particulier.

Russell garda une main sur le volant et tendit l'autre pour prendre la sienne. Son contact avait un effet électrisant et Evelyn inspira afin de calmer les battements de son cœur.

— Je voulais devenir chanteur, confia-t-il. Mais tout le monde m'a dit que je devais apprendre un métier. Pour pouvoir gagner ma vie.

Evelyn prit une nouvelle inspiration et retrouva sa voix.

— Les chanteurs ne gagnent pas d'argent ?

Il se remit à rire.

— Et ces hommes qui ont chanté au bar de l'hôtel ce soir-là ?

— Bien sûr. Ils étaient payés. Et ils avaient de la chance d'être dans un endroit chic comme celui-là. Mais la plupart des chanteurs se produisent dans des bars ou des clubs plus petits. Ils touchent à peine de quoi couvrir leurs frais de déplacement.

— Je n'en avais aucune idée.

Evelyn observa par la vitre les phares des voitures qui venaient en sens inverse s'agrandir sur le pare-brise, puis s'estomper au fur et à mesure que ces dernières passaient. Elle regarda à nouveau Russell.

— As-tu déjà chanté dans l'un de ces bars ?

— Quelques fois. J'ai même joué à la radio une ou deux fois avec un de mes potes. On pensait tous les deux pouvoir faire un tabac. Devenir riches et célèbres.

Il retira sa main de la sienne afin de négocier un virage et Evelyn fut déçue qu'il ne la remette pas en place. Elle se demandait si elle aurait le courage de lui confier son souhait d'être actrice. La première fois qu'elle était allée au cinéma et avait vu *Le Danseur du dessus,* elle avait rêvé de se rendre à Hollywood et de devenir une vedette du grand écran comme Ginger Rogers. Mais peut-être valait-il mieux partager cette révélation avec Russell une autre fois. S'il devait y en avoir une.

Une fois arrivés chez elle, Russell descendit de voiture et se dirigea de son côté pour l'aider à sortir. Il l'accompagna ensuite jusqu'à la porte d'entrée. S'il essayait de l'embrasser, devinerait-il qu'il était le premier à le faire ? Ses doigts tremblaient tandis qu'elle cherchait sa clé dans sa petite pochette de soirée. Lorsqu'elle l'eut trouvée, elle l'introduisit avec précaution dans la serrure de peur de la faire tomber. Puis, elle se tourna vers lui.

— Merci de m'avoir emmenée, dit-elle. J'ai passé un très bon moment.

— Moi aussi.

Il se pencha vers elle, effleura délicatement ses lèvres avec les siennes, et plongea son regard dans le sien lorsqu'il s'écarta d'elle.

— C'était bien ?

Evelyn n'était pas sûre de ce qu'il voulait dire par là, alors elle se tut.

— Le baiser ? Me suis-je montré trop entreprenant ?

Elle secoua la tête. Elle avait trouvé le baiser très agréable.

— Dans ce cas, j'aimerais le refaire.

Il lui toucha l'arrière de la tête afin de se rapprocher et l'embrassa d'une manière plus intense qui enflamma ses entrailles.

Elle recula cette fois, un peu essoufflée.

— Je dois y aller.

Russell acquiesça et attendit sous le porche pendant qu'elle déverrouillait la porte et entrait. Alors qu'elle la refermait, elle vit qu'il se tenait toujours là.

Elle s'appuya contre le bois tandis que la chaleur continuait d'irradier à travers son corps. On aurait dit que chaque terminaison nerveuse était en feu, et cet endroit dans ses parties intimes, celui qui avait réagi au contact de Sœur Honora, palpitait à présent. Serait-ce mal de laisser Russell y toucher ?

Evelyn entendit la voix de Sœur Honora dans sa tête.

« Les péchés de la chair sont les pires de tous. »

La réponse était là.

13

EVELYN – JUILLET 1940

EVELYN N'AVAIT JAMAIS FRÉQUENTÉ AUCUN HOMME, aussi n'était-elle jamais sûre de la manière dont elle devait désigner Russell lorsqu'elle s'adressait à sa mère ou à Viola. « Prétendant » était-il le terme approprié ? Ou bien existait-il un nouveau mot en ces temps modernes ? Lorsqu'elle avait lu *Jayne Eyre* de Charlotte Brontë, elle avait aimé l'expression « prétendant ». Comme si l'homme, à l'instar d'un certain style vestimentaire, pouvait seoir à la femme. Et elle était tout à fait convaincue que Russell lui correspondait. Elle trouvait souvent des prétextes pour se rendre au garage quand elle l'y savait occupé à travailler sur sa voiture ou à répéter, et cela faisait maintenant près de deux mois qu'ils sortaient ensemble tous les vendredis soir. Oserait-elle croire qu'ils étaient en couple ?

En ce vendredi soir de début juillet, ils étaient au cinéma Fox pour y voir *Place au rythme*, et il avait passé son bras autour de ses épaules tandis que sa main effleurait le haut de son sein. Même à travers le tissu de sa robe, elle percevait son contact et se sentait de plus en plus à l'aise avec les sentiments que ce toucher éveillait en elle. Après cette première nuit et ce premier baiser, elle avait fait taire cette voix lancinante dans sa tête, s'employant à la repousser et à ériger une barrière dans son esprit afin de la maintenir à distance.

Dans la plupart des cas, la barrière fonctionnait.

La semaine dernière, lorsque Russell avait raccompagné Evelyn chez elle après le dîner, ils ne s'étaient pas tout de suite dirigés vers la porte. Il avait coupé le moteur de la voiture avant de se tourner vers elle et de se pencher pour poser ses lèvres sur les siennes. Sans cesser de l'embrasser, il avait défait les premiers boutons de sa robe et glissé sa main à l'intérieur. S'il n'y avait pas eu le baiser, elle l'aurait peut-être repoussée, mais la passion l'avait emporté sur la raison. Et la barrière était intacte.

Au souvenir de cette soirée, Evelyn sentit une pointe de chaleur l'envahir à nouveau et bougea sur son siège. Russell se pencha vers elle.

— Ça va ? lui demanda-t-il doucement.

— Oui, murmura-t-elle sans en être sûre.

Même si elle avait envie que cet homme lui fasse ce que faisaient les amants dans les romans d'amour qu'elle lisait, elle devait reconnaître que cette perspective la terrifiait.

Evelyn s'empressa de chasser ces pensées et se réinstalla confortablement afin de profiter du film. Elle adorait se perdre dans une histoire à mesure qu'elle se déroulait à l'écran.

Le film terminé, ils se rendirent dans un restaurant italien pour un dîner tardif. Russell commanda une bière pour accompagner ses spaghettis et Evelyn prit un verre de vin rouge. Il était si doux et savoureux qu'elle en but un autre, se demandant pourquoi elle avait attendu si longtemps pour consommer de l'alcool comme tous les adultes. Même si cela l'étourdissait un peu, elle aimait cette sensation de douceur.

Plus tard, tandis qu'ils étaient garés devant chez elle, Russell éteignit le moteur et les phares de la voiture. Le clair de lune baignait l'habitacle d'une lumière blanche qui éclaira les contours de son visage au moment où il se tourna vers elle. Les paroles semblaient inutiles. Elle pouvait lire son intention dans ses yeux, aussi le laissa-t-elle l'embrasser avec fougue et mettre ses seins à nu. Lorsque ses lèvres effleurèrent l'un de ses mamelons comme s'il la goûtait, elle crut qu'elle allait exploser. Puis, il souleva sa jupe et glissa une main à l'intérieur de sa culotte. Vers cet endroit qui était en feu. Cet endroit que la bonne sœur avait dit que personne ne devait toucher. Mais le contact de Russell était si agréable.

— Evelyn, est-ce qu'on peut finir ça ?

Elle s'écarta de lui un instant.

— Qu'est-ce que tu veux dire ?

— J'ai envie d'être en toi. Regarde dans quel état tu me mets.

Il lui prit la main et la plaça sur le devant de son pantalon. *Voilà donc ce que ressent un homme*. Elle connaissait les bases de l'anatomie masculine, mais n'avait jamais vu ni touché le pénis d'un homme adulte. Lorsqu'elle avait donné son bain à Jonathan, elle avait jeté un coup d'œil à ses parties intimes de temps en temps, même si les avertissements de Sœur Honora au sujet des péchés de la chair résonnaient clairement dans son esprit. Le pénis de Jonathan était petit et mou, et ne ressemblait en rien à l'idée qu'elle se faisait de celui sur lequel reposait sa main.

Evelyn tenta d'éclaircir son cerveau embrumé.

— Je ne sais pas comment… Je n'ai jamais…

— Tu es vierge ?

— Oui.

Il se tut un moment, puis demanda :

— Tu veux le faire ?

— Je ne sais pas. Je crois… mais comment… où ? balbutia-t-elle au terme d'un long silence.

Russell fit démarrer la voiture et s'éloigna du trottoir.

— Pas ici. Pas si près de l'endroit où tu habites.

Evelyn boutonna sa robe pendant que Russell roulait sur quelques centaines de mètres jusqu'à une rue très sombre. Il y avait des maisons d'un côté et ce qui ressemblait à un parc de l'autre.

— Viens, dit-il en ouvrant la portière.

— Dans le parc ?

— Non. La banquette arrière. Elle est assez large pour nous. Presque comme un lit.

Russell la fit s'allonger sur la banquette arrière et déboutonna sa robe avant de la faire passer par-dessus ses épaules, entraînant avec elle les bretelles de son soutien-gorge. L'air nocturne était frais, même pour un mois de juillet, et balayait agréablement sa peau nue. Pendant un court instant, elle craignit que le contact avec l'endroit où la sueur s'était accumulée sous sa poitrine ne le rebute, mais elle oublia bien vite cette appréhension dans la chaleur de son prochain baiser.

Elle ne pensa ensuite plus à rien tandis que sa passion s'intensifiait et qu'il s'empressait de baisser sa culotte. Sa main effleura l'endroit où elle se consumait et la pression de son doigt fut comme celle d'un paratonnerre. Puis, il manipula maladroitement son pantalon et elle sentit autre chose la toucher.

— Tu es prête ? lui murmura-t-il à l'oreille. Je vais y aller doucement.

En dépit de ses paroles et même si Evelyn pensait le vouloir, elle eut mal lorsque Russell la pénétra, mais le plaisir accompagnait la douleur, provoquant un étrange mélange de sensations.

L'acte désormais terminé, il était toujours en elle et c'était agréable. Les doux baisers dans son cou l'étaient également, mais soudain, la vision de Sœur Honora agitant le doigt afin de ponctuer son sermon au sujet des mauvaises filles força la barrière qu'Evelyn avait érigée pour s'en protéger. Oh, mon Dieu. Qu'avait-elle fait ? Était-elle devenue une mauvaise fille ? Russell essuya une larme sur sa joue et elle se rendit alors compte qu'elle pleurait.

— Je suis désolé si tu as eu mal. Je ne l'ai pas fait exprès.

Evelyn ne savait quoi répondre. Elle ne pouvait lui expliquer la raison pour laquelle elle pleurait. Pas maintenant, alors que son corps chaud et ferme reposait encore sur elle, et qu'il lui prodiguait de doux baisers. Puis, il se décala pour fermer son pantalon et elle pivota pour s'asseoir, en prenant soin de rester sur la serviette qu'il avait placée sous elle. Au début, elle lui avait été si reconnaissante d'avoir quelque chose sous la main pour l'empêcher de tacher sa jupe qu'elle n'avait pensé à rien d'autre. Mais elle se demandait à présent pourquoi il était si bien préparé. Était-ce une simple coïncidence qu'il ait une serviette dans la voiture, ou bien faisait-il cela avec beaucoup de femmes ?

Evelyn détestait se poser ce genre de question, mais c'était plus fort qu'elle. Un sentiment de culpabilité doublé d'une pointe de déception l'animait. Quelque chose continuait de brûler en elle, comme une bouilloire en ébullition qui n'allait pas tarder à exploser si on n'enlevait pas le couvercle. L'acte – elle ne savait pas comment l'appeler autrement – n'avait pas ressemblé aux scènes de ces histoires où le couple se délectait d'une satisfaction mutuelle. Elle ne se sentait pas comblée. Elle adorait ce mot et ce qu'elle ressentait ce soir ne correspondait pas à ce qu'elle avait imaginé. Elle tâtonna sur le plancher, réussit à mettre la main sur sa culotte et l'enfila, retirant par la même occasion la serviette. Même à la faible lumière de la lune, elle distinguait la tache sombre de sa virginité perdue. Elle brandit la serviette.

— Qu'est-ce que tu veux que je fasse avec ça ?

— Donne. (Il la saisit, la plia et la fourra dans le coin de la banquette.) Je m'en débarrasserai avant de rendre la voiture à mon oncle.

Et maintenant ? Evelyn arrangea ses cheveux et remit son chapeau. Ce qui venait de se passer était un événement monumental à ses yeux. Cela avait-il la même importance pour lui ? Elle essayait de réfléchir à ce qu'elle pourrait lui dire, mais il la devança.

— Je te raccompagne.

Russell descendit de la banquette arrière et lui tint la portière.

Evelyn se mordit la lèvre pour ne pas pleurer. Il avait l'air tellement... distant. Les hommes se comportaient-ils tous ainsi après coup ? Ou cela signifiait-il qu'il faisait partie de ceux contre lesquels sa sœur l'avait mise en garde ? De ces types qui flattaient les femmes juste pour coucher avec elles et disparaître ensuite. Elle détourna le visage au moment de se glisser sur le siège avant afin qu'il ne puisse voir son inquiétude.

Le trajet jusqu'à sa maison fut court, mais le silence qui régnait dans la voiture aurait pu s'étendre sur des kilomètres. Ce n'était pas le silence agréable dont ils avaient profité à d'autres occasions et Evelyn se demandait ce que pensait Russell. Était-il déçu ? Y avait-il un problème ? Devrait-elle lui poser la question ? Que devrait-elle lui dire lorsqu'il la raccompagnerait à la porte ?

En fin de compte, elle n'eut pas le temps de dire grand-chose. Au lieu de s'attarder comme il le faisait souvent, il l'embrassa tendrement, puis il se hâta de lui souhaiter bonne nuit et se retourna pour partir. Le baiser était réconfortant, mais son départ précipité la laissa frissonnante sous la brise fraîche.

À l'intérieur, Evelyn se rendit dans sa chambre attenante à la cuisine, heureuse pour une fois de ne pas être logée à l'étage où la famille avait ses quartiers. Elle jeta son chapeau sur le lit, ôta sa robe et l'examina avec attention pour vérifier qu'elle n'était pas tachée. Rien. Dieu merci. Elle attrapa un peignoir et des sous-vêtements propres avant de gagner la salle de bains pour se nettoyer.

Comme elle s'y attendait, sa culotte était maculée de sang, mais pas davantage que lorsque ses règles commençaient sans prévenir. Elle la rinça à l'eau froide, puis se lava, constatant une légère sensibilité au niveau de ses parties intimes. Tandis qu'elle faisait sa toilette, l'image de Sœur Honora et de son doigt accusateur continuait d'occuper ses pensées. Toutes les leçons de morale sur le péché et le sexe tourbillonnaient dans son esprit et elle se frotta plus fort pour tenter de réduire au silence la voix dure.

Elle n'aurait jamais dû dire oui à Russell. Elle pouvait toujours mettre sa faiblesse sur le compte du vin, mais la vérité, c'est qu'elle le désirait. Elle voulait lui faire plaisir. Et elle voulait savoir quelle impression cela faisait de faire l'amour. *Oh, mon Dieu. J'ai commis un terrible péché.* Peut-être que si elle se confessait… Il n'y avait pas de peut-être qui tienne. Elle devrait se confesser de peur de trépasser en état de péché mortel. Et peut-être que si elle restait pure après cela, Dieu se garderait de la foudroyer à mort. C'est ce qu'elle devait faire. Résister aux péchés de la chair jusqu'à ce que Russell l'épouse.

Car il le ferait. Elle en était convaincue. En dépit du tourbillon d'émotions qu'elle ressentait, elle se persuada qu'un engagement les liait dorénavant. Elle se dit aussi qu'il n'était pas comme les autres hommes. C'était un gentleman, et un gentleman ne déflorait pas une vierge s'il n'avait pas l'intention de l'épouser.

Il n'y aurait jamais aucun autre homme dans sa vie.

Une semaine s'écoula sans que Russell vienne et la conviction inébranlable d'Evelyn commença à s'affaiblir. Elle essayait de ne pas s'inquiéter, mais ne pouvait s'empêcher de se demander si elle n'avait pas été idiote de le laisser parvenir à ses fins.

Et puis un jour, elle entendit de la musique dans le garage et sortit en courant, impatiente de le voir. Il était assis sur un tabouret et jouait un air lent et mélodieux sur sa guitare. Il leva les yeux et sourit, et ses doutes se dissipèrent alors comme la brume matinale sous l'effet des rayons du soleil.

Evelyn savait qu'elle devrait se montrer réservée. C'était ainsi que les femmes étaient censées se comporter, mais elle ne put se retenir.

— Je suis tellement contente de te voir.

Il gratta quelques accords supplémentaires, puis lui adressa un clin d'œil.

— Moi aussi.

Elle s'appuya contre l'aile de sa voiture et l'écouta tandis qu'il terminait la chanson et en commençait une autre. Lorsqu'il eut fini et que les notes se turent peu à peu, il posa sa guitare.

— J'ai une bonne nouvelle.

— Laquelle ?

— Je vais jouer à l'hôtel Cadillac. Ta sœur m'a présenté à l'homme chargé d'organiser les divertissements.

Evelyn fut abasourdie. Elle ignorait qu'il avait rencontré Viola. Quand était-ce arrivé ? Le week-end dernier quand il n'était pas sorti avec elle ? Evelyn refusait d'en tirer des conclusions hâtives, mais c'était plus fort qu'elle. Le manque d'assurance la dominait. L'avait-il fait ? Le ferait-il ?

Devant l'insistance de son regard, elle comprit qu'il lui fallait dire quelque chose.

— C'est quand ? Ta prestation, je veux dire.

— Vendredi prochain. Tu peux venir ?

— Je ne sais pas… commença-t-elle.

Russell se leva, s'avança vers elle, et lui effleura la joue du bout des doigts.

— J'ai pensé que ça t'intéresserait.

— Bien sûr.

Elle s'efforça de paraître enjouée, mais elle ne pouvait se défaire de l'image de lui et Viola ensemble, ce qui refroidit son enthousiasme.

Il s'approcha d'elle et glissa ses doigts dans ses cheveux, frôlant par la même occasion ses lèvres des siennes. Son corps n'écouta pas sa raison et elle se pencha pour approfondir le baiser. La passion les galvanisa tous les deux et les mains impérieuses de Russell descendirent le long de son dos et de ses fesses. Elle commença à ressentir au plus profond d'elle-même cette brûlure qui semblait réclamer l'érection qu'il pressait contre elle.

Russell rompit le baiser.

— J'ai vu la famille partir tout à l'heure. Nous pourrions aller à l'intérieur.

— Non.

Evelyn n'avait pas eu l'intention de lui opposer une réponse cinglante, mais elle se rendit compte que c'était le cas lorsqu'elle le vit tiquer.

— Un lit serait mieux que la banquette arrière.

— Oui, mais…

— Quoi ?

Evelyn recula d'un pas.

— Je ne peux pas. Nous ne pouvons pas. C'est mal.

Russell se passa la main sur le visage.

— Et… ?

Il fit un geste vague, mais elle savait ce qu'il voulait dire. *Et la dernière fois ?*

— J'ai cédé à la tentation. (Elle hésita, puis termina sa phrase.) Mais c'était un péché.

— Un péché ? (Il secoua la tête.) Un péché est quelque chose de mal. Quelque chose de sale. Ce que nous avons fait ne l'était pas.

— Non, mais ce n'était pas bien. Ce que nous avons fait est censé être réservé au lit conjugal.

Il secoua à nouveau la tête.

— Bon sang ! Tu es croyante à ce point-là ?

Cette question la surprit. Elle leva un sourcil et haussa les épaules.

— Je ne sais pas. Je dois être dans la moyenne.

— Je suis très en dessous de la moyenne. Je crois en Dieu, mais pas en l'Église.

— Quoi ? (Evelyn le regarda, les yeux écarquillés.) Dieu n'existe pas sans l'Église.

Il s'éloigna de quelques pas, puis se retourna.

— Où était Dieu avant la formation des Églises ?

Evelyn se mordit la lèvre. Elle n'avait pas de réponse à cette interrogation et, une fois la surprise initiale passée, elle se rendit compte qu'il s'agissait d'une question intéressante. Elle n'avait jamais pensé à Dieu en dehors de la messe. D'après Sœur Honora, c'était là que les gens venaient à sa rencontre, et la messe se déroulait toujours à l'église.

— Si tu ne vas pas à l'église, comment as-tu appris tous ces hymnes que tu joues ?

— Mon père jouait de l'orgue à l'église méthodiste. Quand j'étais enfant, nous y allions tout le temps. Et toute ma famille aime chanter. La plupart d'entre nous connaissent les chants religieux.

— Retourneras-tu un jour à l'église ?

S'ensuivit un long silence au bout duquel il secoua légèrement la tête.

Evelyn ne savait comment réagir. Elle ne connaissait pas toutes les règles de l'Église en matière de mariage, mais elle se souvenait qu'on lui avait dit de trouver son « semblable ». Quel dilemme ! Elle n'était pas sûre de pouvoir renoncer à Russell, surtout après lui avoir donné son cadeau le plus précieux.

Elle devait s'assurer qu'il deviendrait un jour son mari. Le fait qu'il ne soit pas catholique compliquait les choses. Ils ne pourraient pas se marier à l'église. Elle ignorait si cela signifiait qu'elle ne serait plus en mesure de recevoir la communion, mais elle devrait trouver une solution à tout cela plus tard. Pour l'instant, elle savait qu'il lui fallait retourner à l'intérieur avant de céder à la tentation que lui offraient son sourire en coin et la lueur de désir qu'elle voyait poindre dans ses yeux d'un bleu profond.

~

Le vendredi soir, Viola emmena Evelyn à l'hôtel pour la prestation de Russell afin qu'elle n'ait pas à prendre le bus. Viola avait récemment appris à conduire et avait acheté une Chevrolet Standard d'occasion.

En se glissant sur le siège passager, Evelyn remarqua la robe moulante noire que portait sa sœur. Celle qu'elle avait revêtue ce soir était légèrement échancrée, mais c'était tout ce qu'Evelyn pouvait faire pour paraître séduisante.

— Tu es magnifique, dit-elle tandis que Viola s'éloignait du trottoir.

Viola lui jeta un coup d'œil et sourit.

— Toi aussi.

Evelyn avait espéré se rendre à l'hôtel en compagnie de Russell, mais il lui avait expliqué l'autre jour qu'il devait être là-bas tôt pour se préparer et qu'il valait mieux qu'elle le rejoigne plus tard. Cela lui éviterait ainsi de rester seule pendant qu'il installait le matériel de sonorisation et de s'ennuyer. Elle s'était néanmoins habillée comme s'ils avaient un rendez-vous galant et avait enfilé une robe d'été de couleur lavande pâle agrémentée d'une large ceinture blanche. Même si Viola lui avait semblé sincère dans ses paroles, Evelyn craignait que sa sœur ne la trouve fade en comparaison. Puis, elle chassa cette idée de son esprit. Peu importe ce que pensait sa sœur. Seule comptait l'opinion de Russell sur son apparence, et jusqu'à présent elle ne l'avait jamais entendu se plaindre.

— C'est très gentil à toi de t'être arrangée pour permettre à Russell de se produire, dit Evelyn alors que Viola garait la voiture sur le parking de l'hôtel.

— Il le mérite. Tu l'as entendu chanter ?

La question la laissa momentanément perplexe et ce fut avec plaisir qu'Evelyn descendit de voiture et se dirigea vers l'entrée de l'hôtel. Elle avait raconté à Viola sa rencontre avec Russell et la manière dont il chantait dans le garage. Sa sœur ne s'en souvenait-elle pas ? Ou bien sa question sous-entendait-elle autre chose ? Avait-il chanté pour Viola comme il l'avait fait pour elle ? Était-ce ce à quoi il était occupé les soirs où il ne venait pas au garage ?

Evelyn secoua la tête et essaya de disperser ces pensées aux quatre vents. Elle devait cesser d'être obsédée par ce que faisait Russell lorsqu'elle ne le voyait pas. Cela ne la regardait pas, même si elle aurait aimé le savoir afin de ne plus avoir à se poser de questions. S'interroger conduisait toujours à échafauder des élucubrations fantasques. Elle suivit Viola à l'intérieur où elles se frayèrent un chemin à travers la foule pour trouver une table.

À l'avant de la salle, Russell, vêtu d'un pantalon marron foncé et d'une chemise de couleur crème ouverte au niveau du col, vérifiait les micros et les haut-parleurs en compagnie d'un autre homme. Evelyn songea à aller le saluer, mais se ravisa. Russell n'avait peut-être pas envie d'être dérangé. Lorsque tout fut prêt, il s'assit sur une chaise et posa sa guitare sur ses genoux. L'autre homme prit le micro et sourit au public.

— Bienvenue au Cabaret de l'hôtel Cadillac, lança-t-il. Notre petite scène a vu défiler de nombreux talents et nous sommes fiers aujourd'hui de vous présenter un chanteur venu des collines de Virginie-Occidentale, Russ Van Gilder. C'est la première fois qu'il se produit ici, mais il a déjà joué dans des clubs de son état natal et est même passé à la radio. Accueillons-le chaleureusement.

Quelques personnes s'arrêtèrent de parler et applaudirent, mais d'autres ignorèrent l'animateur. Les conversations bourdonnaient à l'arrière-plan tandis que Russell grattait quelques accords et se mettait à chanter. Il entama sa performance par *Is It True What They Say About Dixie*, un morceau jazzy qui calma une partie de l'assistance, puis interpréta quelques chansons idiotes qui firent rire l'auditoire. Il attisa ainsi la curiosité de la plupart de la foule et le public se tut pendant qu'il poursuivait sa prestation. Evelyn se réjouit de constater que les spectateurs commençaient à lui prêter attention. Elle ne pouvait imaginer ce qu'elle ressentirait si elle était sur scène à essayer de divertir les gens et que ceux-ci parlaient par-dessus la musique.

Le morceau suivant débuta sur quelques lents accords de guitare, puis Russell entonna :

You made me love you. I didn't want to do it…

Il fixait la table d'Evelyn pendant qu'il chantait et elle aurait juré que son cœur se gonflait. Ses joues s'empourprèrent et elle tourna la tête pour voir si Viola l'avait remarqué. Sa sœur scrutait Russell avec insistance tandis qu'un sourire illuminait son visage. Evelyn jeta un second coup d'œil à Russell et se demanda qui, d'elle ou de Viola, il regardait.

Evelyn baissa les paupières et but une rapide gorgée de son verre. Elle s'efforça de se raisonner quant à son accès de jalousie. Elle était stupide. Puis, elle observa à nouveau Viola. Le menton de sa sœur reposait sur sa main et son sourire s'était élargi.

Evelyn devait partir d'ici.

À l'intérieur des toilettes pour femmes, elle se réfugia derrière le rideau qui entourait les cabinets et prit de profondes inspirations pour se calmer. Pourquoi se laissait-elle aller à penser qu'il y avait quelque chose entre Viola et Russell ? C'était une erreur de tirer des conclusions à ce point hâtives. Pourquoi était-elle toujours aussi prompte à envisager le pire ?

Evelyn resta assise quelques instants sur la cuvette rabattue et, à l'aide de mouchoirs qui se trouvaient dans son sac à main, essuya ses joues humides de larmes. Elle inspira à nouveau profondément pour apaiser les battements de son cœur et entendit alors la porte des toilettes s'ouvrir.

— Evelyn, tu es là ?

C'était Viola.

— Oui.

Mince.

— Juste une minute.

Evelyn entendit l'eau couler, puis Viola dit :

— Tu t'es absentée si longtemps que je me suis inquiétée.

— Tout va bien.

Evelyn contourna le rideau et se dirigea vers le lavabo, s'efforçant de sourire et de paraître normale.

Viola jeta un coup d'œil à sa sœur.

— Ton maquillage a coulé. Laisse-moi arranger ça. (Elle fouilla dans sa pochette de soirée et en sortit un poudrier. Puis, elle s'approcha d'Evelyn.) Tu as pleuré ?

Evelyn fut momentanément incapable de formuler une réponse. Devait-elle dire oui et expliquer ensuite pourquoi ? Elle secoua légèrement la tête. Elle détestait les affrontements. Elle était toujours la première à reculer face à un éventuel conflit. Mais qu'importe.

— Tu sais bien que Russell est à moi.

— Quoi ?

— Nous sommes sortis ensemble. Et nous avons pris des engagements l'un envers l'autre.

Evelyn rougit au souvenir du type d'engagement qu'ils avaient contracté sur la banquette arrière de sa voiture.

— Je ne vois aucune bague à ton doigt.

— Rien n'est officiel… pour l'instant.

— Je vois.

Viola se tourna vers le miroir et vérifia son rouge à lèvres.

Evelyn inspira profondément.

— J'ai toujours détesté que tu me prennes des choses, lâcha-t-elle.

Viola soupira.

— Quelles choses ?

— Les meilleurs desserts. Le nouveau pull.

Viola referma sa pochette d'un coup sec et fit face à sa sœur.

— Mon Dieu, c'était il y a des années. Et je t'ai rendu le pull, n'est-ce pas ?

— Oui. (Evelyn eut un instant d'hésitation.) Quand tu n'en as plus voulu.

Elles demeurèrent un moment sans échanger une parole, et Evelyn aurait aimé pouvoir s'arrêter, revenir une heure en arrière, et se sortir de ce pétrin. Elle n'avait jamais été douée pour se défendre au cours d'une dispute. Viola lui lança un regard noir qu'Evelyn ne sut comment interpréter. Puis, Viola rejeta ses cheveux derrière ses épaules et leva le menton.

— Bon, voyons ce que décidera Russell, d'accord ?

— Tu es… sortie avec lui ?

— Eh bien, j'ai dû le voir pour organiser cet évènement, n'est-ce pas ?

— Tu sais très bien de quoi je parle.

— Oui. Je sais très bien de quoi tu parles. Et la réponse est oui. Nous nous sommes rencontrés et avons pris un verre ensemble.

Evelyn n'en revenait pas. Son rêve s'effilochait tel un vieux pull.

— C'est tout ?

Viola ne répondit pas. Elle se contenta de sourire et quitta la pièce.

Après avoir attendu un moment que sa nouvelle crise de larmes cesse, Evelyn s'essuya les yeux et se fraya un chemin à travers la foule pour regagner leur table. Viola leva les yeux et lui adressa un large sourire comme si leur dispute dans les toilettes n'avait jamais eu lieu. Evelyn s'assit et jeta un coup d'œil à la scène sur laquelle Russell venait de monter afin de terminer sa prestation, mais la magie de la soirée avait volé en éclats. Comme du verre brisé. Comme un rêve anéanti.

14

EVELYN – SEPTEMBRE 1940

UN AUTRE MOIS S'ÉTAIT ÉCOULÉ SI VITE QU'EVELYN mit du temps à s'apercevoir qu'elle n'avait pas eu ses règles. À deux reprises. Ce matin, elle avait ouvert le tiroir pour y prendre une culotte propre et remarqué dans le coin la ceinture de ses serviettes hygiéniques. L'effroi l'avait alors saisie et lui avait noué l'estomac. Elle n'avait jamais eu de retard de règles. Pas une seule fois depuis ce jour où, à l'âge de quatorze ans, elle était « devenue une femme ». Sarah l'avait aidée à se procurer ce dont elle avait besoin et avait eu avec elle une discussion franche au cours de laquelle elle lui avait expliqué en quoi consistaient les « visites » mensuelles et ce qui les arrêterait. Deux choses seulement. La grossesse et la ménopause. Dans la mesure où Evelyn était beaucoup trop jeune pour être ménopausée, il ne restait qu'une possibilité.

Evelyn s'habilla à la hâte et se précipita dans la cuisine pour consulter le calendrier, essayant de se remémorer la date exacte de ses dernières règles. D'après ses souvenirs, c'était au début du mois de juillet. Peut-être aux alentours du 4 juillet ? C'était presque deux semaines avant qu'elle ne laisse Russell parvenir à ses fins. Sa culpabilité au sujet de ce qu'elle avait fait était moins forte si elle y pensait en ces termes. Cela l'aidait aussi de faire abstraction de la manière impudique dont son corps avait réagi en cette chaude soirée de juillet.

C'était désormais la mi-septembre. Elle aurait dû avoir ses règles depuis longtemps. Elle resta debout à fixer les nombres inscrits dans les petits carrés et se demanda ce qu'elle allait bien pouvoir faire. Hormis s'effondrer sur le sol et pleurer. Elle devrait évidemment en informer Russell, mais comment ? Quand ? Quelle serait sa réaction ? Ils n'étaient sortis que trois fois ensemble depuis le soir où il avait joué à l'hôtel il y a un mois, par conséquent ses certitudes quant à l'éventualité d'un avenir commun avaient vacillé. De plus, elle ne savait pas si c'était parce que son travail l'accaparait, ou qu'il était occupé d'une autre manière. Les doutes l'envahissaient sans cesse comme des invités indésirables.

Lorsqu'ils étaient ensemble, Russell respectait ses souhaits en matière de sexe. Il atténuait à sa demande l'intensité de ses baisers et de ses caresses. Non pas qu'elle le veuille toujours. Son corps semblait avoir des idées différentes de celles que lui dictait sa morale, mais elle ne lui avait jamais avoué qu'il lui était parfois difficile de lui dire d'arrêter. Elle avait cependant failli céder la dernière fois qu'il avait essayé de la convaincre qu'ils pouvaient retourner sur la banquette arrière de la voiture de son oncle et que Dieu ne considérerait pas cela comme répréhensible. À la manière dont son corps réagissait à son contact, elle était cruellement tentée, mais elle avait fait une promesse à Dieu et on ne manquait pas à une parole donnée au Tout-Puissant dans un élan passionné.

Evelyn entendit des pas et pivota sur ses talons. Elle aperçut Mme Gardner qui fronça le sourcil et demanda :

— Quelque chose ne va pas ?

— Non… Je… (Evelyn prit une inspiration pour se ressaisir.) Vous avez besoin de moi ?

— Je me demandais si vous aviez commencé à préparer le dîner.

— J'allais le faire.

— Bien. (Mme Gardner pinça les lèvres.) Vous êtes sûre que ça va ?

— Oui... Je... (Evelyn se retourna et sortit une poêle du tiroir qui se trouvait sous la cuisinière afin d'y faire dorer les oignons pour un ragoût de jambon et de pommes de terre.) Je ferais mieux de m'y mettre.

— Très bien.

Aujourd'hui, Evelyn avait la soirée de libre et allait dîner chez Henry et Regina après avoir préparé le repas de la famille. Ils avaient pris des dispositions en ce sens la semaine précédente et Viola se joindrait également à eux. Les deux sœurs s'étaient enfin réconciliées après leur dispute au club. Viola l'avait appelée quelques jours plus tard pour s'excuser de son comportement et assurer à Evelyn qu'elle n'avait pas de vues sur Russell. Evelyn souhaitait tellement que cela soit vrai qu'elle avait accepté ses excuses.

Evelyn enfourna le ragoût et indiqua à Mme Gardner à quel moment il serait prêt. Puis, elle prit rapidement son manteau et son sac à main et se rendit à pied jusqu'à l'arrêt de bus. C'était une agréable soirée d'automne et Evelyn appréciait la brise fraîche qui lui effleurait le visage. Elle était vivifiante et apaisait l'agitation qui régnait dans sa tête. Elle ignorait comment gérer cette situation désastreuse. Peut-être pourrait-elle s'en ouvrir à Viola ce soir. Trouver un moyen d'avoir quelques minutes d'intimité. Elle devait en faire part à quelqu'un, mais ne voulait surtout pas en parler à sa mère. Pas encore.

~

— Es-tu prête ? (Henry entra dans la petite chambre où Regina était assise devant la coiffeuse.) Les filles vont arriver d'une minute à l'autre.

— Ce ne sont plus vraiment des jeunes filles, Henry.

— Je sais. (Henry s'approcha d'elle et enfouit son nez dans son cou.) Mais je trouve que ça sonne bien. « Les Filles. »

— Ne sois pas ridicule. (Regina attacha sa pince à cheveux et croisa son regard dans le miroir.) As-tu remué la soupe comme je te l'avais demandé ?

— Votre humble serviteur obéit toujours. (Il recula et lui fit une grande révérence, puis il se redressa et observa son reflet dans la glace. Elle semblait on ne peut plus sérieuse.) Qu'y a-t-il ?

— Je ne sais pas. (Regina soupira et posa son pinceau sur le dessus de la coiffeuse.) C'est juste que...

— Quoi ?

— Tu es toujours tellement enthousiaste quand mes filles viennent.

Henry fronça les sourcils.

— Je suis heureux de les voir. C'est mal ?

Regina rompit le contact visuel entre leurs deux reflets, mais ne se tourna pas vers lui. Il lui effleura l'épaule.

— Tu n'es pas contente de les avoir ici ?

— Oh, non. Ce n'est pas ça. (Cette fois, elle fit volte-face et leva les yeux vers lui.) Je me demande juste si elles sont heureuses d'être ici.

— Bien sûr que oui. Elles auraient pu retourner à Milwaukee depuis des mois si ce n'était pas le cas.

— Je sais.

— Alors pourquoi t'inquiètes-tu ?

— J'ai tellement de doutes. Surtout en ce qui concerne Evelyn. Elle est parfois si distante.

— Elle est juste discrète et réservée. (Il lui prit la main et l'attira à lui.) Tu n'y es pour rien.

— Ou peut-être que si. C'est moi qui les ai abandonnées.

Henry recula d'un pas. Il y a longtemps, Regina lui avait brièvement expliqué pourquoi elle avait placé les filles à l'orphelinat, mais elle ne lui avait jamais révélé ce qu'elle en pensait. Il s'était toujours gardé de lui poser la question, car il jugeait préférable de s'abstenir. Si elle voulait un jour le lui dire, elle le ferait. Le moment était-il venu ? Il sonda les profondeurs bleu pâle de ses yeux à la recherche d'une réponse. Regina demeura silencieuse et impassible.

— Tu as peur qu'Evelyn soit toujours en colère ?

Regina acquiesça d'un signe de tête.

— Tu devrais lui parler.

— Non. (Regina s'écarta de lui et se dirigea vers la porte.) Je dois vérifier la soupe.

Henry la regarda quitter la pièce, sa jupe ample flottant dans son sillage. Il ne s'habituerait jamais à la manière dont elle fuyait ce sujet sensible.

Lorsque Evelyn et Viola arrivèrent, ils se rassemblèrent autour de la table et Henry apporta la grande soupière de potage aux légumes avec des morceaux de bœuf. Regina avait acheté du pain de seigle noir qu'ils badigeonnèrent de beurre. Pendant qu'ils mangeaient, Viola leur raconta de nombreuses histoires au sujet des clients de l'hôtel. Les anecdotes étaient drôles et amusaient tout le monde, mais Henry remarqua qu'Evelyn n'était pas aussi bavarde qu'à l'accoutumée. Elle était assise juste à sa gauche, aussi il se pencha vers elle.

— Est-ce que tout va bien ?

— Oui.

— Tu n'as presque rien mangé.

Evelyn saisit sa cuillère et prit un morceau de carotte sans le porter à sa bouche.

— Tu n'aimes pas ma soupe ? demanda Regina à l'autre bout de la table.

Evelyn leva les yeux.

— Euh, non, répondit-elle. C'est juste que… je ne suis pas… hum…

Elle bondit soudain de sa chaise et se rua vers la salle de bains. Henry regarda Viola.

— Ta sœur est malade ?

— Je ne sais pas. Elle avait l'air d'aller bien quand nous sommes arrivées.

Tous se remirent à manger, mais comme Evelyn ne revenait pas au bout de quelques minutes, Regina entreprit de se lever. Viola la retint d'un geste de la main.

— Je vais voir si elle va bien.

On frappa doucement à la porte et Evelyn entendit sa sœur demander :

— Je peux entrer ?

Evelyn s'aspergea le visage d'eau froide et pinça ses joues pâles afin de reprendre quelques couleurs. Cet horrible accès de vomissements avait donné à son teint une nuance grisâtre. Même si elle avait tiré la chasse d'eau, une odeur aigre infectait la pièce et elle savait qu'elle ne pourrait pas dissimuler ce qui venait de se passer. Pas plus qu'elle ne pourrait empêcher Viola d'entrer. Dans sa précipitation à gagner à temps la salle de bains, Evelyn n'avait pas eu le temps de verrouiller la porte.

On frappa à nouveau.

— Evelyn ?

— J'arrive.

— J'entre.

— Non. Pas la peine.

Mais il était trop tard. La porte s'ouvrit. Evelyn se détourna du lavabo et aperçut sa sœur. Une multitude d'expressions se succédèrent sur le visage de Viola. D'abord un éclair de dégoût en réaction à l'odeur nauséabonde, puis de la perplexité tandis qu'elle essayait manifestement d'en déterminer la provenance. Et enfin une prise de conscience dont se félicita Evelyn qui fut soulagée de ne rien avoir à dire.

— J'ai comme l'impression que ce n'est pas la grippe, fit remarquer Viola.

Evelyn acquiesça d'un hochement de tête, puis ses jambes se mirent à trembler et elle s'assit sur le siège des toilettes.

— Oh, mon Dieu. (Viola s'avança dans la pièce et ferma la porte.) Tu en es sûre ?

Evelyn hocha à nouveau la tête. Viola se tut quelques instants, puis éclata de rire.

Evelyn leva les yeux tandis que sa peur laissait provisoirement place à la surprise.

— Tu trouves ça drôle ?

— Non.

Viola porta une main à sa bouche pour se calmer.

— Alors pourquoi, ris-tu ?

— Parce que, sœurette, je suis enceinte moi aussi.

Des deux mains, Viola lissa le tissu qui recouvrait son ventre et Evelyn remarqua un léger renflement.

Pendant un moment, Evelyn fut incapable de parler. Elle ne voulait pas y penser, mais elle songea brièvement aux deux fois où elle avait vu Viola flirter avec Russell. Ils n'avaient quand même pas… Elle ne put aller jusqu'au bout de sa réflexion. Elle déglutit et demanda :

— Qui est le père ?

— Un homme que j'ai rencontré.

— Un…

Le reste de ses paroles se bloqua dans la gorge d'Evelyn.

— Ça ne va pas ? demanda Viola. Tu es plutôt mal placée pour me juger.

Elle termina sa phrase par un regard éloquent sous la ceinture d'Evelyn.

— Non. Je suis… Je suis juste surprise, c'est tout. Je ne savais même pas que tu voyais quelqu'un.

Viola sourit.

— Je vois beaucoup de gens.

Quelque chose dans le sourire et les paroles de sa sœur mettait Evelyn mal à l'aise. Elle avait encore bien du mal à accepter le mépris de Viola pour tout ce qu'on leur avait enseigné sur les relations entre un homme et une femme. Et plus particulièrement qu'un homme et une femme se devaient fidélité pour toujours. Pas…

Elle s'efforça en vain d'esquisser un faible sourire et demanda :

— Tu en as déjà parlé à Regina ?

— Non. Et toi ?

— Oh, mon Dieu, non. Tu es la première.

— J'en suis honorée. (Viola examina ses cheveux dans le miroir et peigna les pointes avec ses doigts.) Tu sais qui est le père ?

— Quelle question idiote ! Bien sûr que je le sais.

— Tu en es sûre ?

La question sonnait comme un reproche, pourtant Evelyn acquiesça d'un signe de tête. Ce n'est pas ce à quoi elle s'attendait. Elle avait espéré que sa sœur lui prodiguerait des conseils. Pas qu'elle ne fasse qu'accroître sa confusion. Et certainement pas qu'elle lui pose des questions qui ressemblaient à des accusations.

— Tout va bien là-dedans, les filles ?

C'était Henry.

— Ça va, cria Viola. On revient dans quelques minutes.

— Très bien.

Dans le silence qui suivit, Evelyn entendit le bruit de ses pas s'affaiblir tandis qu'il s'éloignait doucement dans le couloir.

Avant qu'Evelyn ne puisse dire quoi que ce soit, Viola prit la parole.

— Je ne suis pas certaine de garder ce bébé.

— Quoi ?

Dans un premier temps, les propos de Viola laissèrent Evelyn dans l'incompréhension. Comment pouvait-elle ne pas… ? Puis, la réalité la rattrapa à mesure que Viola continuait de parler.

— J'ai appris qu'il existait une femme qui se charge de tout. (Viola passa à nouveau la main sur son ventre arrondi.) Ça rendrait les choses beaucoup moins compliquées. On pourrait y aller ensemble et les problèmes disparaîtraient d'un seul coup.

Viola claqua des doigts pour insister sur les deux derniers mots.

Evelyn demeura muette de stupeur. Elle avait l'impression que tout s'était figé en elle. L'idée de ne pas garder le bébé ne lui avait jamais traversé l'esprit. Lorsqu'elle envisageait l'avenir, elle s'imaginait toujours vivre heureuse pour l'éternité avec Russell et leur enfant. De plus, cela impliquerait de tuer le bébé. N'était-ce pas ce qui arrivait quand on subissait un avortement ?

— Je ne pense pas que j'en serais capable, murmura-t-elle d'une voix étranglée.

— Je t'ai dit de ne pas me juger, rétorqua Viola dont les yeux lançaient des éclairs. Tu crois que c'est simple pour moi d'envisager cette possibilité ?

— Je ne voulais pas…

Evelyn laissa sa phrase en suspens et secoua la tête. Elle n'en était pas sûre, mais elle espérait que ce n'était pas facile. Tant de choses la déroutaient à propos de Viola. Cette grande sœur-ci était si différente de celle qui avait aidé Evelyn à surmonter les années difficiles de son enfance. Ce qu'elle avait jadis considéré comme de la force s'était transformé en… ? En quoi ? Elle ne savait même pas comment décrire sa sœur telle qu'elle était aujourd'hui. Cette ténacité transparaissait encore en partie, mais il émanait d'elle d'autres qualités moins admirables.

— Pourquoi ne pas le dire au père et te marier ? demanda Evelyn. Comme ça, tu ne serais pas obligée de…

Sa bouche refusait de coopérer et de prononcer ces mots : tuer ton bébé.

— C'est ce que tu as l'intention de faire ?

La question recelait une pointe d'ironie.

— Oui. Je suis sûre que Russell prendra la bonne décision.

— Russell ?

— Oui. C'est son bébé. Il…

La suite mourut dans sa gorge tandis qu'une expression des plus étranges traversait le visage de sa sœur.

— Il n'est pas… Surtout, ne me dis pas que… laissa échapper Evelyn, incapable de se retenir.

— Bien sûr que non. (Viola émit un petit rire comme si cette possibilité était absurde.) J'ai menti. Je ne sais pas qui est le père.

— Oh.

L'exclamation resta un instant en suspens.

— Ça te choque ?

— C'est juste que… Je veux dire, je n'ai jamais…

— Bien sûr que non. Tu as toujours été Mademoiselle Parfaite. Evelyn la Sainte, qui essayait en permanence de s'attirer les faveurs des sœurs.

Evelyn n'en revenait pas. Comment leurs points de vue sur le passé pouvaient-ils diverger à ce point ?

— Je n'ai jamais été parfaite, protesta Evelyn d'une voix qui, une fois de plus, était à peine plus forte qu'un murmure.

Elles restèrent à se dévisager dans un silence chargé d'incrimination, puis une autre voix se fit entendre.

— Evelyn ? Viola ?

Cette fois, c'était Regina qui se trouvait derrière la porte de la salle de bains.

— J'arrive.

Evelyn se leva et bouscula sa sœur au passage. Elle ouvrit la porte et sortit dans le couloir.

— Ça va ? demanda Regina.

— Oui. J'avais un peu mal au ventre. Je me sens mieux maintenant.

— Tu as attrapé la grippe ?

— Non. Je ne crois pas. Mais je ferais bien de rentrer à la maison.

Viola ne lui avait pas emboîté le pas hors de la salle de bains, ce qui convenait bien à Evelyn. Elle doutait d'être en mesure de garder la face et de paraître normale si elle devait se retrouver devant sa sœur et la serrer dans ses bras pour lui dire au revoir. Elle attrapa son manteau, enlaça Regina et Henry, et partit après avoir décliné la proposition de ce dernier de la raccompagner chez elle. Il était si gentil qu'elle craignait de perdre ses moyens si elle s'attardait davantage.

L'arrêt de bus n'était qu'à deux pâtés de maisons. Sans se soucier de sa sécurité, elle s'avança entre ombre et lumière, sous le halo des réverbères. Elle tentait toujours de mettre de l'ordre dans ses pensées et ses sentiments au sujet des aveux passés dans la salle de bains. Cela pourrait presque être le titre d'une histoire dans l'un de ces magazines de la presse du cœur que Viola aimait lire. Elle avait essayé d'y intéresser Evelyn qui les trouvait un peu trop… comment dire… vulgaires à son goût.

En proie à un tourbillon d'émotions, Evelyn s'assit sur le banc pour attendre le bus tandis que les extrémités de son écharpe voltigeaient dans la brise fraîche du soir. Elle ne parvenait pas à se défaire de cette petite peur qui ne cessait de se manifester et de l'ébranler jusqu'au plus profond d'elle-même. Se pouvait-il que Russell et Viola aient… ? Elle secoua la tête. *Arrête. Il t'aime. Il te l'a dit, n'est-ce pas ?*

Mais il ne l'avait pas fait. Telle était l'horrible vérité. Elle l'avait imaginé tant de fois qu'elle avait fini par y croire. Et maintenant, elle imaginerait que son rêve d'une maison et d'une famille parfaites devenait réalité.

15

EVELYN – OCTOBRE 1940

ILS ÉTAIENT ASSIS À UNE TABLE RECOUVERTE D'UNE nappe blanche et seulement éclairée d'une bougie. La flamme scintillait contre les verres à vin en cristal posés devant eux et Evelyn s'interrogeait : devait-elle oser espérer que Russell l'avait amenée dans ce restaurant chic afin de la demander en mariage ? Elle ne lui avait encore rien dit au sujet du bébé, même si un mois supplémentaire s'était écoulé et qu'il n'y avait plus aucun doute. Mais elle ne voulait pas le piéger. S'il lui faisait sa demande en premier, il n'y aurait pas de piège.

Elle n'en avait pas non plus parlé à Regina et à Henry, même si elle aurait pu le faire lorsque Viola avait annoncé sa grossesse la semaine dernière. Il aurait sans doute été plus facile de le révéler à ce moment-là. Elles auraient ainsi pu partager la honte de se retrouver célibataires et enceintes, mais Evelyn était si soulagée que Viola ait décidé de garder le bébé qu'elle avait laissé filer cette possibilité. Et si Russell lui demandait sa main et l'épousait, le déshonneur serait moins grand à endurer. D'une certaine manière, le mariage revenait à marquer une grossesse d'un sceau d'approbation, même si le bébé naissait seulement quelques mois après la cérémonie.

Un serveur vêtu d'une élégante veste noire rehaussée d'une lavallière blanche s'approcha de leur table et versa un vin rouge foncé dans le verre de Russell. Amusée de constater qu'il semblait désemparé, Evelyn dissimula son sourire derrière ses doigts. Le serveur chuchota discrètement à Russell qu'il pouvait désormais goûter le vin et lui indiquer s'il approuvait son choix. Lorsque la dégustation fut terminée et que Russell eut donné son assentiment par un signe de tête, le serveur versa le vin dans le verre d'Evelyn et s'éloigna. Elle le porta à ses lèvres et en but une petite gorgée. Le vin était moelleux.

— Il est très bon, dit Evelyn en posant son verre et en parcourant le restaurant du regard.

Dans un coin éloigné, un homme aux cheveux gris en smoking était assis à un petit piano à queue et jouait une chanson douce.

Son attention se porta à nouveau sur Russell.

— Un type que j'ai rencontré dans un club m'en a parlé. J'ai pensé que ça te plairait.

Tout comme la fois précédente dans le garage, l'impétuosité l'emporta sur sa retenue et elle demanda :

— Nous avons quelque chose à fêter ?

— Oui. J'ai une nouvelle à t'annoncer.

Oh. Dans la mesure où une demande en mariage ne pouvait être qualifiée de nouvelle qu'après avoir eu lieu, ce n'était évidemment pas ce qu'avait espéré Evelyn, mais avant qu'elle puisse poser la moindre question, le serveur revint leur demander s'ils étaient prêts à passer commande. Agacée, Evelyn pouvait à peine déchiffrer le menu. Sa nervosité semblait sans cesse entraver son aptitude à lire, ce qui l'exaspérait. Elle repensait invariablement à son enfance pendant laquelle on lui avait dit qu'elle était trop stupide pour apprendre quoi que ce soit. Elle leva les yeux vers Russell et le pria de bien vouloir commander à sa place. Il parut ravi de sa requête et indiqua au serveur qu'ils prendraient chacun une entrecôte, des pommes de terre rôties et des carottes glacées. Lorsque le serveur récupéra les menus et s'éloigna, Evelyn but une gorgée de vin et l'interrogea au sujet de la nouvelle à laquelle il avait fait allusion.

— On m'a donné l'occasion de partir en tournée et de me produire.

Oh, mon Dieu.

— Mais… Et ton travail ? Ton oncle ?

— Il m'a dit que je pouvais m'absenter pendant six mois et voir si j'arrive à quelque chose. Si ce n'est pas le cas, je pourrai revenir dans son atelier et finir d'apprendre le métier d'outilleur.

— Tu lui en as déjà parlé ?

Evelyn détestait l'accent pleurnichard qui perçait dans sa voix.

— J'étais obligé. Je ne pouvais pas partir comme ça.

— Et moi, alors ? Quand avais-tu prévu de m'en parler ?

Une fois de plus, sa voix avait une inflexion plaintive qui sembla faire reculer Russell dans son fauteuil.

— Je te parle en ce moment même.

Evelyn lutta contre la peur et la panique qui lui retournaient l'estomac tandis qu'elle essayait de réconcilier sa nouvelle avec la sienne. Et à ce propos, qu'en était-il de la sienne ? Devait-elle le lui dire ? Le pouvait-elle ?

Il étendit le bras par-dessus la table et lui prit la main. La sienne était douce, chaude et réconfortante.

— Pourrais-tu être heureuse pour moi ? C'est quelque chose dont j'ai toujours rêvé.

— C'est tellement inattendu.

— Pour moi aussi. Un producteur, Tom Ferrill, m'a entendu jouer à l'hôtel le mois dernier. C'est à ce moment-là qu'il a commencé à m'en parler.

Le mois dernier ? Cela signifiait que pendant tout le temps où Evelyn avait oscillé entre l'angoisse de la grossesse et le rêve d'une vie merveilleuse avec Russell, ce dernier entretenait son propre fantasme qui, selon toute vraisemblance, était plus proche de la réalité que le sien. Et pourquoi ignorait-elle qu'il avait joué à nouveau à l'hôtel ? Y avait-il une raison pour laquelle il ne lui avait rien dit ? Cette raison avait-elle un lien quelconque avec Viola ?

Evelyn se réjouit de voir le serveur apporter leurs assiettes. Cette diversion occulta le tourbillon d'émotions qui l'assaillaient ainsi que les larmes qui remplissaient ses yeux et menaçaient de couler.

— Je ne serai pas absent pendant l'intégralité de ces six mois, ajouta Russell après le départ du serveur. Certains des clubs dans lesquels je me produirai ne sont pas très loin et je pourrai rentrer à la maison entre deux dates. Et tout n'est pas encore défini. Tom est toujours occupé à établir le programme des trois derniers mois de la tournée.

— Tu auras donc fini d'ici mars ?

— La première partie. Ensuite, si…

— Le bébé doit naître en mars.

— Nous planifierons peut-être six autres… (Russell laissa tomber sa fourchette et le bruit qu'elle fit lorsqu'elle s'entrechoqua contre l'assiette en porcelaine résonna dans le silence soudain tel un coup de feu.) Le bébé ? Quel bébé ?

Evelyn n'avait pas prévu de le lui annoncer de cette façon. Mais tant pis.

— Je suis enceinte.

Russell se redressa d'un coup et expira bruyamment.

— Je suis désolée. Je ne voulais pas…

Il leva la main pour lui intimer l'ordre de se taire.

— Donne-moi une minute.

Evelyn demeura assise sans bouger tandis qu'il se passait la main sur le visage, attrapait son verre et avalait une grande gorgée de vin.

— Qu'as-tu l'intention de faire ? reprit-il enfin.

Au moins, il ne l'avait pas insultée en lui demandant s'il était bien le père du bébé. Evelyn traqua un instant les petits pois qui se trouvaient dans son assiette, puis leva les yeux vers lui.

— Je ne sais pas. De toute évidence, c'est un problème pour toi.

Il garda le silence pendant un long moment et elle s'empressa d'ajouter :

— Je pourrais… faire en sorte de régler ça. Viola connaît…

— Non. Non. Non. (Il se pencha en avant pour lui prendre la main.) Tu ne peux pas faire une chose pareille. Laisse-moi un peu de temps. Je vais trouver une solution.

Fidèle à sa parole, Russell prit les choses en main. Il agit de manière honorable et lui dit qu'ils pouvaient se marier. Ce n'était certes pas la demande en mariage romantique qu'elle avait espérée, mais cela n'en demeurait pas moins une demande en mariage et les voilà qui se trouvaient au palais de justice.

Evelyn n'avait toujours pas parlé de sa grossesse à Regina et à Henry. Elle ne savait pas exactement pourquoi. Peut-être parce qu'elle n'était pas assez proche d'eux pour leur faire des confidences. S'ils ne l'avaient pas déjà deviné, eu égard à son mariage éclair, ils comprendraient tout dans quelques mois lorsque le bébé arriverait « en avance ». Il n'était peut-être donc pas nécessaire qu'elle le leur dise.

Elle n'avait pas eu non plus l'intention de les convier à la cérémonie aujourd'hui, mais Viola avait insisté après qu'Evelyn l'avait sollicitée pour être son témoin.

— C'est notre mère, lui avait rappelé Viola. Elle risque d'être blessée si tu ne les invites pas.

Ils se tenaient à présent dans le couloir devant le bureau du juge et attendaient d'être invités à entrer. Comme pour la demande en mariage, ce n'étaient pas les noces dont avait rêvé Evelyn. Au lieu d'être dans une belle église, ils se trouvaient dans un palais de justice glauque pourvu de murs gris et de bancs métalliques. Elle portait une simple robe bleue sous son manteau gris à col rouge. Seule la petite gerbe de marguerites jaunes que Russell lui avait offerte plus tôt lorsqu'il était venu la chercher pour l'emmener au palais de justice était de toute beauté.

L'oncle de Russell était présent en qualité d'autre témoin. Hoffman était un homme grand et austère qui, dans son costume noir et chapeau haut de forme, rappelait à Evelyn Abraham Lincoln. Il était assez sympathique, bien qu'un peu distant, et Evelyn soupçonnait qu'il n'avait pas une très bonne opinion d'elle ni de ce mariage précipité. La bienséance l'empêchait de toute évidence d'exprimer sa désapprobation à voix haute et elle lui était infiniment reconnaissante de cette marque de savoir-vivre. L'atmosphère était déjà assez tendue comme cela. À cause de Viola, dont la grossesse ne faisait plus aucun doute à présent. À cause de Regina qui semblait gênée. À cause du sourire si forcé qu'affichait Russell.

Evelyn était convaincue que son sourire n'était pas non plus au rendez-vous. Seul Henry paraissait détendu. Mais là encore, Evelyn ne l'avait jamais vu mal à l'aise depuis leur première rencontre.

Enfin, ils furent priés de se présenter devant le juge McCorkle, un homme à la chevelure argentée et au sourire avenant. Son greffier lui tendit les papiers et, après les avoir consultés, il regarda Evelyn et Russell.

— N'ayez pas l'air si apeuré, dit-il. C'est un événement heureux.

Sa réflexion suscita quelques rires. Evelyn se détendit un peu et essaya de dissimuler sa crainte que Russell fasse cela pour une seule et unique raison. Bien sûr, le juge ignorait de quelle raison il s'agissait. Il leur demanda de se tenir la main et les invita à répéter les vœux matrimoniaux. Russell prononça les mots sans hésiter ni balbutier, alors peut-être les pensait-il sincèrement. Evelyn s'efforça d'empêcher sa voix de trembler et sentit son cœur s'emballer tandis qu'elle énonçait : « de t'aimer, de t'honorer, et de t'obéir jusqu'à ce que la mort nous sépare ». La véracité de ces paroles ne faisait aucun doute. Elle aimait cet homme et il lui semblait juste de devoir l'honorer et lui jurer obéissance.

Ils procédèrent à l'échange des alliances, de simples anneaux d'or, et quelques instants plus tard, le juge McCorkle les déclara mari et femme. Russell l'embrassa et son contact la rassura. Son baiser était chargé de sens et renfermait une pointe de passion, alors peut-être ses craintes étaient-elles infondées. Il était possible que la tension qu'elle avait perçue tout à l'heure soit due à la nervosité. C'était après tout la première fois que l'un et l'autre se mariaient. Tout se passerait bien. Il le fallait. Ce serait peut-être même mieux que bien. Elle avait enfin quelqu'un pour l'aimer et prendre soin d'elle. Et ils pourraient fonder un foyer harmonieux ensemble. Elle le savait.

À l'extérieur, sur les marches du palais de justice, Evelyn se cramponna à la main de Russell et ne la lâcha que lorsque sa mère et Henry s'approchèrent pour la serrer dans leurs bras et la féliciter. Il était prévu que tous se rendent à l'hôtel où travaillait Viola pour un élégant dîner de fête. Viola avait fait en sorte qu'un coin du restaurant de l'hôtel soit réservé pour la réception et elle avait également obtenu une réduction sur la suite nuptiale.

Le dîner se composait de larges portions de bœuf bourguignon, de pommes de terre au four et d'asperges aux amandes. Evelyn ne se souvenait pas avoir déjà goûté à une nourriture aussi raffinée et était impatiente de tenter une nouvelle expérience, mais après quelques bouchées, elle fut incapable de continuer. La viande lui pesait sur l'estomac et elle espérait ne pas se mettre à vomir. Les fortes nausées qu'elle avait ressenties pendant les premières semaines de sa grossesse s'étaient récemment atténuées, mais étaient encore susceptibles de survenir à n'importe quel moment. Surtout lorsqu'elle était à cran. Mais au fond, tout le monde semblait un peu sur les nerfs. Sa mère ne cessait de lui lancer des regards interrogateurs. Hoffman s'agitait sur son siège comme s'il préférait être partout ailleurs sauf ici. Le babillage excessif de Viola comblait les silences gênants et le son de sa voix agaçait Evelyn.

La distribution des cadeaux eut lieu entre le plat principal et le dessert. Henry et Regina leur remirent une bouteille de champagne.

— C'est pour que vous fêtiez ça plus tard, expliqua Regina. Si vous nous aviez prévenus avant, nous aurions eu le temps de vous acheter un cadeau convenable.

La remarque de sa mère était quelque peu vexante et Evelyn évita de croiser son regard. Henry se tourna vers elle et lui sourit.

— Ce n'est pas grave. Nous sommes heureux pour toi et Russell. Et une fois que vous serez installés dans votre propre maison, nous pourrons vous apporter quelque chose de spécial.

— Merci, dit Evelyn, soulagée qu'il ait rompu la tension.

Hoffman fit glisser sur la table une carte à l'intention de Russell et lorsque ce dernier l'ouvrit, un billet de cent dollars en tomba. *Bonté divine.* L'opinion qu'Evelyn avait de cet homme changea. Peut-être n'était-il pas aussi froid que cela après tout.

— Hoffman, je ne sais pas quoi dire.

Russell remit l'argent en place dans la carte.

— Merci, peut-être ? suggéra Hoffman avec un sourire, ce qui provoqua l'hilarité générale.

Viola tendit ensuite une boîte à Evelyn.

— C'est aussi pour te permettre de fêter ça plus tard.

Evelyn sentit la chaleur lui monter aux joues tandis qu'elle sortait une chemise de nuit en dentelle rouge de la boîte. Du moins, elle pensait qu'il s'agissait d'une chemise de nuit. C'était la première fois qu'elle en voyait une aussi moulante. Celle-ci suscita des commentaires approbateurs de la part des hommes et un *tss* de Regina. Evelyn s'empressa de la remettre dans la boîte et de refermer le couvercle.

— Et maintenant, trinquons à ma petite sœur et à son nouveau mari, lança Viola en levant son verre de vin. Que votre amour soit toujours aussi fort qu'il l'est aujourd'hui.

Les verres s'entrechoquèrent et une fois le vin avalé, il fut l'heure pour les convives de se retirer. Tous échangèrent des accolades à l'exception d'Hoffman qui adopta une attitude plus solennelle. Il serra la main de Russell et adressa à Evelyn un signe de tête accompagné d'un sourire avant de prendre congé. Lorsque les invités furent partis et qu'elle fut libre de monter à l'étage avec Russell, Evelyn se sentit soulagée. Elle était cependant nerveuse à l'idée de ce qu'ils feraient lorsqu'ils se retrouveraient seuls dans la chambre. Certes, ce serait mieux que leur seule et unique fois dans la voiture, mais son inexpérience l'ennuyait. Elle ne voulait pas le décevoir et lui faire regretter de l'avoir épousée alors que leur mariage venait à peine de commencer.

— Tu es prête ? demanda Russell.

Elle acquiesça et ils rassemblèrent les cadeaux puis montèrent à l'étage.

Lorsqu'ils atteignirent la chambre, Russell déverrouilla la porte et avant qu'elle ne puisse entrer, il la prit dans ses bras et la porta à l'intérieur.

— Ma sœur m'a rappelé que c'était la tradition, expliqua-t-il.

— Oh. (Elle attendit qu'il la pose et poursuivit sa phrase.) Tu ne m'avais jamais dit que tu avais une sœur.

— J'en ai trois.

— Seulement des sœurs ?

— J'ai aussi un frère.

Il se débarrassa de sa veste de costume et l'étendit sur le lit.

— Tu leur as parlé de moi ?

— Bien sûr. Je les ai appelés pour leur annoncer notre mariage. (Il revint près d'elle et l'entoura de ses bras.) Ils ne pouvaient pas faire le trajet puisqu'ils ont été prévenus à la dernière minute, mais ma mère m'a demandé de venir les voir avec toi pour qu'ils puissent faire ta connaissance.

Evelyn sourit à l'idée que sa famille voyait tout cela d'un bon œil et elle aimait qu'il la serre dans ses bras comme il le faisait en ce moment même. Cela dissipait les doutes qui flottaient dans son esprit depuis qu'il avait annoncé qu'il l'épouserait. Elle voulait qu'il l'aime d'un amour semblable à celui qu'elle lui vouait. Pas qu'il se contente d'accomplir son devoir. Et il y avait cette petite crainte à propos de lui et de Viola dont il lui était si difficile de se défaire. Lorsque Viola avait porté le toast, Evelyn s'était interrogée quant au regard qu'ils avaient échangé.

Russell prit son visage en coupe dans ses mains et l'embrassa. C'était un baiser tendre, mais impérieux, et elle sentit la chaleur irradier depuis son entrejambe jusque dans son ventre et ses seins. Il s'écarta, à bout de souffle.

— Je vais chercher nos affaires.

Elle avait oublié les cadeaux qu'ils avaient posés pour ouvrir la porte et s'aperçut que cette dernière était toujours entrebâillée. Dieu merci, personne n'était passé dans le couloir alors qu'ils s'embrassaient et elle avait eu quelques instants de lucidité pour reprendre le contrôle de son corps. Elle n'avait encore jamais réagi de manière aussi intense et se demanda si c'était parce qu'elle était désormais autorisée à avoir des relations sexuelles. Son mariage n'avait certes pas reçu la bénédiction de l'Église dans la mesure où elle s'était mariée devant un juge et non un prêtre, mais il lui semblait malgré tout légitime.

Une bouteille reposait dans un seau à glace sur la petite table qu'encadraient deux fauteuils d'appoint revêtus d'un riche tissu à motifs rouge et or. Evelyn s'avança pour regarder le mot glissé entre deux coupes. *Profitez bien de votre nuit. Bises, Vi,* était-il écrit.

Russell s'était approché d'Evelyn. Il lut par-dessus son épaule et pouffa de rire.

— Ta sœur sait comment passer du bon temps.

Evelyn aurait aimé pouvoir rire avec lui, mais sa réflexion raviva ses craintes.

Russell lui toucha la joue.

— Quelque chose ne va pas ?

— Ce n'est rien.

Il se tut tandis que ses yeux bleus débordaient d'émotion.

— Je t'aime tant, s'empressa-t-elle d'ajouter.

Il sourit.

— Je sais. (Un autre silence s'ensuivit, puis son sourire laissa place à un rictus.) Vas-tu mettre la jolie chose rouge que Viola t'a offerte ?

Evelyn prit une inspiration pour s'empêcher de réagir de nouveau à l'évocation du prénom de sa sœur. Viola semblait être une tierce personne dans leur relation et cela lui déplaisait au plus haut point. Elle leva les yeux vers lui.

— J'ai apporté autre chose, mais si tu préfères… commença-t-elle.

Elle ne termina pas sa phrase.

— Je préférerais que tu ne portes rien, conclut-il.

Le rouge lui monta aux joues.

— Je l'ai acheté exprès. Selon une autre tradition de la nuit de noces, la mariée doit porter quelque chose de nouveau.

— Alors, fais-le, je t'en prie.

Evelyn suspendit son manteau dans la petite armoire près de la porte et prit sa petite valise que Russell avait déposée plus tôt dans la salle de bains. Elle en sortit le déshabillé de soie blanche et porta le doux tissu à son visage. D'après une autre croyance, elle ne méritait pas de porter du blanc, mais c'était un tabou qu'elle était prête à ignorer. Lorsqu'elle avait vu le déshabillé de soie et de dentelle dans le grand magasin Hudson's, elle avait dépensé une fortune pour se l'offrir. Il coûtait plus cher que tous les vêtements qu'elle avait achetés jusqu'à présent, mais c'était une folie à laquelle elle pensait avoir droit pour cet événement qui changeait sa vie de manière si radicale.

Lorsqu'elle sortit de la salle de bains et entendit Russell retenir son souffle, Evelyn sut qu'elle avait fait le bon choix. Cette nuisette, faite d'une étoffe si douce qu'elle épousait son corps telle une caresse enveloppante, lui seyait mieux que les lambeaux de dentelle qui composaient celle que Viola lui avait offerte. Elle ne savait pas si elle pourrait un jour se résoudre à la porter.

Russell avait enlevé sa cravate et déboutonné sa chemise blanche. Lorsqu'il la prit dans ses bras, elle perçut la chaleur de son corps et les battements de son cœur à travers le fin tissu de son maillot. Il lui donna un léger baiser et tritura la nuisette.

— Tu es belle, lui dit-il. Combien de temps dois-tu la garder ?

Elle éclata de rire et tous ses soucis se perdirent dans la magie du moment.

16

EVELYN – JANVIER 1941

Evelyn aurait aimé que Russell soit ici avec elle. Elle se sentait si mal à l'aise avec le poids de sa grossesse qui la tirait vers l'avant. Elle n'aurait pas dû porter de talons hauts, mais elle avait souhaité être bien habillée pour le mariage de Viola et avait enfilé ses belles chaussures noires et sa plus jolie robe de maternité sous le manteau gris qu'elle pouvait à peine boutonner sur son ventre. Ils se trouvaient au même palais de justice que celui où Evelyn et Russell s'étaient mariés, mais c'était un juge de paix qui officiait aujourd'hui. La grossesse de Viola était si avancée qu'elle paraissait sur le point d'éclater, mais elle avait l'air heureuse.

Evelyn jeta un coup d'œil à l'homme qu'épousait sa sœur et espéra que son bonheur durerait. Lester Franklin était grand, avec un visage aux traits burinés et des cheveux noirs coupés très court. Il était camionneur longue distance et lorsque Viola avait parlé de lui la première fois, elle avait semblé se réjouir à l'idée qu'il serait absent pendant des périodes prolongées. Evelyn trouvait cela étrange. Lorsque l'on était amoureux, n'avait-on pas envie de passer le plus de temps possible ensemble ? Une chose était sûre : Russell lui manquait les semaines où il était sur la route avec son petit groupe.

Russell avait fait la connaissance de deux types qui se produisaient à l'hôtel Cadillac un soir et ils s'étaient associés après avoir joué quelques fois ensemble. Gus était bassiste tandis que Lindy jouait de la batterie.

— Ils sont formidables, lui avait dit Russell lorsqu'il lui avait annoncé la formation du groupe. Nous avons plus de chances de réussir à trois qu'en solo.

C'était logique, mais une part secrète d'Evelyn n'avait pas envie qu'ils réussissent. Elle pensait que leur vie serait meilleure s'il occupait un emploi régulier et restait à la maison, mais elle ne le dirait pas à Russell. La musique était importante à ses yeux. Son être tout entier s'illuminait lorsqu'il chantait, aussi bien dans leur salon que sur scène. La rêveuse qu'elle était comprenait son désir et parfois, elle caressait le fantasme qu'il devienne riche et célèbre. Mais il ne s'agissait que d'un fantasme, un point c'est tout. Tous deux avaient beau instamment le souhaiter, cela n'arriverait sans doute jamais et ils devaient affronter la vie avec pragmatisme au lieu de se bercer d'illusions.

— Hé. (La voix de sa sœur la tira de sa rêverie.) C'est l'heure d'entrer.

Evelyn releva sa silhouette volumineuse du banc sur lequel elle était assise en compagnie d'Henry et de Regina, et tous entrèrent dans la salle où se déroulerait la cérémonie. Avec diplomatie, le greffier et le juge de paix firent abstraction de la grossesse manifeste de Viola et s'occupèrent de la cérémonie et des formalités administratives de façon rapide et efficace. L'atmosphère chaleureuse qui régnait lors du mariage d'Evelyn était absente et elle plaignit sa sœur tandis qu'elle apposait sa signature en qualité de témoin. Henry signa à son tour, puis ce fut terminé et ils sortirent de la pièce.

Il n'y aurait pas de fête de famille. Du moins pas tout de suite. Lester devait reprendre la route demain et il leur avait clairement fait comprendre qu'il voulait sa nouvelle épouse pour lui tout seul ce jour-là. Aussi, lorsque les mariés se retirèrent pour leur nuit de noces, Henry et Regina raccompagnèrent Evelyn en voiture jusqu'à son petit deux-pièces. C'était l'appartement que Russell avait commencé à louer avant leur mariage et, en dépit de sa taille, Evelyn en était assez satisfaite. C'était son premier chez elle et elle voulait en faire un lieu spécial. En plus de tricoter et de crocheter des articles pour le bébé, elle avait fabriqué des napperons pour les tables d'appoint et des têtières pour le grand fauteuil rembourré qui avait appartenu à Hoffman et sur lequel sa lotion capillaire avait laissé des taches.

L'autre meuble du salon était un petit canapé qui se trouvait derrière une table basse que leur avaient offerte Henry et Regina. Evelyn avait confectionné un chemin de table dans un joli morceau de satin bleu et une coupe en cristal trônait au centre.

L'autre extrémité de la pièce principale abritait la cuisine où l'évier, le poêle et le réfrigérateur étaient agencés contre le mur. Dans le coin se trouvait une petite table pourvue d'un plateau en Formica ainsi que deux chaises.

— Désirez-vous du café ? demanda Evelyn lorsqu'elle vit Regina et Henry s'attarder.

— Si ça ne te dérange pas, dit Henry. Nous avions prévu d'inviter le nouveau couple à dîner, c'est pourquoi nous sommes pris de court.

— Permettez-moi de prendre vos manteaux et ensuite je ferai chauffer du café.

— Je peux m'en charger, proposa Regina. Si ça ne te dérange pas, bien sûr.

— D'accord. (Evelyn se débarrassa de son manteau et le lui tendit.) Tu peux tout mettre sur mon lit.

Regina attrapa les manteaux et disparut dans le couloir. Henry suivit Evelyn dans la cuisine et l'observa tandis qu'elle allumait le feu sous la cafetière.

— Il est frais de ce matin, expliqua-t-elle. J'espère que ça ne vous ennuie pas que je le réchauffe.

— Pas du tout. Puis-je sortir les tasses ?

Evelyn acquiesça et ouvrit le placard qui contenait les tasses et les soucoupes. Henry en disposa trois sur le petit comptoir et attendit.

— Lester m'a l'air d'être un brave gars, poursuivit-il au moment même où Regina les rejoignait.

— Pas vraiment, objecta cette dernière.

— Tu ne l'aimes pas ? demanda Henry.

— Non. Il me rappelle un type que j'ai connu autrefois. Sordide sur les bords et qui n'arrêtait pas de me mentir. Je ne sais pas pourquoi je suis restée aussi longtemps avec lui.

Regina s'interrompit comme si elle venait soudain de s'apercevoir qu'elle en avait trop dit.

Evelyn jeta un coup d'œil à Henry et remarqua qu'il était tout aussi choqué qu'elle. C'est alors qu'une idée folle lui traversa l'esprit.

— Cet homme en question était-il mon père ? demanda-t-elle d'une voix calme et posée tandis que son cœur battait la chamade.

— Oh non, s'empressa de répondre Regina. C'est quelqu'un que j'ai connu après… mais avant…

Regina était de toute évidence en difficulté, mais Evelyn ne souhaitait pas lui venir en aide. Contrairement à Henry, bien sûr. Il s'approcha d'elle et la prit dans ses bras.

— Ça suffit. Tu n'as pas à t'expliquer.

Evelyn détourna les yeux, ne désirant pas être partie prenante de cette histoire. Elle voulait que sa mère s'explique, mais elle était assez polie pour ne pas insister. Elle versa le café et les invita à s'asseoir dans le salon. Le reste de la visite se déroula dans une atmosphère tendue, et Evelyn se réjouit lorsqu'ils se retirèrent. Cela signifiait qu'elle pouvait cesser de feindre de passer un moment agréable en leur compagnie. Elle pouvait aussi enlever ses vêtements trop serrés et mettre la robe de chambre qu'elle aimait porter à la maison. Et elle pouvait enfiler des chaussons afin de soulager ses pieds endoloris.

Alors qu'elle se changeait, elle songea à ce que sa mère avait dit. Au sujet de Lester et de l'homme avec qui elle était. Elle se demanda furtivement combien d'hommes elle avait fréquentés entre son père et Henry. L'idée qu'elle en avait connu plus d'un était scandaleuse, aussi Evelyn chassa cette pensée de son esprit, heureuse que sa mère ait fini avec Henry. Il était gentil et elle devait admettre qu'elle commençait à l'apprécier. Elle se sentait plus à l'aise en sa présence qu'en celle de sa mère et, quelques mois auparavant, elle avait été surprise de constater qu'elle n'était pas sûre de continuer à leur rendre visite aussi souvent s'il n'était pas là.

Un jour, en fin d'après-midi, Evelyn fut surprise de voir Russell franchir la porte avec un large sourire, sa guitare dans une main et sa sacoche dans l'autre. Il se produisait dans un club de Grand Rapids et devait y jouer encore une semaine. Elle n'avait donc aucune idée de la raison pour laquelle il était rentré. S'il y avait un problème, il n'aurait pas le sourire aux lèvres. Il était donc peu probable que la nouvelle qu'il lui apportait avec le froid de janvier soit mauvaise. Elle mit de côté son crochet et, au prix d'un gros effort, parvint à s'extraire, elle et son ventre volumineux, du canapé. Elle se dandina vers Russell.

— Tu as terminé tes spectacles à Grand Rapids ?

Il se pencha pour lui donner un baiser.

— Non. Il faut que j'y retourne. Le club était réservé pour une fête privée ce soir, alors le propriétaire nous a donné congé.

J'ai dit aux gars que je devais venir voir comment tu allais, expliqua-t-il.

— C'est gentil. Ils sont venus aussi ?

Russell secoua la tête.

— Ils sont restés là-bas. Je dois repartir demain.

Evelyn tourna les talons et se dirigea vers la cuisine pour cacher sa déception.

— Tu veux quelque chose à manger ? Il reste du ragoût.

— J'ai faim. Je vais monter mes affaires.

Evelyn alluma le plafonnier de la cuisine et ouvrit le frigidaire pour prendre le bol de ragoût. Elle sortit ensuite une casserole du tiroir situé sous le fourneau, alluma un brûleur et recula lorsque le gaz se mit à flamber. Peu importe le nombre de fois où elle avait accompli ce geste, l'ignition soudaine lui faisait toujours peur.

Russell entra dans la cuisine, les manches de sa chemise blanche retroussées jusqu'aux coudes. Il s'assit à la petite table adossée au mur en face du fourneau et se frotta les mains.

— Tu as du café ?

— Je vais en faire. J'en ai juste pour une minute.

Evelyn mit la casserole de ragoût à chauffer et prit la cafetière en aluminium.

— Tu t'en sors bien avec ta musique là-bas ? demanda-t-elle tandis qu'elle préparait le café.

— Je crois. Les gens viennent nous écouter. Le propriétaire du club est satisfait du nombre de spectateurs.

— C'est bien.

Evelyn remua le ragoût qui commençait à bouillonner et sortit un bol du placard. L'un des avantages de cette toute petite cuisine résidait dans le fait que les choses étaient très proches les unes des autres, ce qui lui évitait d'avoir à bouger beaucoup. Elle attrapa une cuillère dans le tiroir qui se trouvait sous le comptoir et servit le ragoût.

— Merci, dit Russell en prenant quelques crackers dans la boîte de biscuits salés posée sur la table.

Pendant qu'il mangeait, Evelyn attendit que le café soit chaud et lui en versa une tasse. Elle se servit un verre de lait et s'attabla à son tour.

— Je suis contente que tu sois rentré.

Il posa sa cuillère.

— Est-ce que ça va ? Avec le bébé et tout le reste ?

— Oui. Je crois qu'il est fort et en bonne santé. Il bouge beaucoup.

Russell sourit.

— Tu crois que c'est un garçon ?

Evelyn haussa les épaules.

— Mais peut-être que si je dis « il » suffisamment souvent, ça deviendra réalité.

Russell pouffa de rire et se remit à manger.

Lorsqu'il eut terminé, il dégusta son café tandis qu'Evelyn nettoyait la cuisine. Puis, il se leva, la prit par la main et la conduisit jusqu'à leur minuscule chambre à coucher. Il y avait un lit double dans un coin et le berceau du bébé contre l'autre mur, à côté du bureau. C'étaient les seuls meubles qui pouvaient tenir dans la pièce, mais la grandeur de l'espace n'avait pas d'importance. C'était leur chambre, leur endroit pour communiquer sans se parler, et Evelyn se sentait toujours très sûre de son amour lorsqu'ils étaient entrelacés.

— Tu m'as manqué. Et ça aussi, dit-il en effleurant ses lèvres des siennes tandis qu'il promenait un doigt sur sa poitrine.

— À moi également. Mais nous devons faire attention au bébé.

Il s'écarta légèrement.

— Tu veux bien ? demanda-t-il.

— Oui, mais pas aussi…

Elle s'interrompit, ne sachant comment formuler la suite. Le médecin s'était montré direct et lui avait dit qu'elle ne devait pas avoir de rapports sexuels vigoureux, mais ses joues se mirent à rougir d'embarras à l'idée de raconter cela à Russell.

— C'est bon. Je vais faire attention.

Heureuse qu'il ait compris ce qu'elle n'avait pas réussi à exprimer, Evelyn ferma les yeux et s'abandonna aux délicieuses sensations d'être déshabillée, puis soulevée et posée sur le lit où Russell lui fit l'amour lentement et avec délicatesse.

Plus tard, alors qu'ils étaient tous deux allongés dans la tiédeur de l'édredon et de leur amour, il l'embrassa avant de laisser sa tête retomber sur l'oreiller.

— Si seulement je pouvais rester ici.

— Qu'est-ce qui t'en empêche ?

— J'ai des responsabilités. Envers les gars. Envers le propriétaire du club.

Cela lui fit un peu mal, mais Evelyn ne souhaitait pas gâcher ce moment en lui demandant quelles étaient ses responsabilités envers elle.

Ils gardèrent le silence pendant encore quelques minutes et Evelyn crut qu'il s'était endormi lorsqu'il lui demanda :

— Comment va ta sœur ? Elle a eu son bébé ?

— Pas encore, mais elle l'attend d'un moment à l'autre.

— Elle est revenue habiter chez ta mère ?

— Non. Elle s'est mariée.

Russell se tourna vers elle.

— Mariée ? Quand ?

— Il y a deux semaines.

— Avec qui ?

— Il s'appelle Lester.

Russell se laissa retomber sur le matelas. Evelyn voulait qu'il cesse de lui poser des questions. Elle n'avait plus envie de parler de Viola et du mariage. Mais de toute évidence, Russell désirait poursuivre la conversation.

— C'est un homme bien ?

— Je ne sais pas. Je ne l'ai rencontré qu'une seule fois.

— Elle mérite quelqu'un de bien.

Il y avait quelque chose d'agaçant dans la manière dont Russell avait dit cela. Comme si Viola était en quelque sorte supérieure aux autres femmes, lesquelles n'étaient peut-être pas aussi exceptionnelles.

— Toute épouse mérite un homme bien, répliqua-t-elle sans se donner la peine de dissimuler son irritation.

— D'accord. Inutile de t'énerver après moi. (Russell s'approcha d'elle et l'attira à lui.) Je n'insinuais rien.

Evelyn posa sa tête sur son épaule et soupira. Elle détestait voir surgir ces petites pointes de jalousie. Peut-être que tout cela cesserait lorsque Viola et Lester seraient installés en famille. Elle l'espérait ardemment.

— Je suis désolé d'avoir manqué la cérémonie, ajouta Russell. J'aurais pu venir si je l'avais su.

— Elle a tout planifié à la dernière minute. Et j'ai perdu le papier avec le numéro du club. Je ne pouvais pas t'appeler.

— L'opérateur aurait pu t'aider.

— Je sais, mais je ne me souvenais même plus du nom du club. L'opératrice m'a dit qu'il y en avait beaucoup à Grand Rapids. Elle ne pouvait pas composer tous les numéros pour essayer de te trouver.

Lorsqu'elle se remémora l'agitation que lui avaient causée ses tentatives pour le joindre ainsi que la manière dont, exaspérée, elle avait fini par lâcher l'affaire, quelques larmes s'échappèrent de ses yeux et coulèrent sur ses joues. Russell déposa un baiser sur l'une d'entre elles.

— Ce n'est rien. Ne pleure pas.

— Je n'y peux rien. Je suis tellement stupide.

— Ne dis pas ça.

Il ne s'agissait pas d'une affirmation, mais d'un ordre, et Evelyn s'écarta pour le regarder. Il avait les joues empourprées.

— Tu es en colère ?

Il hocha légèrement la tête.

— Après moi ?

— Non. Après ce que tu as dit. Et pardon d'avoir élevé la voix. (Il passa une main sur ses joues et se pinça la lèvre inférieure.) C'est juste ce mot qui me chiffonne.

— Lequel ?

— Stupide. Mon père m'a dit de ne jamais traiter quelqu'un de stupide.

— Mais ce n'est pas toi qui m'as appelée ainsi. C'est moi.

— Peu importe. Ça me met quand même hors de moi, rétorqua Russell. Et tu le dis trop souvent à propos de toi-même.

— Je ne suis pas seule à le penser. Tu le sais bien.

— Oui, je me souviens de ce que tu as dit au sujet de l'orphelinat. Mais il faut que tu arrêtes avec ça. Tu n'es pas stupide. Tu es très intelligente en réalité.

— Vraiment ?

— Bien sûr.

Ce fut pour elle un choc. Même lorsqu'elle lui avait parlé pour la première fois de ce que les sœurs disaient d'elle, il n'avait pas contesté leur évaluation de son intelligence. Il s'était contenté de quelques mots de sollicitude quant au fait qu'elles puissent se montrer aussi cruelles. Sur le moment, Evelyn avait même douté que ses révélations aient pleinement pénétré sa conscience. Dans quelle mesure un homme se souvenait-il de ce qu'on lui avait dit après avoir fait l'amour ? C'était, semble-t-il, le moment où elle souhaitait parler, et il l'encourageait, mais avant ce soir, elle n'avait jamais été sûre qu'il l'écoutait réellement.

Il était bon de savoir qu'il lui arrivait de le faire. Elle vint se blottir tout contre lui.

— Merci.

— Pourquoi ?

— Ce que tu as dit.

— Je le pensais vraiment. (Il fit glisser un doigt le long de son bras, puis sur son sein. Il taquina le mamelon qui se dressa aussitôt à son contact.) Et ça aussi.

Evelyn tourna son visage vers le sien, se délectant du baiser, de ses caresses, et du sentiment que tout était parfait.

17

EVELYN – MARS 1941

Evelyn avait le sentiment de se trouver dans cette salle d'accouchement depuis des jours. Cela ne faisait que quelques heures, mais ces dernières étaient les plus longues et les plus douloureuses qu'elle ait jamais connues. Chaque contraction qui lui transperçait le corps lui donnait l'impression que quelqu'un lui arrachait les entrailles avec un râteau de jardin. Evelyn avait beau essayer de se montrer courageuse et de retenir ses cris, ceux-ci éclataient malgré tous ses efforts. Une infirmière s'approcha de son lit et posa une main apaisante sur son front.

— Là, là. C'est bientôt fini.

— Il est plus que temps, parvint à articuler Evelyn, les dents serrées par la souffrance.

Puis, l'intensité de la contraction diminua peu à peu et l'infirmière essuya la flaque tiède de transpiration qui inondait le visage d'Evelyn.

— Pensez juste, dit l'infirmière, quand ce sera terminé, vous aurez un adorable bébé à choyer.

Evelyn en était certaine, les intentions de l'infirmière étaient louables, mais à cet instant précis, elle doutait que le résultat final en vaille la peine.

Une autre contraction commençait à se développer et Evelyn se raidit pour l'affronter. Peut-être parviendrait-elle à la retenir avant qu'elle ne devienne insupportable, mais alors que celle-ci atteignait son point culminant et martelait son corps comme des vagues pilonnaient la plage, elle comprit qu'elle ne réussirait pas davantage à la maîtriser qu'elle ne pourrait déplacer la lune.

Bientôt, la douleur la consuma, et Evelyn n'eut que vaguement conscience d'être changée de place, transportée dans le couloir sur un brancard et transférée sur une table en métal dur. Elle eut à peine le temps de se rendre compte à quel point cette dernière était froide qu'une nouvelle contraction l'assaillit et vint anéantir chacune de ses perceptions sensorielles. Une voix perça alors le brouillard de la douleur tandis qu'une autre contraction atteignait son paroxysme.

— Poussez maintenant, Evelyn. Poussez, poussez, poussez.

Evelyn serra la mâchoire et tâcha d'obéir aux consignes, mais son bas-ventre lui faisait terriblement mal. Comme si une boule de bowling la déchiquetait.

Elle n'avait pas remarqué qu'elle relâchait ses efforts lorsque la voix se fit entendre à nouveau.

— Continuez à pousser. Ne vous arrêtez pas. Nous y sommes presque.

— Bon sang.

Evelyn poussa encore et perçut un flot de moiteur auquel succéda la sensation bénie de ne plus souffrir. Le contraste d'un moment à l'autre fut si spectaculaire qu'elle souhaitait presque pouvoir le revivre, ne serait-ce que pour éprouver une fois de plus ce profond soulagement.

Evelyn entrouvrit les yeux et pendant quelques instants, elle n'arriva pas à déterminer où elle se trouvait. Puis, tout lui revint en mémoire. Le trajet jusqu'à l'hôpital, les heures de douleur atroce, et enfin le soulagement béni.

— Russell ?

— Je suis là.

Elle sentit qu'on lui effleurait la main et se tourna vers lui. Il souriait.

— Est-ce que je vais bien ?

— Oui.

— Et le bébé ?

— Aussi.

— C'est un garçon ?

Russell secoua la tête.

— Oh, je suis désolée.

Il se pencha vers elle et l'embrassa.

— Ne t'en fais pas. Ce n'est pas grave. Peut-être la prochaine fois.

Evelyn avait mal partout et ne voulait pas penser à la prochaine fois, mais elle ne put s'empêcher de sourire lorsqu'il lui adressa un clin d'œil. C'était un charmeur.

— J'ai dormi pendant combien de temps ?

— Deux heures. Le docteur a dit que tu devais te reposer.

— Tu l'as vue ?

Russell acquiesça et sourit à nouveau.

— À la pouponnière. Elle dormait aussi.

On écarta le rideau qui entourait le lit et une infirmière vêtue d'un uniforme d'une blancheur impeccable entra d'un pas précipité.

— Monsieur, je vais être obligée de vous demander de partir. Nous allons amener les bébés dans quelques minutes.

— Je ne peux pas rester ?

— Non, monsieur. C'est le règlement de l'hôpital. Personne à l'exception des mamans et du personnel n'a le droit de se trouver à cet étage.

Sur ce, elle tourna les talons et se retira, laissant le rideau légèrement entrouvert.

Russell se pencha à nouveau et embrassa Evelyn.

— Je reviendrai demain après le travail.

Par l'interstice du rideau, Evelyn pouvait apercevoir le côté opposé de la maternité où plusieurs lits dépassaient du mur. Seuls deux d'entre eux étaient occupés. Elle se souvint qu'on l'avait conduite ici lorsque son accouchement s'était déclenché et les cris qu'elle entendait à l'autre bout de la grande pièce provenaient sans aucun doute de femmes qui luttaient pour donner naissance à une nouvelle vie.

Evelyn n'avait jamais imaginé que ce serait si difficile.

Elle tendit la main et toucha son ventre désormais beaucoup plus plat, heureuse que toute cette épreuve soit terminée. Tout du moins l'accouchement. Son rôle de mère ne faisait que commencer.

L'infirmière entra par le rideau entrouvert avec dans ses bras un paquet soigneusement enveloppé d'une couverture rose. Elle tendit le bébé à Evelyn.

— Voici votre petite fille, dit-elle.

Oh, mon Dieu. Elle était si petite. Et si légère. Evelyn avait l'impression de ne rien avoir dans les bras et une peur terrible s'empara d'elle. Qu'allait-elle faire de ce bébé ? Elle n'avait jamais côtoyé quelqu'un d'aussi petit et fragile.

— Vous devez lui maintenir la tête comme ceci. (L'infirmière ajusta le bras d'Evelyn afin qu'elle soutienne la tête du bébé.) Elle ne doit pas être bancale.

— Bancale ? Elle va se casser ?

L'infirmière sourit et secoua la tête.

— Les bébés sont plus résistants qu'il n'y paraît. Vous ne la casserez pas. Sauf si vous la lâchez, mais je ne crois pas que cela arrivera.

L'infirmière avait peut-être voulu plaisanter, mais ses paroles terrifièrent Evelyn. Et si elle la laissait tomber ?

— Oh, mon Dieu. Je ne peux pas faire ça.

L'infirmière prit la main d'Evelyn et la serra doucement.

— Bien sûr que si. Toutes les jeunes mamans ont ce genre de crainte avec leur premier enfant. Et les premiers-nés survivent depuis des siècles.

Evelyn regarda le petit visage niché dans la couverture et effleura une joue rosée. Elle était si délicate, sans commune mesure avec tout ce qu'Evelyn avait pu toucher auparavant. Le bébé réagit à son contact et tourna la tête dans sa direction.

— Elle est prête à manger, expliqua l'infirmière. Vous avez de la chance qu'elle ne crie pas. La plupart des bébés hurlent pour qu'on leur donne leur premier repas.

— Que dois-je faire ?

— Votre blouse s'ouvre sur le devant. Aidez-la à trouver votre sein.

Quelque peu gênée à l'idée de se découvrir la poitrine alors que l'infirmière se tenait juste à côté, Evelyn s'exécuta néanmoins.

— Est-ce qu'elle… ?

Evelyn n'avait pas tout à fait terminé de formuler sa question que le bébé s'accrochait à son mamelon avec une force surprenante. L'infirmière sourit.

— Vous voyez ? Elle sait exactement ce qu'elle doit faire.

Evelyn prit une rapide inspiration.

— Ravie que quelqu'un comprenne.

— Attendez quelques minutes et laissez-la téter sur l'autre sein.

Avoir le bébé attaché à elle de cette façon lui procura un mélange de douleur et de plaisir. Le plaisir n'était pas sans lui rappeler celui qu'elle ressentait lorsque Russell lui palpait les seins et elle éprouvait au niveau de ses parties intimes un picotement identique à celui qu'éveillaient ses caresses. Un besoin. Un appel. Comme il était étrange que cela se produise maintenant alors qu'elle avait si mal au bas-ventre.

— Votre mère vous a-t-elle aidée à vous préparer à cette situation ? demanda l'infirmière. Vous a-t-elle dit à quoi vous attendre ?

Evelyn secoua la tête, puis, sans laisser à l'infirmière le temps de s'enquérir davantage, elle s'empressa de répondre :

— Ma sœur vient d'avoir un bébé. Nous apprenons ensemble.

L'infirmière redressa le drap et la couverture au pied du lit.

— Nous vous remettrons un livret destiné aux jeunes mamans quand vous rentrerez à la maison. Vous y trouverez des informations. Maintenant, si vous êtes bien installée, je vais aller m'occuper des autres.

— Merci.

Après le départ de l'infirmière, Evelyn regarda son bébé qui avait à présent les yeux ouverts. Ils étaient d'un bleu intense. Evelyn se demanda s'ils allaient s'éclaircir et ressembler à ceux de Russell, ou s'ils deviendraient noisette comme les siens. Viola lui avait dit que les bébés naissaient aveugles, mais Evelyn était sceptique. Cette petite fille la fixait si attentivement qu'Evelyn était persuadée qu'elle sondait son âme.

Evelyn observa le bébé téter et ce miracle de la vie la bouleversa. Neuf mois auparavant, il n'y avait rien d'autre que de la passion, et maintenant ceci. Lentement, ses doutes se dissipèrent en partie et un sentiment de chaleur presque accablant d'intensité leur succéda. Était-ce que l'on appelait l'amour maternel ? Peu importe son nom, cette sensation était la plus délicieuse qui soit et Evelyn voulait qu'elle dure pour toujours. Elle se demanda si sa mère avait ressenti la même chose vingt-deux ans plus tôt. Mais peut-être que non. Comment pouvait-on éprouver un amour aussi profond et tout quitter ensuite ?

Le lendemain, en fin d'après-midi, Russell arriva en fredonnant. Evelyn sourit. C'était toujours un plaisir de l'entendre fredonner ou chanter, car cela indiquait clairement qu'il était heureux. Il se pencha pour l'embrasser, puis se mit à chanter :

— *Nita, Ju a a nita.* (Il s'interrompit.) Qu'en penses-tu ?

— Comment ça ?

— Du prénom. Juanita. Je me suis dit que cela conviendrait à notre beauté aux cheveux sombres.

Evelyn ne savait que penser. Ils n'avaient pas encore abordé le sujet des prénoms.

— C'est espagnol ?

— Je n'en suis pas sûr. J'ai entendu Al Jolson chanter ça à la radio quand j'étais au travail aujourd'hui et j'ai bien aimé.

Russell se remit à chantonner, puis sourit.

— Tu veux vraiment appeler notre bébé Juanita ?

Toujours le sourire aux lèvres, Russell acquiesça d'un signe de tête.

Evelyn demeurait indécise, mais il y avait des mois qu'elle ne l'avait pas vu aussi heureux. Pas depuis qu'il avait cessé de se produire dans des clubs après ses prestations à Grand Rapids. Comment pourrait-elle lui refuser cela ?

— Je peux choisir son deuxième prénom ?

— Bien sûr, mais pense à utiliser le tien.

Evelyn éclata de rire.

— Louise. Ça sonne bien, dit Russell. Juanita Louise.

Leur conversation fut interrompue lorsque Regina jeta un œil par l'ouverture du rideau.

— Je peux entrer ?

— Bien sûr.

Russell se rapprocha de la tête du lit et Regina entra.

— Félicitations, dit-elle en adressant un signe de tête à Evelyn puis à Russell.

— Merci. (Evelyn eut l'impression qu'un nuage indéfinissable avait obscurci l'enthousiasme qu'elle avait ressenti il y a un instant.) Nous étions occupés à chercher un prénom.

— Oh. En avez-vous trouvé un ?

Evelyn hésita, aussi Russell répondit :

— Juanita.

— Joli. Mais peu courant, dit Regina après un instant de réflexion.

— Oui, mais ça plaît à Russell.

— Et à toi ? demanda Regina à Evelyn.

— Bien sûr.

Il y eut un autre moment de silence gêné, puis Regina demanda :

— Et comme deuxième prénom ?

— Peut-être Louise, indiqua Evelyn.

— Vraiment ?

Evelyn s'interrogea quant à l'air de surprise qui se dessina sur le visage de sa mère, mais Regina reprit la parole avant qu'elle n'ait eu le temps de formuler une question.

— C'est mon deuxième prénom.

Evelyn poussa un petit cri et Russell lui prit la main.

— Quelque chose ne va pas ?

— Non, répondit-elle. J'ai juste été surprise, c'est tout. (Elle regarda sa mère.) Je ne savais pas que nous avions un prénom en commun.

Regina tritura l'écharpe qu'elle portait autour du cou.

— Quand tu es née, j'espérais…

Elle laissa sa phrase en suspens. Evelyn attendit que Regina continue et comme la suite ne venait pas, elle finit par demander :

— Tu espérais quoi ?

Regina laissa retomber sa main de l'écharpe.

— Que peut-être, si nous étions reliées l'une à l'autre par un nom, ça changerait tout un jour ou l'autre.

— Eh bien, ça n'a pas été le cas, n'est-ce pas ?

Regina porta la main à sa bouche comme pour se retenir. Interloqué, Russell gardait le silence et Evelyn était partagée entre l'envie de ravaler ses paroles et la satisfaction d'avoir embarrassé sa mère. Elle avait conscience que c'était mal, mais elle ne parvenait pas à réprimer ses sentiments devenus incontrôlables depuis qu'elle était enceinte. Auparavant, elle réussissait à les tenir à distance et à taire ces remarques acerbes, mais depuis peu, elles lui échappaient sans crier gare.

— Je suis désolée, dit Regina en se détournant. Je m'en vais.

— Attendez, intervint Russell. Je suis sûre qu'Evelyn ne voulait pas...

— Ce n'est rien. (Regina se retourna et lui adressa un petit sourire.) Elle en a le droit et je veux aller à la pouponnière voir le bébé.

Après le départ de Regina, Russell se tourna vers Evelyn.

— Pourquoi as-tu fait ça ?

Elle secoua la tête.

— Je ne sais pas.

— Il faudra bien un jour que tu surmontes ton passé.

Sa voix était douce, mais les paroles prononcées n'en demeuraient pas moins profondément blessantes. Evelyn détourna son visage tandis que des larmes coulaient de ses yeux. Tout comme ses émotions, celles-ci semblaient hors de contrôle ces derniers temps.

— Hé, fit-il en lui effleurant l'épaule. Ne pleure pas. Je ne voulais pas te faire de peine.

Elle lui tapota la main, mais ne répondit pas.

— Les heures de visite sont terminées. (L'infirmière s'avança de quelques pas dans la chambre.) Vous devez vous retirer, monsieur.

— D'accord. Juste une minute. (Il se pencha et embrassa Evelyn sur la joue.) Je suis désolé pour ce que j'ai dit. Je t'aime.

Après son départ, il lui fallut quelques minutes pour absorber ses paroles. Il lui avait dit qu'il l'aimait. Jusqu'à présent, il ne le lui avait laissé entendre qu'au travers d'une chanson ou de la gentillesse qu'il lui témoignait, mais il ne l'avait jamais exprimé à voix haute. Elle savoura le réconfort que lui procuraient ces mots. Ce que sa mère avait fait ou non n'avait pas d'importance. Evelyn, Russell et ce bébé formaient une famille et elle ne ferait pas subir à cet enfant ce qu'elle-même avait enduré.

La première nuit qui suivit sa sortie de l'hôpital, le bébé pleura de manière presque ininterrompue et Evelyn était dans tous ses états. Avait-elle un problème ? Russell se leva et se dirigea en somnolant jusqu'au fauteuil à bascule où était assise Evelyn qui essayait de calmer le bébé écarlate.

— Là. Donne-la-moi.

Evelyn lui tendit Juanita et fut surprise qu'elle se taise lorsqu'il la posa sur son épaule. Il la fit légèrement tressauter et se mit à fredonner, ce qui l'apaisa davantage. Au bout de quelques minutes, Juanita sombra dans le sommeil et il la redéposa dans son berceau où elle continua de dormir.

— Merci, murmura Evelyn. Je ne savais pas quoi faire.

— J'ai aidé maman à s'occuper d'Anna quand elle est née. C'était aussi un bébé grincheux et la musique était la seule chose à avoir un effet sur elle.

— Je ne crois pas que je deviendrai une très bonne mère.

— Si ce n'était pas le milieu de la nuit, je contesterais ce point. Mais je suis trop fatigué. (Il l'embrassa légèrement.) Ça va aller.

Evelyn resta assise encore un peu dans le fauteuil après que

Russell s'était glissé sous les couvertures. Elle était si heureuse de le savoir à la maison le soir à présent. Peu avant la naissance du bébé, les factures avaient commencé à s'accumuler et il avait pris un emploi dans un petit atelier d'outillage à Détroit. Russell avait dit qu'il était temps pour lui d'accepter la responsabilité d'être mari et père, et de subvenir aux besoins de sa famille. Il avait ajouté qu'il n'éprouvait aucun regret d'avoir abandonné la musique, mais Evelyn savait à quel point les désillusions pouvaient couver intérieurement. Elle en avait fait l'expérience à de nombreuses reprises. Elle espérait simplement que la déception ne le rongerait pas au point de le cuirasser.

À mesure que les jours et les semaines passaient, Evelyn prenait lentement confiance en elle pour s'occuper du bébé. Juanita commençait à faire des nuits plus longues, ce qui évitait à Evelyn d'être totalement épuisée au quotidien et rendait les choses plus faciles. Et Russell faisait son possible pour lui venir en aide le soir. D'une certaine manière, il semblait que le rêve d'Evelyn de former une famille parfaite avait le pouvoir de devenir réalité. Il ne leur manquait plus qu'une jolie maison au lieu de ce petit appartement.

Un jour, alors qu'ils s'attablaient autour d'un dîner composé de légumes bouillis et de jambon, Russell la regarda et lui dit qu'il aimerait aller rendre visite à sa mère.

— Je peux prendre une semaine de congé en juin.

Evelyn posa sa fourchette et avala le morceau de viande qu'elle mâchait. Elle ignorait à quelle distance se trouvait la Virginie-Occidentale, mais elle savait que le trajet à parcourir était long. Il lui avait expliqué une fois que c'était à plus de douze heures de route.

— C'est un long voyage pour une courte visite.

— C'est vrai. (Russell reprit des pommes de terre.) Mais j'ai hâte que tout le monde fasse ta connaissance et celle de Juanita.

Evelyn se souvenait des confidences de Russell au sujet de l'étrange mode de vie de sa mère et de son père, mais il avait à peine fait allusion à eux depuis. Il avait appelé sa mère pour lui annoncer leur mariage, puis la naissance du bébé, mais n'avait eu aucun autre contact avec elle. Les appels téléphoniques étaient coûteux.

— Parle-moi un peu de ta famille, dit Evelyn dont la curiosité l'emportait sur sa réticence à se montrer indiscrète. Vous êtes proches ?

— Bien sûr. (Il haussa les épaules.) Mes parents s'entendent toujours bien même s'ils vivent séparément.

— Qu'en penses-tu, si je peux me permettre ?

— Comment ça ?

Evelyn s'accorda un moment pour formuler sa question.

— Ça t'ennuie qu'ils ne soient pas ensemble ?

Il haussa à nouveau les épaules.

— Un peu. Ça a été dur pour ma mère. Et j'étais triste de partir alors qu'elle avait besoin de mon aide.

— Alors pourquoi est-ce que tu n'es pas resté ?

— C'était son idée. Elle ne voulait pas que je devienne mineur. Je pensais pouvoir trouver un emploi à la verrerie, mais elle a insisté pour que j'aille travailler avec Hoffman. Elle disait que la paie serait meilleure dans le Nord.

— Est-ce que c'est le cas ?

— Je crois, pouffa Russell. Mais comme je n'ai jamais travaillé à l'usine là-bas, je ne le saurais jamais.

Evelyn sourit et se concentra pendant quelques minutes sur le repas avant de demander :

— Crois-tu qu'ils finiront un jour par se réconcilier ?

— Je n'en sais rien et je ne pose pas de questions. Ce sont leurs affaires. (Il prit une autre bouchée de pomme de terre, puis leva sa fourchette.) Écoute, je sais que tu es curieuse, mais ne parle pas de tout ça pendant notre visite.

— Bien sûr que non. (Evelyn avala une gorgée d'eau.) J'ai conscience que ça ne me regarde pas.

Il hocha la tête et se remit à manger.

La perspective du voyage était excitante et Evelyn passa plusieurs semaines à tout préparer. Elle confectionna quelques robes neuves pour elle et le bébé, et acheta deux valises dans un magasin d'occasion. Dans les jours qui précédèrent le départ, elle lava, repassa et plia avec soin les vêtements à emporter.

Alors qu'elle se consacrait aux préparatifs, Evelyn était de plus en plus impatiente à l'idée de rencontrer les proches de Russell, même si elle craignait qu'ils ne l'aiment pas. Russell l'assura du contraire à maintes reprises.

— Il est impossible qu'ils n'apprécient pas la femme que j'ai épousée, lui dit-il un soir.

Son affirmation l'avait fait sourire, mais elle n'en demeurait pas moins inquiète. Elle n'avait encore jamais parlé à sa mère et la voilà qui s'apprêtait à passer plusieurs jours chez elle ?

18

EVELYN – MAI 1941

L'UN DES AVANTAGES DU LONG TRAJET EN VOITURE vers la Virginie-Occidentale était que le mouvement faisait taire le bébé. Juanita ne se réveillait que lorsque la voiture s'immobilisait, ce qui n'arrivait pas assez souvent au goût d'Evelyn. Non pas qu'elle veuille que le bébé soit éveillé et pleure pour qu'on lui donne de nouveau à manger, mais les sièges étaient durs et inconfortables. La moindre bosse sur la route lui provoquait une douleur au niveau du coccyx. Par ailleurs, elle trouvait que Russell conduisait beaucoup trop vite. Il lui avait dit qu'il ne pouvait pas faire autrement s'ils voulaient gagner du temps, ce qui expliquait aussi pourquoi il préférait attendre d'avoir besoin d'essence pour s'arrêter. Chaque halte leur faisait perdre de précieuses minutes, par conséquent il valait mieux qu'ils profitent de chaque arrêt pour s'occuper de tout : faire le plein, aller aux toilettes, acheter de la nourriture, puis reprendre la route et manger en chemin.

Evelyn comprenait son raisonnement, mais son corps ne se montrait pas toujours coopératif.

— On peut s'arrêter, Russell ?

Il jeta un coup d'œil dans sa direction.

— Ça ne peut pas attendre ? Nous y sommes presque.

— S'il te plaît. J'aimerais faire un brin de toilette avant de rencontrer ta mère.

Russell soupira.

— Entendu. Je vais m'arrêter à la prochaine station-service.

Evelyn était persuadée qu'une courte pause supplémentaire ferait aussi du bien à Russell. Ils roulaient depuis près de dix heures. Les cinq premières qui, pour la plupart, s'étaient déroulées dans l'obscurité n'avaient pas été trop pénibles et Evelyn s'était même assoupie lorsque le sommeil l'avait envahie. Ils avaient pu aller plus vite lorsqu'ils avaient traversé les plaines de l'Ohio, mais lorsqu'ils étaient arrivés en Pennsylvanie, le terrain avait laissé place à des collines et des routes sinueuses. Puis, les collines étaient devenues des montagnes et les dernières heures avaient été éprouvantes. Elle voyait bien que Russell était fatigué, ce qui le rendait irritable. Oserait-elle lui proposer de se rafraîchir et de se peigner les cheveux ?

Elle coula un regard à ses mains crispées sur le volant et décida de s'abstenir.

Après cet arrêt précipité, ils arpentèrent pendant encore une heure et demie les routes de montagne tortueuses. Le paysage était magnifique, mais le précipice sur la droite faisait frémir Evelyn chaque fois qu'elle se risquait à regarder vers le bas. Enfin, après avoir gravi la moitié d'une colline très raide et fait gémir le moteur de la voiture qui avait manqué de caler, Russell bifurqua sur un chemin en terre battue, puis s'arrêta devant la quatrième maison à l'angle de la rue. Evelyn regarda à l'extérieur et aperçut une jolie maison en briques qui n'était pas sans rappeler certaines des habitations de Détroit. Une petite femme pleine de vie descendit les marches d'un porche presque entièrement dissimulé derrière une haute haie vert foncé. De petites fleurs roses et blanches bordaient les deux côtés de l'allée qui conduisait à la maison. La femme s'immobilisa à mi-chemin.

Evelyn lissa le jupon de sa robe en coton et attendit que Russell vienne lui ouvrir la portière. Pour une fois, Juanita ne se réveilla pas lorsque la voiture s'arrêta, aussi Evelyn la laissa dormir dans l'espace qu'ils lui avaient aménagé à l'arrière et descendit pour aller à la rencontre de sa belle-mère. Russell la prit par le coude et ils remontèrent l'allée, puis il la lâcha pour serrer brièvement sa mère dans ses bras avant de lui présenter Evelyn. Elle fut surprise qu'il sache parfaitement s'y prendre et s'étonna du bref hochement de tête d'Emma avant qu'elle ne dise :

— Venez manger. Les haricots sont prêts.

Pendant le trajet, Russell avait expliqué à Evelyn ce qui l'attendait, en particulier le fait que la nourriture occupait une place centrale dans la vie de sa famille. Où qu'ils aillent, le café serait toujours chaud et les haricots mijoteraient sur la cuisinière. Et il y aurait du pain de maïs et des biscuits en abondance pour absorber le jus. Son affection à l'égard de sa famille transparaissait de manière évidente dans les anecdotes qu'il racontait, mais mère et fils s'étaient dit bonjour de façon si détachée qu'elle se posait des questions. Et l'accueil mitigé que lui avait réservé sa belle-mère la déconcertait.

Emma entra et Russell aida Evelyn à sortir le bébé et quelques sacs de la voiture.

— Je m'occuperai du reste plus tard, dit-il en l'entraînant dans la maison.

Contre toute attente, l'intérieur était frais compte tenu de la température caniculaire qui régnait à l'extérieur, et ils pénétrèrent directement dans un salon agrémenté d'une cheminée qui jouxtait la porte d'entrée. Du côté opposé à la cheminée se trouvaient deux grandes fenêtres à travers lesquelles Evelyn put remarquer que la maison était adossée au flanc de la colline, ce qui laissait filtrer très peu de lumière.

Emma pénétra dans le salon et se dirigea vers Evelyn qui portait toujours Juanita dans ses bras.

— C'est votre fille ?

— Oui. Elle s'appelle Juanita.

— Drôle de nom pour un bébé, dit Emma. C'est bien la première fois que j'entends ça.

Russell laissa tomber la valise qu'il tenait à la main et s'avança.

— Je l'ai entendu dans une chanson.

— Ah bon ?

— Ouais.

— Bon, très bien. (Emma s'approcha pour regarder le bébé.) Elle est mignonne. Elle te ressemble, Russell.

— Elle a ses cheveux, précisa Evelyn. Et les mêmes yeux bleu clair. Vous verrez quand elle se réveillera.

— Laissez-la dormir pour l'instant. Vous pouvez prendre cette chambre.

Emma les conduisit jusqu'à une chambre située juste à proximité de la cheminée. Evelyn entra et aperçut un grand lit à baldaquin avec un joli édredon d'époque. En apercevant le berceau placé à côté du lit, Evelyn commença à apprécier un peu plus sa belle-mère qui, de toute évidence, s'était donné du mal pour préparer leur visite. Peut-être que la manière insolite dont elle l'avait saluée était simplement une façon de faire à l'ancienne comme Russell le lui avait dit. Soulagée, Evelyn sourit et déposa doucement Juanita dans le berceau en prenant soin de ne pas la bousculer pour éviter qu'elle se réveille.

— Venez dans la cuisine quand vous serez prêts, dit Emma. Vous pouvez faire votre toilette ici.

Elle désigna dans la chambre une seconde porte menant à un couloir ouvert sur la salle de bains. Evelyn aperçut un lavabo contre le mur.

— Toi d'abord, lança Russell. Je vais chercher le reste de nos affaires.

Evelyn entra dans la grande salle de bains et remarqua la baignoire sur pattes le long d'un mur, le meuble contre la cloison du fond et le lavabo devant. Une petite fenêtre à gauche de ce dernier offrait une vue sur la maison voisine, mais la perspective se limitait à un morceau de bardage jaune au-dessus du trottoir qui séparait les habitations. L'immédiate proximité était quelque peu perturbante, mais dans la mesure où Evelyn ne distinguait aucune fenêtre, elle en déduisit que personne ne pouvait jeter un coup d'œil à l'intérieur à moins de se donner beaucoup de mal pour se pencher très bas en passant.

Evelyn se hâta de faire ses besoins, puis sortit dans le couloir. Elle regarda rapidement sur la gauche et vit une porte qui donnait sur la cuisine. Elle entra et trouva Russell assis à la table dressée pour deux personnes. Elle eut à peine le temps de s'interroger à ce sujet qu'Emma prit la parole :

— Asseyez-vous à côté de Russell. Je vais apporter le repas.

Elle s'exécuta sans jamais s'asseoir elle-même. Elle surveillait attentivement ses invités et s'empressait d'apporter du pain de maïs ou une autre portion de haricots. Evelyn remarqua qu'Emma avait un petit bol sur un petit comptoir près de la cuisinière. Lorsqu'elle n'était pas occupée à les servir, Emma mangeait quelques cuillerées.

Evelyn regarda Emma.

— Vous ne voulez pas vous asseoir ?

Russell éclata de rire.

— Je ne me souviens pas avoir déjà vu ma mère assise à la table.

Au cours de la semaine que dura leur visite, Evelyn constata qu'il en était de même pour la plupart des femmes de la famille, à l'exception d'Anna qui était la plus jeune et n'était pas mariée. Partout où ils se rendirent, les hommes, les enfants et les invités se rassemblaient autour de la table et étaient servis par la maîtresse de maison. Être la seule femme assise la plupart du temps mettait Evelyn mal à l'aise, mais on avait décliné son aide.

Tous étaient très polis et Evelyn n'avait jamais faim, mais il régnait une certaine froideur dont Emma semblait être à l'origine. Parfois, les conversations cessaient brusquement lorsque Evelyn entrait dans une pièce et elle n'était jamais sûre si c'était parce qu'ils discutaient d'affaires familiales privées ou qu'ils parlaient d'elle. Soucieuse d'être appréciée, Evelyn s'efforçait d'être une bonne invitée : elle s'occupait du bébé dès qu'il pleurait, proposait son aide pour nettoyer après les repas et souriait courtoisement à tout le monde, mais le nombre considérable de personnes la dépassait souvent. Elle se disait que peut-être Erma, la femme de Loren, serait la plus sympathique dans la mesure où toutes deux étaient des belles-filles, mais jamais elle n'eut l'occasion de passer assez de temps en sa compagnie pour vérifier si cela était vrai ou non.

Le père de Russell, Sheridan, partagea quelques dîners avec eux, mais pas tous. Evelyn trouvait un peu étonnant qu'il aille et vienne ainsi sans que personne ne dise rien. Elle brûlait d'envie d'en savoir plus sur la séparation et l'étrange manière que tous avaient de gérer la situation, mais elle n'osait pas poser de questions. Elle avait essayé à une ou deux reprises d'en apprendre davantage sur ce que Russell pouvait ressentir à ce sujet, mais il éludait ses questions lorsqu'ils étaient seuls. Sheridan était agréable et Evelyn voyait à quel point père et fils se ressemblaient. Pendant les repas, les hommes parlaient de fermes ou de mines de charbon, et les femmes de couture et de la prochaine séance de fabrication de beurre de pommes. Dans la mesure où Evelyn ne s'adonnait à aucune de ces activités, elle avait l'impression d'être une parfaite étrangère et devait faire un effort pour continuer d'afficher un sourire poli.

Tard le troisième soir de leur visite, Evelyn profita de l'intimité de leur petite chambre pour demander à Russell ce qu'elle devait faire afin que sa mère et ses sœurs l'apprécient.

— C'est pour ça que tu ne dis rien ? demanda-t-il en ôtant son pantalon qu'il posa sur la malle au pied du lit.

— Je ne sais pas quoi dire.

Evelyn souleva le bébé endormi du berceau et l'allongea sur le lit pour changer sa couche. Juanita faisait souvent une nuit complète lorsqu'on lui mettait une couche propre tard dans la soirée.

— Ce sont des femmes. (Russell enfila son pyjama.) Qu'est-ce que les femmes peuvent bien se raconter ?

Evelyn lui jeta un coup d'œil pour s'assurer qu'il ne plaisantait pas.

— Tu n'écoutes pas quand nous sommes à table ?

Il haussa les épaules et Evelyn secoua la tête.

— Je suis exclue quand ta mère et tes sœurs parlent de couture et de conserves.

— Tu pourrais prendre part à la conversation.

— Pour dire quoi ? Je n'ai rien à ajouter. (Evelyn remit Juanita dans son berceau, soulagée que le bébé n'ait presque pas bougé tandis qu'elle le changeait.) Elles ne m'invitent jamais à parler de choses que j'aime. Je leur ai demandé quels livres elles lisaient et elles se sont toutes contentées de me regarder fixement.

Russell éclata de rire.

— Nous ne sommes pas très portés sur les livres ici.

— C'est ce que j'ai vu.

Devant son ton irrité, Russell s'approcha d'elle et l'entoura de son bras.

— Détends-toi et attends un peu.

— Je crois que ta mère ne m'aime pas.

— Ne sois pas stupide. C'est juste sa façon d'être. Si elle ne t'aimait pas, elle ne te proposerait pas de te resservir des haricots.

— Ne plaisante pas. J'aimerais seulement que l'on me fasse comprendre que je suis vraiment la bienvenue dans la famille.

Russell se vexa.

— Tu prends ça trop à cœur. Je t'ai dit que nous ne sommes pas une famille qui montre beaucoup de signes d'affection. Ou qui parle de sentiments. Les choses sont ce qu'elles sont. Et tu fais partie de la famille.

Evelyn s'assit sur le bord du lit et enleva ses chaussures. Elle n'avait pas envie de se plaindre davantage à Russell. Il s'était réjoui de cette visite aux siens, par conséquent elle pouvait difficilement pleurnicher et lui demander de faire plus attention à elle. Mais c'était ce qu'elle voulait. Elle voulait qu'il soit si fier d'être son mari qu'il faisait d'elle la pièce maîtresse de sa vie, en particulier ici au milieu d'étrangers. Elle soupira. C'était ainsi que les choses se passaient dans les romans. Ne pourrait-il jamais en être de même dans la réalité ?

Elle se mit debout, ôta sa robe et alla la suspendre dans l'armoire. Puis, elle revêtit sa chemise de nuit en coton léger, éteignit la lumière et se glissa dans le lit où Russell était déjà étendu, à découvert. Il faisait chaud, aussi elle ne remonta pas le drap sur eux. Il se retourna et enfouit son nez dans sa nuque. Lorsqu'il se lova contre elle, elle sentit son érection contre sa hanche et son corps réagit comme à l'accoutumée.

— Russell, non, dit-elle alors que ses avances devenaient de plus en plus insistantes. Le lit grince. Elle va le savoir.

Il pouffa de rire.

— Elle sait d'où viennent les bébés.

— Ce n'est pas drôle. Je ne veux pas qu'elle nous entende.

— D'accord. Je ne ferai pas de bruit.

Il fit courir ses doigts vers son bas-ventre et…

Il était trop tard pour revenir en arrière.

Par la suite, une fois leur désir assouvi, Evelyn posa la tête sur son épaule et laissa la plénitude l'envahir, accompagnée de la légère brise du ventilateur qui séchait leurs corps moites. C'était dans ces moments-là, juste après qu'ils s'étaient unis de façon si merveilleuse, que ses doutes se dissipaient et qu'elle croyait en son amour.

En l'écoutant ronfler doucement tandis qu'il s'endormait, Evelyn prit la ferme résolution de s'accrocher à ces sentiments agréables, de mettre de côté ses tourments, et de profiter du reste des vacances.

Presque tous les soirs, Russell, son frère Loren et sa sœur Anna jouaient de la guitare et chantaient. Leurs voix s'entrelaçaient de manière élégante et harmonieuse. Les soirs où Sheridan était présent, il se joignait à eux. Il avait une belle voix de baryton et il ne faisait aucun doute que c'était de lui qu'ils tenaient leur talent musical. Il était par ailleurs évident que la musique resserrait leurs liens familiaux. Elle aurait peut-être même pu se substituer à une affection franche. Les regarder chanter et jouer de leurs instruments offrit à Evelyn un autre aperçu de ce que la musique représentait vraiment pour son mari. Il s'agissait d'un héritage familial bien plus ancré qu'il n'y paraissait au premier abord. Alors qu'ils chantaient, ils se regardaient les uns les autres et leurs œillades semblaient envoyer des messages silencieux.

Une dernière réunion eut lieu la veille du jour où Russell et Evelyn devaient regagner le Michigan. La famille tout entière était invitée, y compris Sheridan, Loren et Erma. Les deux autres sœurs de Russell, Opal et Maesel, vinrent également accompagnées de leurs maris et de leurs enfants. La maison était donc pleine au moment où ils se retrouvèrent pour dîner et chanter après le repas. La soirée était chaude et humide, mais on avait ouvert les fenêtres pour laisser entrer la brise et allumé les ventilateurs.

Une fois le poulet frit, les haricots et le pain de maïs avalés, les enfants se dispersèrent sous le porche et les adultes se réunirent au salon où il faisait un peu plus frais que dans la cuisine. Evelyn s'assit dans le fauteuil à bascule au coin de la pièce, à côté d'Erma qui occupait une chaise à barreaux. Evelyn tenait Juanita qui souriait et gazouillait. Erma se pencha.

— Elle aime la musique.

— Oui. Elle est toujours heureuse quand Russell joue de la guitare et qu'il chante.

— Est-ce qu'il le fait souvent ?

— Le plus possible. Mais il est occupé. Il travaille beaucoup.

Erma secoua légèrement la tête.

— C'est dommage qu'il n'ait pas pu continuer à jouer au niveau professionnel. Il en est capable.

Dans un premier temps, Evelyn ne sut comment réagir. Cette réflexion renfermait-elle une critique implicite ?

— Oui, c'est vrai. C'est dommage. Mais c'est une décision qu'il a prise de son plein gré.

— Je vois.

Une fois de plus, le ton employé ne lui plaisait guère, mais Evelyn se fonda sur les résolutions qu'elle avait prises tout à l'heure pour réprimer sa paranoïa.

— Russell est un homme bien. Un bon mari. Et un bon père, ajouta-t-elle, le sourire aux lèvres.

Erma hocha la tête.

— Loren aussi. Ils tiennent de leur père.

Evelyn fut à nouveau prise au dépourvu. Elle avait promis à Russell de ne pas évoquer le curieux arrangement entre ses parents, mais elle ne pouvait laisser passer la dernière observation d'Erma sans y répondre. Evelyn prit une inspiration et rétorqua :

— Mais il est parti.

Erma balaya sa remarque d'un revers de main.

— Qu'il ait des problèmes avec Emma ne l'empêche pas d'être un homme bien.

Il était impossible pour Evelyn de plaider le contraire. Néanmoins, elle demeurait curieuse de savoir ce qui s'était passé, et cherchait à comprendre comment Emma et Sheridan en étaient arrivés à vivre dans deux endroits différents. Il semblait ne pas y avoir de rancœur entre eux, ce qui rendait la situation encore plus déconcertante.

Malgré le bruit des chants et des enfants qui entraient et sortaient en courant, Juanita s'endormit dans les bras d'Evelyn peu après vingt heures, aussi elle l'emmena dans la chambre, ferma la porte du salon, et la déposa dans le berceau. Puis, Evelyn gagna le couloir par l'autre porte et le traversa pour rejoindre la salle de bains. Après avoir fait ses besoins, elle sortit et entendit des voix dans la cuisine. Elle aperçut Emma et Opal et s'avança vers la porte, mais s'immobilisa brusquement lorsque des bribes de conversation lui parvinrent.

— Il dit que non, mais je sais qu'elle l'a piégé.

Evelyn recula dans l'ombre, le cœur battant. Même si elle ignorait qui avait dit cela, le sens de la phrase ne faisait aucun doute.

— Elle a l'air gentille.

— Je lui ai dit de se méfier des filles de la grande ville.

Il était difficile de l'affirmer, mais Evelyn soupçonnait Emma d'être à l'origine de ces propos blessants. Les femmes parlaient-elles ainsi d'elle, de Russell, et de leur mariage depuis le début ? Elle se remémora toutes ces conversations sur lesquelles elle était tombée par hasard ces derniers jours et qui avaient rapidement pris fin. Cette conviction selon laquelle Russell était pris au piège expliquait-elle le sous-entendu dans la voix d'Erma tout à l'heure ? Et puisqu'elles discutaient aussi ouvertement de sa situation, pourquoi se montraient-elles circonspectes à ce point lorsqu'il s'agissait de parler de Sheridan ? Une bouffée de colère la propulsa dans la cuisine juste pour voir si les femmes seraient gênées qu'elle surprenne leur conversation désobligeante à son égard, mais elles se tournèrent vers elle sans réaction.

— Tu as besoin de quelque chose ? demanda Opal.

— Sachez que je n'ai jamais forcé Russell à quoi que ce soit.

Evelyn se détourna rapidement et regagna la salle de bains. Elle ne voulait pas que ces femmes voient les larmes qui s'échappaient de ses yeux. Elle y resta cinq bonnes minutes, puis s'aspergea le visage d'eau froide avant de traverser la chambre pour rejoindre le salon. Emma et Opal s'y trouvaient, mais elles gardèrent le silence au sujet de la confrontation. Par chance, Russell était si absorbé par la musique qu'il ne remarqua pas l'atmosphère glaciale qui régnait dans la pièce.

La soirée n'avait plus rien de magique, mais Evelyn afficha un sourire des plus héroïques et tint bon jusqu'au départ des invités. Elle était blessée et humiliée au point qu'elle ne voulait même pas en parler plus tard lorsqu'ils se retirèrent dans leur chambre. Heureusement, Russell était si épuisé qu'il s'endormit sur-le-champ.

Tôt le lendemain matin, ils chargèrent la voiture pour le retour. Alors qu'ils transportaient les bagages, Evelyn garda pour elle ce qui s'était passé avec Emma et Opal. Elle fut surprise devant la pléthore de victuailles que leur avait données Emma. Il y avait une douzaine de bocaux de haricots verts et autant de beurre de pomme, ainsi que du poulet frit, des légumes frais coupés en tranches et des biscuits à manger pendant le trajet. Evelyn accepta les cadeaux et l'étreinte distante de sa belle-mère, mais elle savait que cette générosité était davantage destinée au fils bien-aimé d'Emma qu'à la femme qui avait gâché sa vie.

Elle eut du mal à retenir ses larmes alors qu'ils s'éloignaient et Russell remarqua son humeur morose. Il lui jeta un bref coup d'œil.

— Je suis toujours un peu triste de m'en aller, moi aussi.

Si seulement il savait.

Ils roulèrent jusque tard dans la nuit et le ciel était noir comme de l'encre lorsqu'ils s'arrêtèrent enfin devant leur immeuble. Ils s'empressèrent de tout décharger, de manger un morceau et de coucher le bébé pour le reste de la nuit. Russell aidait Evelyn à ranger dans un placard les conserves que sa mère leur avait remises lorsqu'elle envoya soudain un bocal à travers la pièce, éclaboussant le mur de beurre de pomme.

— Tu es malade ! (Russell s'avança rapidement de quelques pas, lui agrippa le bras et l'obligea à se tourner vers lui.) Pourquoi tu as fait ça ?

— Je vais nettoyer.

Incapable de le regarder dans les yeux, Evelyn luttait pour empêcher sa lèvre de trembler et se retenir de pleurer à chaudes larmes.

— Dis-moi ce qui ne va pas, ordonna-t-il en la secouant avec brusquerie.

— D'accord. (Evelyn recula et la colère qui l'animait lui donna le courage de laisser les mots s'échapper de sa bouche.) Ta mère a dit à Opal que je t'avais piégé pour que tu m'épouses.

— C'est ridicule. Elle ne dirait jamais une chose pareille.

— Vraiment ? (Evelyn laissa planer un moment la question.) Et d'où aurait pu lui venir l'idée que tu étais pris au piège ? reprit-elle.

Russell ne répondit pas. Des plaques rouges, signes révélateurs de la colère qui grondait en lui, apparurent sur ses joues, mais Evelyn ne se démonta pas.

— C'est ce que tu lui as dit ? Que j'étais tombée enceinte exprès pour te piéger ? Pour qu'elle m'en veuille jusqu'à la fin de ses jours ?

Russell la bouscula rudement pour la forcer à s'écarter.

— Ne t'avise plus de parler de ma mère comme ça.

— Sinon quoi ? Tu veux me frapper ? Vas-y. Frappe-moi. Je m'en fiche.

Russell s'immobilisa et serra les poings, et pendant un bref instant, Evelyn crut qu'il allait passer à l'acte. Elle se prépara à recevoir le coup qui ne vint jamais, car il sortit en trombe de la pièce.

— Je vais me coucher. Je dois aller travailler demain matin.

Evelyn s'approcha pour remettre de l'ordre. Elle prit soin de ne pas se couper tandis qu'elle ramassait les tessons, recueillait les giclures de beurre de pomme à l'aide d'une spatule et les jetait à la poubelle par-dessus le verre. Elle passa ensuite la serpillière et nettoya les résidus de beurre de pomme sur le mur. S'activer ainsi lui donna le temps de regretter son accès d'humeur puérile. Elle n'aurait pas dû aborder ce sujet avec Russell ce soir. Pas alors que le long trajet l'avait exténué. Il était évident qu'il aurait les nerfs à vif. Mais un mari n'était-il pas censé faire passer sa femme avant sa mère ?

Evelyn prit appui sur le manche de la serpillière et réfléchit aux échanges entre Russell et Emma. C'était de l'amour. Un amour véritable. Comme celui d'une mère qui aimait son enfant et voulait ce qu'il y avait de mieux pour lui.

Un élan de nostalgie la frappa avec une violence telle qu'Evelyn se figea un bref instant et se mit à pleurer à chaudes larmes. Une fois de plus, elle était redevenue cette petite fille qui voulait…

Evelyn secoua la tête pour chasser ses larmes et ses pensées. Cela ne lui servait à rien de pleurer et encore moins d'espérer. Elle s'occupa de finir de nettoyer, rangea le matériel d'entretien et éteignit la lumière en quittant la cuisine.

Lorsqu'elle entra dans la chambre, Russell dormait déjà profondément. Juanita gémissait, aussi Evelyn changea sans bruit sa couche mouillée, puis se glissa dans le lit en prenant soin de ne pas déranger Russell. C'était leur première grosse dispute depuis qu'ils étaient mariés. À vrai dire, c'était la première grosse dispute de leur vie, et Evelyn n'arrivait pas à croire qu'elle l'avait défié. Une partie d'elle-même voulait franchir la barrière invisible qui les séparait. Le réveiller et lui dire qu'elle était désolée d'avoir causé un esclandre. Il pourrait alors la prendre dans ses bras. La réconforter. Faire en sorte qu'elle se sente aimée. Mais elle craignait de toucher l'ours endormi.

19

EVELYN – JUIN-DÉCEMBRE 1941

EVELYN FIXAIT LA MAISON AVEC CONSTERNATION. CE n'était pas une maison à proprement parler, juste une ossature avec un toit et du papier goudronné sur les murs extérieurs. Comment Russell avait-il pu se montrer enthousiaste à ce point ?

Il était rentré du travail la semaine dernière plus enjoué qu'elle ne l'avait vu depuis leurs vacances, et il lui avait parlé de l'homme qui voulait vendre la maison. Harold Murphy était un ami de Hoffman et avait commencé à bâtir cette dernière pour sa femme. Ils n'étaient mariés que depuis quelques années et ce devait être le lieu où ils élèveraient leurs enfants. Le mois dernier, l'épouse avait péri dans un accident de voiture et Harold ne pouvait se résoudre à terminer la maison et à y vivre seul. Il souhaitait s'en débarrasser le plus vite possible et la cédait pour presque rien.

Evelyn avait beau vouloir quitter le petit appartement devenu nettement plus exigu depuis la naissance du bébé en mars, elle ne trouvait pas normal que la chance leur sourie au prix du malheur de quelqu'un d'autre. Et la maison n'était même pas prête pour qu'ils y emménagent. Elle n'avait aucune idée du temps que cela prendrait pour la rendre habitable.

— Qu'en dis-tu ? demanda Russell.

— Elle est à peine commencée.

Evelyn essuya son front en sueur et remit son mouchoir dans la poche de sa robe en coton léger. Ce n'était que la mi-juin, pourtant il faisait déjà chaud comme en plein été.

— Je sais qu'elle a l'air rudimentaire, concéda Russell. Mais le plus dur est fait. Regarde. Le soubassement est là. C'est ce qu'il y a de plus difficile à construire avec la charpente. Nous pourrons travailler ensemble quand je rentrerai de l'atelier.

— Je n'y connais rien. Et je dois m'occuper du bébé.

Juanita s'agitait. Aussi, Evelyn la déplaça de sa hanche jusqu'à son épaule et la tapota pour la calmer.

Russell s'approcha de la maison et passa sa main sur l'une des poutres d'angle.

— Nous ne devrions pas rater cette occasion, Evelyn.

Il y avait dans sa voix une intonation qu'Evelyn reconnut. Il était d'ordinaire facile à vivre et peu exigeant, mais de temps à autre, il devait lui faire savoir qu'il était l'homme de la maison. Le chef de famille. Le patron. Elle ne s'opposait jamais à lui lorsqu'il adoptait une position et se disait qu'elle pourrait se plier à ses désirs lorsqu'il le fallait afin de le satisfaire. Les doutes soulevés par le séjour dans sa famille plus tôt cet été ne s'étaient pas tout à fait dissipés, et même si elle et Russell avaient depuis repris une routine assez confortable, elle avait conscience que leur mariage ne durerait que si elle le rendait heureux au lieu de le mettre en colère. C'était l'un de ces moments où elle pouvait faire le choix de maintenir la paix, aussi elle ravala ses protestations et hocha la tête.

— Comme tu voudras.

— D'accord. (Russell sourit.) Je vais prévenir M. Murphy.

Tous les soirs de la semaine, pendant les trois mois qui suivirent, Russell s'affaira autour de la maison et ne s'arrêta à l'appartement que pour dîner en coup de vent après son travail à l'atelier. Il était difficile pour Evelyn d'être seule avec le bébé toute la journée et jusque tard dans la soirée, mais cela lui faisait plaisir de voir Russell aussi heureux de pouvoir leur offrir un meilleur foyer. Comme les week-ends étaient les seuls moments où ils avaient la possibilité de passer du temps ensemble, Evelyn accompagnait Russell le samedi pour l'aider autant qu'elle le pouvait. De temps à autre, elle lui tendait un outil ou un morceau de bois, mais bien souvent, elle se contentait de s'asseoir avec le bébé et de le regarder. La plupart des samedis, c'était amusant. Elle préparait un pique-nique, et à midi, ils s'asseyaient à l'ombre du grand orme situé à l'arrière du jardin pour manger des sandwiches et boire du thé glacé dans des bocaux en verre.

Aujourd'hui, le soleil d'août tapait sans pitié et Evelyn était peu disposée à quitter le confort de l'ombre. Juanita dormait sur une couverture de l'autre côté du panier à pique-nique. Des grillons crissaient dans l'arbre et alors qu'elle était assise là, Evelyn sentit ses paupières s'affaisser.

Russell s'approcha et l'attira à lui.

— On devrait peut-être faire une sieste… ou autre chose.

Il passa sa main le long de sa cuisse et il n'y avait aucun doute sur ce qu'il sous-entendait par « autre chose ».

— Russell ! Non. Pas ici en plein jour. Et si quelqu'un nous voyait ?

— Nous sommes cachés par la maison. Et l'arbre. Personne ne peut nous voir.

Bien que tentée – son corps semblait toujours réagir à son contact quoi qu'en dise son esprit –, elle fut soulagée lorsque Juanita se mit à pleurer, ce qui lui évita d'avoir à reconnaître qu'elle était trop embarrassée pour se donner ainsi à lui en plein air.

— Je dois m'occuper du bébé.

— Merde !

Russell se leva brusquement et retourna vers le chantier où il souleva un morceau de plaque de plâtre.

Evelyn savait qu'il était déçu. Et peut-être même un peu en colère. Elle le voyait à la manière dont il se déplaçait. Les premiers mois de leur mariage, ils avaient fait l'amour tous les soirs. Parfois deux fois par nuit. Evelyn s'était inquiétée d'avoir envie de lui à ce point. Ce n'était pas normal. Mais Viola lui avait expliqué que son excitation était due à la grossesse. Evelyn avait apprécié ses éclaircissements, mais elle aurait aimé que Viola ne soit pas toujours aussi grossière dans ses propos.

Peu importe ce qui rendait Evelyn si libidineuse – il semblait plus distingué d'employer ce terme plutôt qu'« excitée » –, Russell en profitait pleinement et semblait trouver cela tout à fait normal. Puis, après la naissance du bébé, les occasions étaient devenues de plus en plus rares. Trop souvent, comme aujourd'hui, un bébé en pleurs entravait leur intimité.

Après avoir calmé Juanita, Evelyn se dirigea vers l'endroit où Russell était occupé à clouer une plaque de plâtre. À la manière dont il maniait le marteau, Evelyn voyait bien qu'il était toujours en colère.

— Je suis désolée, commença-t-elle. Il fallait que je...

— Oublie ça.

Ses paroles suivaient le rythme du marteau et Evelyn grimaça.

— Le bébé pleurait. Qu'est-ce que j'étais censée faire ?

— Oublie ça, je t'ai dit.

Son ton était cassant et elle riposta.

— Ce n'était pas de ma faute.

Il s'arrêta un instant et lui fit face tandis que des plaques rouges se formaient sur ses joues.

— Laisse tomber, dit-il.

En temps normal, elle n'aurait pas insisté, mais sa propre colère prit le dessus sur sa raison.

— Ce n'est pas la peine de t'énerver comme ça juste parce que tu n'as pas obtenu ce que tu voulais.

— Je ne suis pas énervé. Seulement frustré.

— Tu m'as l'air en colère.

Il se remit au travail.

— Tu ne sais pas ce que je ressens. Laisse-moi tranquille.

Evelyn retourna près de la couverture sur laquelle Juanita dormait toujours.

Lorsque les ombres du crépuscule s'avancèrent, Russell chargea ses outils dans le coffre de la voiture et Evelyn remballa le panier à pique-nique qu'elle glissa sur la banquette arrière avec un sac contenant des couches et des biberons pour le bébé.

— Prête ? demanda Russell.

C'était la première fois qu'il lui adressait la parole depuis qu'ils s'étaient disputés et ce fut l'avant-dernière chose qu'il lui dit ce jour-là.

De retour à la maison, il se lava et se changea, puis il se dirigea vers la porte d'entrée. Evelyn se détourna de la cuisinière où elle avait commencé à réchauffer un restant de ragoût pour le dîner.

— Où est-ce que tu vas ?

— Je sors.

Elle désigna la casserole sur le feu.

— Tu ne veux pas manger ?

Elle n'obtint pour toute réponse que le claquement de la porte.

Evelyn prit son repas dans la solitude. Elle s'occupa du bébé lorsqu'il se réveilla pour réclamer à manger, puis elle alla se coucher dès que Juanita se fut rendormie. Dans le courant de la nuit, Russell revint à la maison et se glissa dans le lit à côté d'elle. Il empestait la bière et la fumée de cigarette, et elle lui tourna le dos.

L'été laissa place à l'automne, puis à l'hiver, et la maison n'était toujours pas terminée. La surcharge de travail exerçait sur eux deux une pression supplémentaire. Si Russell ne s'absentait pas le soir, il somnolait sur le canapé après le dîner. Evelyn s'efforçait de se montrer patiente. Elle essayait d'être une meilleure épouse, mais de petits détails suffisaient à le contrarier. Comme en attestait sa réaction lorsqu'elle avait brûlé le rôti.

« Nous ne sommes pas assez riches pour gaspiller notre argent à brûler de la nourriture. »

Lorsqu'il s'emportait contre elle, elle essayait de se retenir, mais il lui arrivait de s'enflammer et ils s'affrontaient tels deux chats en colère.

Ce n'était pas l'existence qu'elle désirait et dont elle avait rêvé, mais il en était ainsi et parfois, lorsqu'ils ne se querellaient pas, la vie était presque belle. Les bonnes choses survenaient les rares jours où Russell restait à la maison et ne s'endormait pas après le dîner. Il sortait alors sa guitare et chantait pour le plus grand plaisir de Juanita qui tapait des mains et souriait. Au cours de ces soirées paisibles, Evelyn sentait la tension retomber entre eux et par la suite, dans l'obscurité de la nuit, il se tournait de temps à autre vers elle pour faire l'amour.

Les dimanches étaient les plus agréables. En dépit de son opinion au sujet de l'Église, Russell acceptait toujours de garder Juanita le matin afin qu'Evelyn puisse aller à la messe, ce qu'elle faisait précisément en cette froide journée de décembre.

Enveloppée dans un épais manteau et une écharpe, Evelyn se rendit à pied à l'église située à quelques rues de leur appartement. La première neige de l'hiver tapissait le sol, mais heureusement, les trottoirs étaient encore dégagés. La neige s'accrochait aux branches des arbres qui bordaient le trottoir et le vent emportait des amas qui lui piquaient le visage, aussi elle accéléra le pas. Une fois à l'intérieur, elle frotta son manteau afin d'éliminer toute trace d'humidité, ôta son écharpe et s'installa sur un banc au fond de la nef. Lorsque la messe commença, elle écouta le prêtre radoter tandis que son esprit vagabondait. Elle avait depuis longtemps renoncé à essayer de suivre ce que ce dernier disait à l'autel. Tout était en latin et même si elle pouvait se servir du missel dont un côté était en anglais, elle ne voulait pas s'en donner la peine dans la mesure où elle n'arrivait jamais à lire assez vite pour tenir le rythme. Les seules bribes de latin qu'elle avait retenues de toutes ces journées passées dans la chapelle de l'orphelinat étaient ce que le prêtre énonçait en guise de salutation : « *Dominus vobisum.* » Ce à quoi l'assemblée devait répondre : « *Et cum spiritu tuo.* »

Il y avait d'autres moments pendant l'office où les fidèles étaient autorisés à parler, mais Evelyn ne se souvenait jamais quand. Elle se contentait donc de garder le silence et de laisser le discours inintelligible du prêtre la submerger. Ici, maintenant, dans cette église de Détroit, il importait peu qu'Evelyn formule ou non les réponses. Les religieuses n'étaient pas là pour exprimer leur désapprobation.

Le bourdonnement de la voix du prêtre était rythmé, presque comme une musique, et constituait une toile de fond apaisante aux tourments intérieurs d'Evelyn.

Aujourd'hui, elle s'inquiétait de l'état de l'âme de Russell. Elle aurait aimé qu'il l'accompagne à l'église et le lui avait même demandé à plusieurs reprises, mais il l'avait récemment priée de cesser ses sollicitations. Il lui avait rappelé ce qu'il avait dit à propos de l'Église la première fois qu'ils en avaient discuté et ce sentiment n'avait pas changé. Il était hors de question qu'il adhère à une Église, même s'il devait aller en enfer à sa mort. Ce qu'il disait ne pas croire. Bien entendu, on avait appris à Evelyn que quiconque ne fréquentait pas l'Église irait à coup sûr en enfer. Elle ne voulait pas que cela arrive à Russell, ou à leur fille, qui n'était toujours pas baptisée.

Evelyn soupira. Ce n'était qu'un des sujets sur lesquels ils se disputaient. La tension qui s'était lentement installée entre eux depuis l'été dernier allait et venait au gré de l'humeur de Russell et elle ne savait que faire. Elle se mettait à sa disposition pour faire l'amour même si l'excitation avait presque entièrement disparu de son corps. S'occuper du bébé lui demandait beaucoup d'énergie et elle se sentait laide avec ce tablier abdominal qui persistait depuis la naissance de Juanita. Et il s'absentait si souvent, soit pour travailler à la maison, soit pour sortir avec ses camarades après le travail, qu'elle avait presque l'impression de vivre avec un étranger. Elle se disait parfois que s'ils pouvaient avoir un point commun, en l'occurrence l'Église, les choses seraient sans doute différentes. Et elle n'aurait pas à craindre qu'il aille en enfer.

Pourtant, Russell s'occupait bien du bébé quand il était à la maison. Et peut-être que lorsque Juanita serait plus âgée et qu'Evelyn serait moins fatiguée, ils pourraient retrouver l'ivresse des premiers mois de leur mariage. C'était un souvenir agréable et elle s'y abandonna brièvement avant de se raviser. Était-ce un sacrilège de penser au sexe à l'église ? Cette pensée la fit pouffer de rire, au grand dam de la femme assise à côté d'elle. Cette dernière fronça les sourcils d'un air désapprobateur.

Après l'ultime « amen », Evelyn quitta la chaleur de l'église et tourna dans la rue qui menait à l'appartement. Marcher, même dans le froid, ne la dérangeait pas, mais par cette journée venteuse, elle se réjouissait de n'avoir que quelques pâtés de maisons à parcourir. Elle jeta un bref coup d'œil au ciel et aperçut des nuages sombres planer au-dessus de sa tête. Il allait se remettre à neiger, aussi elle accéléra le pas. Ce serait un après-midi où il ferait bon rester à la maison et écouter la radio. Hoffman leur avait donné la console Philco lorsque lui et sa femme avaient acheté une nouvelle radio et Evelyn leur était reconnaissante de leur gentillesse. La radio lui permettait de se divertir pendant des heures en l'absence de Russell. Elle affectionnait particulièrement *Les Mystères d'Inner Sanctum* et *Gildersleeve le Magnifique*. Lorsqu'elle avait écouté l'émission pour la première fois, ce nom l'avait rendue hilare et même Russell avait ri quand elle lui en avait parlé.

Evelyn entra dans l'appartement et ôta son manteau qu'elle suspendit dans le couloir, près de la porte. L'espace de vie était composé d'une seule grande pièce avec la cuisine à gauche. Russell était assis sur le canapé avec sa guitare.

— Le bébé dort, dit-il.

— Bien. Je vais mettre le rôti à cuire pour le déjeuner.

— Tu ne le brûleras pas cette fois-ci, n'est-ce pas ?

Inquiète, Evelyn se retourna vivement et se détendit en voyant son sourire. Elle le lui rendit. Lorsqu'il la taquinait de la sorte, rien ne semblait pouvoir aller de travers, ne serait-ce que pour une journée.

— Je vais régler la minuterie.

Russell sourit puis se remit à gratter sa guitare.

— Tu veux quelque chose en attendant ?

Il secoua la tête.

— J'ai mangé du pain grillé avec de la confiture tout à l'heure. Je vais patienter.

Evelyn éplucha les carottes, les pommes de terre et les oignons et les disposa dans une grande marmite avec le rôti tout en songeant au nombre de dimanches où elle avait accompli ces gestes. Le pot-au-feu était un plat incontournable chez Sarah et les dimanches après-midi paisibles où la famille se réunissait autour de la table avaient toujours quelque chose de très réconfortant.

Lorsque Juanita se mit à pleurer, Evelyn commença à s'essuyer les mains sur son tablier pour s'occuper d'elle, mais

Russell l'interrompit d'un geste de la main. Il rangea sa guitare, nettoya les cordes à l'aide d'un chiffon doux, puis referma l'étui et se dirigea vers la chambre à coucher. Il revint quelques minutes après avec dans ses bras Juanita qui riait. Il s'approcha de la radio et l'alluma avant de s'asseoir sur le canapé.

Evelyn ne put s'empêcher de sourire. Son mari et son bébé riant dans le salon. Elle, heureuse de préparer le déjeuner. Cette réalité correspondait presque à ses fantasmes.

Plus tard, alors qu'elle était attablée avec Russell, Juanita dans une chaise haute entre eux, Evelyn continua de rêver, se créant une représentation mentale de ce à quoi sa famille pourrait ressembler dans dix ans. Juanita serait une jeune fille et ils auraient peut-être d'autres enfants. Ils habiteraient une maison de briques rouges…

Une injonction soudaine brisa la quiétude de sa rêverie.

— Écoute.

Il y avait dans la voix de Russell un sentiment d'urgence indéniable, mais Evelyn ignorait quelle en était la raison.

— Quoi ? demanda-t-elle.

— La radio.

Elle n'avait eu qu'à demi conscience que la radio diffusait de la musique dans le salon et l'arrêt subit de celle-ci n'avait pas perturbé ses réflexions.

— Qu'est-ce qui se passe ?

— Un bulletin d'information. Je crois qu'un homme a dit qu'il y avait eu une attaque. Sur une base navale américaine.

— Quoi ? Où ?

Russell leva la main pour qu'elle se taise et tous deux entendirent : « La base navale de Pearl Harbor a fait l'objet d'une attaque de l'aviation japonaise tôt ce matin. »

— Oh, mon Dieu, dit Evelyn. Ça ne peut pas être vrai.

— Attends.

Russell se leva de table et alla dans le salon pour augmenter le volume de la radio.

« Nous avons peu de détails, annonça le reporter. Restez à l'écoute de World News Today pour suivre l'évolution de l'actualité. Je répète les informations qui viennent de nous parvenir. Les Japonais ont attaqué Pearl Harbor aujourd'hui, coulant plusieurs navires et tuant des centaines de personnes. »

Evelyn vint se poster à côté de Russell.

— Tu penses que ça pourrait être un canular ? Comme celui d'il y a quelques années ? Quand cet acteur nous a fait croire à une invasion de Martiens ?

Russell haussa les épaules.

— Personne ne devrait plaisanter sur quelque chose comme ça.

Evelyn pensait que personne n'aurait dû plaisanter au sujet d'une invasion extraterrestre, mais elle se retint d'exprimer son avis.

Après quelques instants d'une transmission brouillée et pleine de bruits parasites, le reporter revint à l'antenne.

« Mesdames et messieurs, voici le premier témoignage sur l'horreur qui se déroule à Hawaii. Il provient d'un journaliste de NBC Blue qui s'est hissé sur le toit d'un immeuble du centre-ville d'Honolulu, micro à la main. Cette bataille, a-t-il dit, dure depuis presque trois heures… Ce n'est pas une plaisanterie, c'est une vraie guerre. »

— Oh, non. (Evelyn se laissa tomber sur une chaise à proximité.) C'est terrible.

Ils écoutèrent la dépêche pendant encore quelques minutes tandis que le présentateur annonçait que leur pays avait besoin que tous les hommes valides s'engagent pour combattre les Japonais.

Russell se leva. C'était comme si la déclaration qu'il s'apprêtait à formuler le nécessitait.

— Demain à la première heure, je m'engage.

— T'engager ? (Elle le regarda, l'air effaré.) Tu pourrais te faire tuer.

— Ne pense pas comme ça.

— Comment faut-il que je pense ?

— Dis-toi que je vais faire mon devoir et que je m'en sortirai vivant.

— Mais, et moi ? Le bébé ? La maison ?

— Ça peut attendre.

— Tu veux me quitter et peut-être ne jamais revenir ?

Russell la saisit doucement par les épaules.

— Evelyn. Tu ne comprends pas ce qui vient de se passer ? Notre pays a été attaqué. Nous devons nous défendre.

— Pourquoi les hommes célibataires qui n'ont pas de famille ne peuvent-ils pas nous défendre ?

Russell laissa retomber ses mains et secoua la tête.

— Ce n'est pas discutable.

Les nouvelles à la radio et l'annonce de Russell vinrent bouleverser le paisible après-midi qu'Evelyn avait prévu de passer. Elle était tellement abasourdie qu'elle ne pouvait même pas envisager la possibilité qu'il parte se battre et ne revienne peut-être jamais.

~

Le lundi, à l'atelier, tous les hommes parlaient de ces sales pourritures de Japs et de leur envie d'aller buter tous ces enfoirés. Russell voulait s'enrôler, mais il n'était pas sûr de vouloir tuer. Il se souvint qu'il devait toujours détourner le regard lorsque sa mère tuait le poulet pour le déjeuner du dimanche. Lorsqu'il était un jeune adolescent, sa sœur Anna riait et le taquinait à ce sujet, disant qu'il ne devrait pas obliger leur pauvre mère à faire ce sale boulot. En réalité, Russell détestait l'idée de tuer sous toutes ses formes. Il accompagnait des amis à la chasse parce que c'était ce que la gent masculine était censée faire, mais il n'appréciait que la camaraderie et le whisky qu'ils mettaient dans le café à la fin de la journée. Il laissait aux autres le soin de tuer.

En dépit de ses réticences à l'égard du combat à proprement parler, lorsque son quart de travail prit fin à dix-sept heures, Russell se rendit avec Gary, l'un de ses collègues, au bureau de recrutement de l'armée. Beaucoup d'hommes étaient impatients de s'engager et ils se joignirent au groupe. Ils commencèrent par remplir des formulaires, puis passèrent dans une autre pièce afin de se soumettre à un examen médical préalable. Ce dernier comportait un test de la vue et Russell fut surpris d'être rejeté parce qu'il était daltonien. Cela faisait des années qu'il n'y avait pas pensé. Habitué à son univers monochrome, il ne voyait pas vraiment la différence. Mais le docteur se montra inflexible et apposa un tampon « refusé » sur son dossier. L'armée voulait des hommes dotés d'une vision parfaite.

Russell roula lentement, s'efforçant de se défaire de sa colère et de sa frustration avant d'arriver chez lui. Evelyn détestait ses emportements, aussi il faisait de son mieux pour éviter qu'ils se produisent à la maison. Ce n'était pas de sa faute si tant de déconvenues l'avaient amené à se sentir incapable. En premier lieu, il y avait eu la musique. Ses responsabilités avaient balayé son rêve de devenir artiste. Non qu'il n'aime pas sa fille. Au contraire. Il aurait juste souhaité qu'elle attende quelques années de plus avant de naître.

À son retour, son mécontentement s'était en partie dissipé, ce qui ne l'empêcha pas d'entrer dans l'appartement et de jeter son manteau en direction du portemanteau du couloir. Il retomba en un tas sur le sol. Il aperçut Evelyn assise sur le canapé, occupée à donner le biberon à Juanita. Evelyn l'avait vu jeter son manteau. Cela était si contraire à ses habitudes qu'elle lui demanda :

— Qu'est-ce qui ne va pas ?

Il haussa les épaules.

Evelyn mit le bébé sur son épaule pour qu'il fasse son rot.

— Je vois bien que quelque chose ne va pas, dit-elle.

Russell revint sur ses pas et ramassa son manteau.

— J'ai été rejeté.

— Rejeté ? Comment ça ?

— On m'a empêché de faire mon devoir.

— Quoi ?

— Je suis allée au centre de recrutement avec un copain de travail. J'ai rempli toute la paperasse. Puis, j'ai appris que je ne pouvais pas servir parce que je suis daltonien.

Evelyn installa à nouveau Juanita dans ses bras et replaça la tétine dans sa bouche avide.

— Je ne comprends pas.

Russell se tourna vers elle après avoir accroché son manteau au portemanteau du couloir.

— Je ne vois pas les couleurs.

— Aucune ?

Il acquiesça.

— Je n'ai jamais entendu parler de ça.

— Ce n'est pas courant.

— Oh. Pourquoi est-ce que tu ne m'en as jamais parlé ?

Russell se rendit à la cuisine et alluma le feu sous la cafetière.

— Le sujet n'est jamais venu sur le tapis. Et je n'y pensais presque plus. (Il se retourna et lui fit face.) Jusqu'à aujourd'hui.

Evelyn porta le bébé à son épaule pour qu'il fasse un autre rot.

— Qu'est-ce que tu vas faire ?

— Continuer à travailler. La plupart des ateliers d'outillage vont changer leur production pour soutenir l'effort de guerre.

Il s'efforçait de garder un ton confiant, mais ne put réprimer un élan de frustration.

— Je suis désolée. Je sais que tu es déçu.

Il haussa les épaules puis sortit un mug du placard. Il y versa le café fumant avant de se retourner pour regarder Evelyn qui finissait de s'occuper de Juanita. Il y avait des moments où son cœur se gonflait d'amour pour sa famille. Ce qui était une bonne chose, car Evelyn rendait souvent la tâche difficile. Et même s'il souhaitait ardemment se joindre aux autres hommes pour combattre ce monstre maléfique qui avait attaqué son pays, il devait veiller sur sa famille et il valait peut-être mieux qu'il reste ici.

20

EVELYN – DÉCEMBRE 1942

EVELYN AVAIT COMMENCÉ À SE DEMANDER SI LA guerre prendrait un jour fin. Cette dernière durait depuis un an et elle était consternée lorsque les bulletins d'informations faisaient état du nombre d'hommes tués. Chaque fois qu'elle sortait pour faire des courses ou se rendre à l'église, son cœur se serrait en voyant les étoiles dorées aux fenêtres des voisins, les couronnes noires sur les portes. Elle se disait qu'elle ne devait pas regarder. Rien ne l'obligeait à regarder. Elle n'avait qu'à passer son chemin. Mais quelque chose la poussait toujours à jeter un rapide coup d'œil. Et il en avait toujours une de plus.

Au début, elle ignorait ce que ces étoiles symbolisaient, mais Russell lui avait expliqué que c'était le signe que la famille avait perdu un fils au combat. Sur le moment, Evelyn avait trouvé étrange que la famille reçoive une étoile dorée, mais à mesure que la guerre s'éternisait pendant des semaines et des mois et qu'elle voyait de plus en plus d'étoiles, cela ne lui semblait plus insolite, mais incroyablement triste.

Elle n'avait jamais dit à Russell combien elle était soulagée qu'il ait été rejeté, mais elle savait qu'il ne l'était pas. La première fois qu'il avait levé la main sur elle, c'était parce qu'elle l'avait exprimé. Il ne l'avait pas frappée à proprement parler, mais il l'avait bousculée avec assez de force pour que sa tête vienne heurter le placoplatre. Heureusement, elle n'avait pas subi de blessures physiques, mais le fait qu'il ait pu faire ça lui nouait l'estomac. Il agissait par frustration. Elle le savait. Mais savoir cela ne rendait pas ses accès de colère plus faciles à supporter.

Aujourd'hui, il accrochait des tringles à rideaux dans le salon. Les murs en placoplatre étaient encore nus, mais elle lui avait dit qu'elle voulait des rideaux avant Noël. Il avait deux semaines. Elle entra dans la pièce après avoir couché Juanita pour la nuit et remarqua que les supports étaient inégaux. Elle désigna l'un d'entre eux.

— Celui-ci est trop bas.

— J'ai pris des mesures. Ils sont à la même hauteur.

— Non. Je vois d'ici que celui de gauche est un peu plus bas.

— Qu'est-ce que ça change ?

— Je ne veux pas que les rideaux soient de travers.

Il descendit de l'escabeau.

— C'est seulement provisoire.

— Tout est provisoire dans cette maison. J'en ai marre.

— Qu'est-ce que tu veux que j'y fasse ?

— Que tu remédies au problème.

Evelyn lui donna un petit coup au niveau du torse et il tendit la main pour la repousser. Avec violence. D'un geste rempli de colère. Elle heurta si fort le mur qu'elle y laissa un impact important.

Elle s'écarta et se frotta l'arrière de la tête.

— Oh, Evelyn. Je suis vraiment désolé. (Il entreprit de s'avancer vers elle, mais elle leva la main pour l'en empêcher.) Crois-moi. Je ne voulais pas...

La main toujours levée pour le maintenir à distance, Evelyn gagna la cuisine, se servit un verre d'eau et s'assit à la table.

Quelques minutes plus tard, Russell entra avec la mini contrite d'un gamin plein de remords.

— Tu as besoin de quelque chose ?

La question était si ridicule qu'elle secoua la tête en signe d'incrédulité.

— Ne t'avise plus de me frapper.

— Je n'ai pas...

Elle leva la main pour l'interrompre.

— J'ai trop mal à la tête pour discuter.

— Tu veux de l'aspirine ?

— Laisse-moi tranquille.

Il s'exécuta.

Cette nuit-là, il dormit sur le canapé. La nuit suivante aussi. L'ambiance glaciale qui régnait entre eux mit quelques jours à se détendre suffisamment pour qu'ils soient en mesure de dépasser le stade de la simple courtoisie l'un envers l'autre.

Le quatrième jour, alors qu'ils dînaient, Evelyn le regarda et lui dit :

— Nous devons faire notre possible pour que Juanita passe un bon Noël.

Russell posa sa fourchette et acquiesça d'un signe de tête.

— Tu es d'accord pour faire la paix ? Dans son intérêt ?

Russell hocha à nouveau la tête.

Ce Noël-ci serait modeste. Dès que l'Amérique avait contribué à l'effort de guerre à la suite de l'attaque de Pearl Harbor, le gouvernement avait commencé à rationner le caoutchouc et l'essence. Le rationnement s'appliquait aussi aux produits alimentaires et Evelyn avait fréquemment l'impression que les personnes qui faisaient la queue derrière elle à la caisse la mettaient sous pression. Evelyn essayait de se dépêcher, puis s'énervait lorsque la vendeuse lui disait qu'elle avait trop de boîtes de légumes. Elle percevait l'agacement des autres clients qui la regardaient tandis que l'employée l'aidait à tout arranger.

Dans des moments tels que celui-là, elle redevenait l'enfant qui subissait le courroux de Sœur Honora et avait le sentiment d'être stupide, inutile et totalement humiliée.

Tandis qu'elle accrochait une autre guirlande au sapin, Evelyn chassa ces pensées. Même s'il y avait peu de cadeaux à mettre sous le sapin et qu'elle devrait sans doute se contenter de cuisiner un demi-poulet pour le repas de Noël, il y avait beaucoup de raisons de se réjouir. Ils habitaient une maison avec beaucoup plus d'espace que celui dont ils disposaient à l'appartement. Juanita, qui avait plus d'un an, marchait et babillait à un rythme effréné.

Le petit atelier où travaillait Russell était passé de la fabrication de pièces pour General Motors à l'exécution de contrats gouvernementaux. Le propriétaire avait dit aux ouvriers que le gouvernement considérait les pièces qu'ils fabriquaient pour les véhicules militaires comme aussi essentielles à l'effort de guerre que ce qu'accomplissaient les hommes partis au front, et cela sembla aider Russell à surmonter sa frustration de ne pouvoir s'engager. Il avait par ailleurs été promu contremaître. Cette fonction impliquait beaucoup plus de responsabilités et il lui arrivait souvent d'être appelé la nuit si un problème survenait sur la chaîne de production, mais il avait reçu une augmentation de salaire qui lui avait permis d'acheter le reste des matériaux pour terminer la maison.

Enfin, presque.

Les murs en placoplatre du salon où Evelyn décorait le sapin étaient toujours nus et elle essayait d'éviter de regarder le léger impact présent dans le coin, à hauteur de tête. Les choses étaient presque revenues à la normale ces deux dernières semaines depuis la dispute qui s'était soldée par cette bosselure et elle ne souhaitait pas assombrir cela avec des pensées négatives. Elle ignorait ce qui les rendait tous les deux si prompts à se mettre en colère. Viola lui avait dit qu'il était normal qu'un couple se dispute, mais Evelyn n'avait pas l'impression que les autres couples se querellaient comme elle et Russell. Elle ne se souvenait pas d'avoir déjà vu Sarah et son mari hausser le ton ou lever le poing. Lorsqu'elle avait expliqué cela à Viola, sa sœur avait ri et lui avait répondu que Sarah et son mari n'étaient peut-être pas normaux. Ou qu'ils se disputaient peut-être en privé.

Evelyn secoua la tête et ramena ses réflexions sur le travail à accomplir : mettre des boules au sapin de Noël. Elle était déterminée à tenir parole et à égayer le Noël de Juanita. Russell avait accepté à contrecœur, mais il semblait déployer de gros efforts ces derniers jours. Il était à la maison tous les soirs et descendait au sous-sol pour travailler sur quelque chose qu'il affirmait être une surprise. Et il l'aidait à faire la vaisselle après le dîner sans qu'elle soit obligée de le lui demander une dizaine de fois.

Et puis, il y avait eu la nuit dernière. Leurs ébats avaient été torrides et excitants. Evelyn était toujours surprise, et quelque peu gênée, de constater à quel point elle aimait le sexe. Selon *Le Manuel de la bonne épouse*, une jeune femme raffinée devait se contenter de tolérer ce qui se passait dans la chambre à coucher, et Evelyn voulait désespérément être considérée comme telle.

Le rouge lui monta aux joues tandis que certains détails de la nuit dernière lui traversaient l'esprit. C'est alors qu'une autre réflexion vint interrompre sa rêverie.

— Oh, mon Dieu, murmura-t-elle, figeant sa main tendue pour attraper une guirlande. Comme le jour où elle s'était aperçue qu'elle attendait Juanita, elle se précipita dans la cuisine où un calendrier était accroché au-dessus du bahut qui contenait la vaisselle en attendant que Russell fasse les placards. Elle tourna rapidement les pages en arrière jusqu'à novembre, puis octobre. Elle avait eu ses règles pour la dernière fois le 15 octobre. Elles étaient là, clairement indiquées, mais rien d'inscrit pour novembre. La date à laquelle elle aurait dû les avoir au début du mois de décembre était à présent dépassée d'une semaine également. Elle glissa une main sous sa taille. Le léger repli qu'elle n'avait pas perdu depuis la naissance de Juanita était toujours là. Était-il plus gros ? Était-elle de nouveau enceinte ?

Elle eut à peine le temps d'assimiler cette possibilité qu'elle entendit un cri qui provenait de l'autre pièce. Juanita était réveillée. Evelyn s'approcha du berceau, souleva l'enfant et la porta jusqu'à la table à langer que Russell avait fabriquée au-dessus de la commode.

Juanita cessa de pleurer à l'instant même où Evelyn l'allongea et ses larmes laissèrent place à un sourire et un gazouillis. Evelyn lui sourit à son tour, termina de changer la couche mouillée, puis emmena Juanita à la cuisine afin qu'elle prenne une collation. Pendant qu'elle mangeait des tranches de banane dans sa chaise haute, Evelyn s'assit à la table et songea à la manière dont un deuxième enfant perturberait le rythme confortable qu'elle avait établi pour faire face aux tâches ménagères et répondre aux exigences de la vie d'une jeune mère. Et comment Russell réagirait-il ? Elle n'était pas certaine qu'il verrait d'un très bon œil l'arrivée d'un autre enfant. Elle n'était même pas sûre d'en être capable. Mais elle n'avait pas le choix. Ni l'un ni l'autre n'avait le choix.

Ce soir-là, Russell rentra tard pour le dîner et lui dit qu'il devrait probablement retourner à l'atelier pendant quelques heures.

— Est-ce vraiment nécessaire ? (Evelyn posa le récipient de pommes de terre sur la table et sortit le pain de viande du four.) Nous n'avons presque pas eu le temps de parler de toute la semaine.

— Une des machines est tombée en panne. (Russell déposa une cuillère de purée dans son assiette et en donna un peu à

Juanita qui était dans sa chaise haute à côté de la table.) Je dois y aller, alors fais vite.

Evelyn glissa le plateau de viande sur la table et s'assit en soupirant.

— D'accord. Je suis enceinte.

Il lui jeta un rapide coup d'œil, mais elle ne put déchiffrer son expression.

— Du moins, je crois.

— Pourquoi tu n'attendrais pas d'en être sûre pour me faire peur ?

— Je suis aussi sûre que je l'étais pour Juanita au début. J'ai juste besoin de la confirmation du médecin.

Russell ne répondit pas. Il détourna le regard et donna à Juanita un petit morceau de pain de viande à l'aide d'une cuillère.

— Qu'est-ce qui ne va pas ? Tu ne veux pas d'un autre bébé ?

— Ce n'est pas ça. (Russell posa la cuillère.) Le moment n'est pas très bien choisi, c'est tout.

— C'est ce que je me suis dit aussi, mais…

Elle laissa sa phrase en suspens et haussa les épaules.

— Il faudra faire avec, soupira-t-il.

— Je suppose que oui. (Evelyn remplit son assiette, puis se chargea de donner à manger à Juanita afin que Russell puisse prendre son repas.) Tu pourras passer plus de temps à la maison ? Finir l'autre chambre pour qu'il y ait une place pour Juanita et le bébé ?

— Je ne sais pas.

Russell prit une bouchée de pain de viande.

— Ils vont avoir besoin d'un endroit où dormir.

Russell déglutit.

— Tu n'as qu'à mettre le berceau dans notre chambre. Ça marchait bien avant.

— Il n'y avait pas déjà un lit d'enfant dans la chambre.

Evelyn s'interrompit un instant pour calmer son irritation. Elle n'avait pas envie qu'ils se disputent.

Russell prit deux autres bouchées de pommes de terre, puis demanda :

— On pourrait en reparler plus tard ?

— Quand, plus tard ? Tu n'es jamais à la maison pour discuter. Tu n'es jamais à la maison pour aider.

— Qu'est-ce que tu veux que je fasse ? (Il laissa tomber sa fourchette qui claqua dans son assiette telle une détonation.) Je ne peux pas faire disparaître la guerre. Je ne peux pas faire cesser le travail.

— Ce n'est pas ce que j'ai dit. Mais tu n'es pas obligé de faire des patrouilles citoyennes presque tous les soirs où tu ne travailles pas. Tu pourrais rester à la maison plus souvent.

— Ce que je fais est important.

— Nous aussi.

Russell mit une éternité à répondre et Evelyn retint son souffle, ne sachant à quoi s'attendre.

— Je ne te permets pas d'insinuer que je fuis mes responsabilités envers vous, répliqua-t-il enfin. Je n'ai fait que mon devoir depuis…

Il ne termina pas sa phrase, mais fit un signe de tête en direction de Juanita qui observait leur échange, les yeux écarquillés.

— Ton… Ton devoir ?

Juanita se mit à pleurer et Evelyn prit alors conscience que la dernière chose dont ils avaient besoin était de se disputer devant elle. Mais comment avait-il pu prononcer ces paroles horribles et accablantes ? Les pensait-il vraiment ou bien était-ce la colère qui les lui avait dictées ?

Evelyn avala péniblement sa salive pour retenir ses larmes, tira Juanita de sa chaise haute et la fit rebondir sur ses genoux jusqu'à ce qu'elle se calme. Le reste du dîner se déroula en silence, dans une ambiance où planait une tension latente, puis Russell se leva et prit sa veste.

— Je dois aller à l'atelier.

Son ton était tranchant, froid, impassible.

— Tu rentres quand ?

— Tard.

Lorsque la porte se referma et qu'elle se retrouva seule avec Juanita, un ruisseau de larmes tièdes coula le long des joues d'Evelyn.

~

Une visite chez le médecin confirma la grossesse. Evelyn prit le parti de se montrer enthousiaste à la perspective d'avoir un autre enfant. Elle oublierait leur dernière dispute et les paroles acerbes de Russell, et se contenterait d'être heureuse. Russell semblait s'imprégner de son humeur et la vie avait presque retrouvé son cours normal tandis qu'ils s'affairaient à préparer la chambre pour le bébé. Russell resta à la maison pendant plusieurs soirs pour recouvrir les pans nus de la deuxième chambre de plaques de plâtre. Evelyn trouva des rideaux ornés d'ours en peluche dans un magasin d'occasion et sa voisine Mary l'aida à peindre la pièce d'un joli jaune. Cette dernière se trouva être la plus belle de toute la maison.

L'excitation à l'approche du jour de Noël fit naître à la maison une gaieté qui semblait contagieuse. Evelyn se plaisait à garder le secret sur l'écharpe qu'elle tricotait pour Russell et se réjouissait pour une fois lorsqu'il était absent, ce qui lui permettait de la sortir de sa cachette et d'y travailler. Le jour où elle avait acheté les rideaux, elle avait trouvé deux écheveaux de laine perlée. Elle ne connaissait pas cette variété de fil, mais Mary savait de quoi il s'agissait et avait dit à Evelyn que la laine ferait une belle écharpe. Le fil était bicolore bordeaux foncé et fauve, et l'écharpe terminée s'accorderait bien avec le pardessus marron de Russell.

Le jour de Noël se leva sur un ciel bleu lumineux et une neige abondante qui affaissait les branches de l'orme dans la cour. Le décor était magique. Evelyn se détourna de la fenêtre et tâta avec ses doigts les perles qu'elle portait autour du cou et qui étaient un cadeau de Russell. Elles n'étaient pas véritables, elle le savait, mais le fait qu'il ait pensé à lui offrir quelque chose de joli la fit sourire. Il avait fabriqué des blocs de bois pour Juanita qui semblait ravie. Elle était assise par terre et les empilait pour former des tours penchées qu'elle renversait ensuite au milieu d'éclats de rire.

Russell s'assit à côté de leur fille, avec autour du cou son écharpe dont les extrémités traînaient sur le sol. Il avait l'air si heureux qu'Evelyn crut que son cœur allait exploser. Si seulement elle pouvait immortaliser ce moment et le préserver dans l'un de ses bocaux à conserve.

Les vacances s'achevèrent et l'hiver froid et morne s'éternisa. Evelyn était si lasse d'être seule qu'elle décida de prendre le bus pour rendre visite à sa sœur qui habitait Dearborn. Elle espérait vivement que Lester ne serait pas là. Il travaillait toujours comme camionneur longue distance et il lui arrivait de s'absenter pendant des semaines, mais elle ne savait jamais quand. Les rares fois où il était présent lors des visites d'Evelyn, il n'avait pas grand-chose à lui dire et quittait souvent la table juste après le dîner. Elle n'appréciait pas Lester, mais elle gardait son aversion pour elle. Elle ne voulait pas contrarier Viola en lui disant qu'il y avait quelque chose de presque sinistre dans les yeux noisette froids et sans vie de cet homme. Son regard fixe était toujours très déconcertant.

Après le long et inconfortable trajet en bus, Evelyn se

précipita avec Juanita vers la porte de Viola. Lorsque Evelyn frappa, Viola vint ouvrir et écarquilla les yeux de surprise.

— Evelyn. Je ne t'attendais pas.

— Oh, je suis désolée. Je pensais… pourtant nous en avions parlé l'autre jour quand j'ai appelé, non ?

— Oui, mais j'ai cru que tu appellerais de nouveau avant de venir. C'est ce que tu fais d'habitude.

— Excuse-moi. Je n'ai pas réfléchi. Je peux entrer ? J'ai besoin d'aller aux toilettes.

Viola s'écarta.

— Bien sûr. Je m'occupe de Juanita.

— Merci.

Evelyn s'empressa de retirer son manteau et le posa sur le dossier du canapé tandis qu'elle traversait le salon pour se rendre à la salle de bains.

— Il faut que tu t'en ailles bientôt, la prévint Viola lorsqu'elle ressortit.

— Pourquoi ?

— Lester va rentrer. Il n'aime pas quand il y a quelqu'un ici.

— Ça n'avait pas l'air de le déranger la dernière fois.

— Il n'a rien dit jusqu'à ce que tu partes. (Viola fit un signe de tête en direction de Juanita qui trottinait pour aller jouer avec sa fille, Regina.) Lester dit que nous n'avons pas besoin d'un autre gosse à la maison. Un seul suffit.

Evelyn désigna le ventre légèrement gonflé de Viola.

— Et…

— Il était furieux quand je lui en ai parlé. Il veut que je m'en débarrasse.

— Pourquoi est-ce que tu ne m'as rien dit ?

Viola haussa les épaules ?

— Que je te dise quoi ? Mon mari veut que je tue notre bébé ? Je me souviens encore de ta réaction la première fois que j'ai envisagé d'avorter.

Evelyn ne savait quoi répondre et se contenta de rester

plantée là. Viola finit par se retourner et se dirigea vers la cuisine.

— Tu dois avoir faim. Je vais préparer des sandwiches que tu pourras emporter avec toi.

Evelyn emboîta le pas à sa sœur.

— J'espérais pouvoir au moins rester pour la journée.

— Tu peux t'asseoir et te reposer un peu pendant que je te prépare à déjeuner, mais après tu devras partir sinon Lester va se mettre en colère.

Evelyn prit la direction du salon afin de récupérer son manteau. Puis, elle s'immobilisa et se tourna vers sa sœur.

— Est-ce qu'il est méchant avec toi ?

Viola détourna rapidement les yeux. Evelyn s'approcha d'elle et posa une main sur son bras.

— Vi ?

— Il est strict, c'est tout.

Evelyn se figea un instant. Il y avait longtemps qu'elle avait vu sa sœur dans cet état. Un peu intimidée. Toute sa fougue et son audace habituelles s'étaient évanouies.

— Est-ce qu'il… te fait du mal ?

Viola secoua la tête et prit une profonde inspiration.

— Ça te va du beurre de cacahuète ?

— Tu veux qu'on en parle ?

— Non. (Viola se dirigea vers l'évier et remplit un verre d'eau qu'elle tendit à Evelyn.) Là. Assieds-toi un moment pendant que je prépare les sandwiches.

Evelyn prit une gorgée d'eau et l'avala avant de poser le verre sur la table. Elle songea à parler à sa sœur de ses disputes avec Russell. Peut-être qu'évoquer leurs problèmes de couple leur serait bénéfique à toutes les deux. Puis, elle se ravisa. Si Vi n'avait pas envie de parler, alors elle ne dirait rien. D'ailleurs, Evelyn n'était pas sûre de le vouloir non plus. Il y avait des choses qu'il valait mieux taire.

— Je ferais mieux d'aller voir Juanita. Elle a peut-être besoin que je la change avant de partir.

Viola se contenta de hocher la tête.

Les sandwiches étaient prêts lorsque Evelyn regagna la cuisine. Elle saisit le sac de papier brun et enlaça sa sœur.

— Merci.

— Je suis désolée que tu ne puisses pas rester, mais…

Viola laissa sa phrase en suspens et haussa les épaules.

— Ce n'est rien. Je ne voudrais pas t'attirer des ennuis.

Une ombre traversa le visage de Viola et céda rapidement la place à un sourire forcé. Evelyn ne savait que dire ni que faire, aussi elle enlaça une nouvelle fois sa sœur et franchit la porte.

Dans le bus qui la ramenait chez elle, Evelyn réfléchit au changement qui s'était opéré chez Viola depuis qu'elle avait épousé Lester. Cela n'avait pas été flagrant dans un premier temps, mais lorsqu'elle repensa à l'année écoulée, Evelyn se remémora d'autres occasions où elle avait eu un peu peur de Lester. Trop souvent, il avait le regard presque carnassier.

Elle déballa un sandwich du papier ciré et en mangea la moitié pendant qu'elle en donnait de petites bouchées à Juanita. Il semblait peu probable qu'Evelyn et sa sœur aient la vie qu'elles s'étaient imaginée et dont elles avaient parlé dans l'obscurité de la nuit à l'orphelinat. Certes, elle était mieux lotie que Vi. Russell était un bien meilleur mari que Lester. Mais ni elle ni sa sœur n'avaient épousé l'homme de leurs rêves.

Ce dont Evelyn n'avait jamais parlé à Viola, c'était du prince avec lequel elle se marierait et qui l'emmènerait dans un imposant manoir où il y aurait assez de place pour elle et Viola, ainsi que pour tous les enfants de l'orphelinat.

Dans son rêve, jamais sa mère n'y mettrait les pieds.

21

REGINA – FÉVRIER 1943

Son travail à l'hôtel Cadillac plaisait à Regina. Nettoyer des chambres était bien plus facile que de cuisiner au fast-food, puis d'astiquer les fourneaux et de laver les sols. Elle avait beau frotter, elle n'arrivait jamais à se débarrasser complètement de la graisse qui les maculait et lui collait à la peau lorsqu'elle rentrait à la maison. À l'hôtel, ses tâches se limitaient à refaire les lits, passer l'aspirateur, épousseter et nettoyer les salles de bains. Certains clients laissaient leur chambre si propre qu'on pouvait presque croire que personne n'y avait séjourné. Quant à d'autres, c'était une autre histoire. Regina ne savait pas comment certaines personnes pouvaient se montrer irrespectueuses au point de laisser derrière elles des poubelles débordant de déchets, des baignoires qui donnaient l'impression qu'on y avait fait ses besoins et des lavabos recouverts d'une substance dont elle ignorait la nature. Dans ces moments-là, elle se réjouissait de porter des gants en caoutchouc.

Aujourd'hui, elle se trouvait à l'hôtel en qualité de cliente. Henry leur avait réservé une chambre pour la Saint-Valentin.

— Pose-moi, protesta-t-elle tandis qu'il la prenait dans ses bras et la portait dans la chambre. Ce n'est pas le jour de notre mariage.

Henry l'aida à se remettre debout et l'embrassa. Lorsqu'il s'écarta, Regina lui caressa la joue, puis jeta un coup d'œil autour d'elle au mobilier et au décor luxueux. D'imposants meubles sombres reposaient sur une moquette crème et des rideaux de satin beige pâle ornaient les fenêtres. Dans la mesure où cette suite se trouvait au dernier étage de l'hôtel et ne faisait pas partie des chambres qu'elle avait l'habitude de nettoyer, elle ne l'avait jamais vue auparavant.

— Henry. Tu n'aurais pas dû. C'est trop cher.

— J'ai eu droit à un tarif spécial parce que je connais quelqu'un qui travaille ici. (Henry lui adressa un clin d'œil.) Et maintenant, prépare-toi. Les filles vont bientôt arriver. Nous avons une réservation en bas à dix-neuf heures.

Regina entra dans la salle de bains en marbre noir et blanc, agrémentée de robinets et d'accessoires en or. Elle s'immobilisa un instant pour profiter de l'ambiance glamour. Elle avait l'impression d'être une reine et prit le temps de rafraîchir son maquillage. Lorsqu'elle eut fini d'appliquer son rouge à lèvres, elle prit l'un des mouchoirs en papier de la boîte posée sur le comptoir pour tamponner l'excédent. Ce n'étaient pas les mêmes mouchoirs que ceux que l'on trouvait d'ordinaire dans les chambres moins coûteuses. Celui-ci était incroyablement doux avec juste un soupçon de parfum de lavande.

Elle s'apprêtait à sortir lorsqu'une pensée fugace lui traversa l'esprit. Était-ce la chambre dans laquelle Lester avait pris du bon temps avec sa garce ? Elle l'avait vu la semaine dernière alors qu'il était censé être sur la route. Au départ, elle n'avait pas été certaine que c'était bien lui. Un homme grand se tenait devant l'ascenseur, la main posée sur le dos d'une femme, mais lorsqu'il s'était retourné un bref instant, elle l'avait reconnu. Ils étaient entrés dans l'ascenseur et Regina avait observé l'indicateur d'étage jusqu'à ce qu'il s'arrête à ce niveau. Était-ce vraiment lui ?

C'était la question qui la taraudait chaque fois qu'elle repensait à ce qu'elle avait vu et dès qu'elle s'interrogeait à ce sujet, elle se mettait à douter. Peut-être s'était-elle trompée. Lester ne pouvait certainement pas se permettre de prendre une chambre à cet étage.

Regina sortit de la salle de bains. Elle aurait préféré que ce souvenir ne lui revienne pas en mémoire de manière aussi vive.

— Ça va ? Tu as l'air un peu contrarié.

— Ça va bien.

Regina se força à sourire. Henry ne méritait pas qu'elle soit d'humeur maussade.

— D'accord. Allons-y.

Après que l'ascenseur les eut conduits au rez-de-chaussée, Regina et Henry entrèrent dans la salle à manger où ils trouvèrent Evelyn et Russell déjà attablés. Ils s'approchèrent, et lorsque Evelyn se leva pour les saluer, Regina remarqua la manière dont la main de sa fille reposait sur son ventre. Evelyn prenait-elle du poids, ou bien était-elle… ? Elle leur en aurait certainement parlé si elle était enceinte.

Regina jeta un coup d'œil furtif à la main d'Evelyn, puis elle releva la tête et son regard croisa celui de sa fille.

— Tu es de nouveau enceinte ?

Evelyn hésita un bref instant avant de répondre.

— Oui.

— Et tu ne nous as rien dit ?

— Et bien, je…

— C'est formidable, dit Henry en serrant la main de Russell. Vous espérez un garçon cette fois ?

— Bien sûr.

Quand ils furent installés, Regina se tourna vers Evelyn.

— Tu es enceinte de combien ?

— Quelques mois.

Regina mit sa serviette sur ses genoux.

— Je suis surprise que tu aies gardé ça secret pendant tout ce temps.

Evelyn tritura sa serviette et Russell prit la parole.

— Ce n'était pas un secret, mais on ne voulait le dire à personne avant d'être sûrs.

— Eh bien, c'est une bonne nouvelle, conclut Henry. (Il se tourna vers Evelyn.) Est-ce que ça va ?

— Oui. J'ai moins de nausées matinales que la dernière fois.

Ils n'échangèrent plus une parole pendant un moment. Puis, Regina leva la tête et fit un signe de la main à un couple qui venait d'entrer.

— Voilà Lester et Viola. Elle est enceinte aussi. Tu le savais, Evelyn ?

— Euh… oui. Oui, j'étais au courant.

Evelyn se retourna pour regarder Viola et Lester s'approcher de la table.

— Heureuse de vous voir. Maman. Henry.

Viola les enlaça chacun brièvement et s'assit tandis que Lester lui tenait sa chaise.

Evelyn n'avait rien fait pour leur témoigner autant de chaleur lorsqu'elle les avait salués et, devant la manière si différente dont se comportaient ses filles, Regina ressentit une pointe de tristesse. Elle avait espéré qu'avec le temps, la froideur d'Evelyn s'atténuerait et qu'elles pourraient devenir amies, mais même si elles se montraient courtoises l'une envers l'autre, cela n'avait rien à voir avec le lien qu'elle sentait se tisser entre elle et Viola. Était-ce mal de sa part ? Cela revenait-il à choisir l'une plutôt que l'autre ? Non. Regina ne choisissait pas. Cette fois, c'était Evelyn qui se montrait délibérément distante.

— Merci beaucoup de nous avoir invités à dîner, dit Viola avec un sourire que Regina trouva quelque peu équivoque.

Elle jeta un coup d'œil à Lester, à l'affût d'une faille dans son attitude confiante. Elle ne l'avait jamais apprécié depuis le jour où Viola le leur avait présenté la première fois. Et elle l'appréciait encore moins dorénavant. Quelque chose d'inquiétant était tapi dans l'ombre de ses yeux presque toujours fuyants et qui se déplaçaient d'un endroit à l'autre comme une mouche cherchant à éviter un journal plié. Henry lui avait dit que les gens qui n'arrivaient pas à soutenir le regard des autres mentaient ou n'avaient pas la conscience tranquille. Que cachait Lester ? La garce ? Ou autre chose ?

Un serveur en uniforme leur apporta des menus et une carte des vins.

— Nous avons un plat spécial pour la Saint-Valentin, annonça-t-il. Un filet de bœuf à la Chateaubriand pour deux accompagné d'une bouteille de notre meilleur Bordeaux et suivi d'une mousse au chocolat.

— Très bien, dit Henry. Apportez-nous trois portions.

Russell retint son souffle comme pour protester et Regina s'empressa de poser une main sur le bras d'Henry et de prendre la parole.

— Ils préfèrent peut-être commander eux-mêmes.

— Oui, confirma Lester. J'aimerais qu'on nous laisse choisir.

— Bien sûr, dit Henry. J'ai seulement voulu vous épargner l'embarras de devoir choisir un plat abordable puisque c'est moi qui régale. Ne vous en faites pas pour les prix.

Surprise, Regina effleura son bras pour attirer son attention.

— Chéri ?

Comme s'il lisait dans ses pensées, Henry sourit.

— Ce n'est rien. J'ai gagné gros au poker la semaine dernière.

— Eh bien, je refuse, objecta Lester. Je préfère payer moi-même ma part.

Le regard du serveur se posa tour à tour sur les deux hommes avant de s'arrêter sur Henry.

— Euh… monsieur ? Désirez-vous que je revienne ?

— Non, non, répondit Henry. Nous allons prendre un menu spécial. Les autres couples peuvent choisir eux-mêmes.

Embarrassée, Regina se tortilla sur sa chaise. Pourquoi Lester avait-il cru bon de se donner ainsi en spectacle ? Le serveur se montrait très diplomate, néanmoins elle était certaine qu'il aurait préféré servir une autre table où ne régnait pas une tension à couper au couteau.

— Je vous remercie de votre proposition, Henry, dit Russell en détendant l'atmosphère. (Il se tourna ensuite vers le serveur.) Nous prendrons la même chose.

— Très bien, monsieur.

Le serveur s'approcha de Lester.

— Pour vous et la dame ?

— Vous avez de la langue ?

Regina manqua de s'étouffer avec une gorgée d'eau tandis que le serveur semblait ne savoir que dire. Il toussota et répondit :

— Non, monsieur. Nous n'en avons pas.

— Alors nous prendrons une assiette de légumes et du pain.

Viola effleura le bras de son mari.

— Je pourrais avoir un steak ? J'ai très envie de viande.

— Nous avons un excellent…

Lester interrompit le serveur.

— Non. Tu mangeras ce que je te dis.

Le serveur acquiesça et s'efforça de feindre que tout allait bien à la table. Regina se mordit la lèvre, heureuse qu'Henry engage la conversation avec Russell au sujet de l'avancement des travaux de la maison. Une fois servis, ils mangèrent pendant plusieurs minutes dans un silence pesant, puis Viola se leva.

— J'ai besoin d'aller aux toilettes.

Regina laissa tomber sa serviette à côté de son assiette.

— Je viens avec toi.

— Moi aussi.

Evelyn se leva à son tour et leur emboîta le pas.

Lorsque Viola sortit de la cabine pour se laver les mains au lavabo, Regina croisa le regard de sa fille dans le miroir.

— Lester a un problème ?

Viola détourna la tête et se dirigea vers la serviette.

— Je ne sais pas de quoi tu veux parler.

— Viola. Regarde-moi. (Regina attendit que sa fille s'exécute.) Depuis quand est-il devenu tyrannique comme ça ?

Viola haussa les épaules et des larmes s'échappèrent lentement de ses yeux. Regina prit sa fille dans ses bras et la serra contre elle tandis que des sanglots secouaient ses épaules.

Après quelques instants, Viola se dégagea de son étreinte et essuya ses joues humides avec le dos de ses mains.

— Nous ferions mieux de retourner à table. Lester va...

Evelyn s'approcha du lavabo.

— Va quoi ? Te frapper devant nous tous ?

— Bien sûr que non. Il n'est pas comme ça.

— Vraiment ? (Evelyn attendit en vain une réponse et reprit la parole.) Lester a beaucoup trop d'emprise sur toi.

— Elle a raison, renchérit Regina. Ce mariage est néfaste pour toi.

— Bien sûr que non. (Viola afficha un pâle sourire.) Lester m'aime.

— Lester n'aime que lui-même. Et peut-être cette femme qu'il a amenée à l'hôtel il y a quelques semaines, ne put s'empêcher de répliquer Regina face à l'absurdité d'une telle affirmation.

Devant l'expression de douleur qui se peignit sur le visage de sa fille, Regina regretta ses paroles. Si seulement elle pouvait les ravaler.

— Quelle femme ? demanda Viola d'une voix stridente.

— Quelle femme ? répéta Evelyn presque en chuchotant.

— Je ne sais pas. Juste une femme. (Regina tendit une main apaisante.) Et peut-être que je me suis trompée.

Viola se figea pendant quelques secondes puis acquiesça.

— C'est ça. Lester ne ferait...

La phrase demeura en suspens comme si Viola ne pouvait se

résoudre à la terminer et Regina attendit que le moment passe. Peut-être Viola se persuaderait-elle que ce n'était pas vrai, qu'elles pourraient retourner à table prendre le dessert et que tout irait bien.

Viola redressa les épaules et s'apprêta à sortir.

— L'enfoiré !

Regina agrippa Viola par le bras.

— Attends. Qu'est-ce que tu vas faire ?

Elle lutta pour se dégager.

— Tuer ce fils de pute.

— Arrête. (Regina éloigna Viola de la porte.) Réfléchis à ce que tu dois faire. Pour toi et pour le bébé.

Viola ne répondit pas. Elle resta là, sa main libre posée sur son ventre tandis que son autre bras tremblait entre les doigts de Regina.

— Et si tu le provoques et qu'il s'en va ? demanda Regina. Tu feras quoi ?

— Je ne sais pas. Je trouverai bien une solution.

— Attends, intervint Evelyn. Tu n'as pas envie de te retrouver seule. Pas maintenant. (Elle désigna le ventre gonflé de Viola.) Et maman dit qu'elle s'est peut-être trompée.

— Tu n'es même pas sûre ? (Viola se libéra d'un coup sec et lança à Regina un regard noir.) Tu ne pouvais pas la fermer ?

Regina ne savait que répondre et Viola sortit de la pièce comme une furie. Elle se tourna vers Evelyn dans l'espoir qu'elle se montre compréhensive, mais cette dernière lui jeta un regard glacial.

— Comment as-tu pu ? demanda Evelyn ? Comment as-tu pu foutre à nouveau sa vie en l'air ?

22

EVELYN – JUILLET 1943

La contraction la plus forte survint alors qu'ils se tenaient au coin de la rue et regardaient le défilé. Elle en avait ressenti de plus légères au cours des deux dernières heures, mais l'accouchement n'était pas prévu avant la semaine prochaine, aussi elle les avait ignorées. Celle-ci ne pouvait l'être. Elle se tourna vers Russell.

— Nous devons rentrer à la maison.

— Mais le défilé n'est pas terminé.

Il changea Juanita d'épaule. Il l'avait placée là afin qu'elle puisse voir par-dessus la tête des adultes massés le long de la rue pour assister au défilé du 4 juillet.

— Je dois aller à l'hôpital.

Sa phrase retint toute son attention.

— Maintenant ?

Une autre contraction lui comprima l'abdomen et elle manqua de tomber à genoux. Cette réponse suffit à Russell qui posa Juanita par terre.

— Tu vas être obligée de marcher. Papa doit aider maman.

— Maman mal ?

— Non. Ne t'inquiète pas. Avance.

Juanita trotta devant et Russell passa son bras autour d'Evelyn pour la soutenir tandis qu'ils parcouraient à pied le demi-pâté de maisons qui les séparait de leur domicile. C'était une bonne chose qu'ils n'habitent pas plus loin. Les contractions avaient commencé à se manifester toutes les quelques minutes. Une fois à l'intérieur, elle s'assit sur le canapé pendant que Russell se hâtait d'amener Juanita chez Mary, la voisine de derrière. Cette dernière avait récemment accepté de garder Juanita lorsque Evelyn irait à l'hôpital et un sac à cet effet était déjà prêt. Evelyn n'avait plus qu'à attendre le retour de Russell. Dieu merci, il existait des voisins serviables.

Une nouvelle contraction enserra son ventre telle une ceinture métallique et Evelyn gémit de douleur. Elle espérait que Russell reviendrait bientôt. La douleur était de plus en plus vive et tenace.

Quelques instants plus tard, Russell entra en courant dans le salon.

— Tu es prête ?

— Dieu merci, te voilà. Je ne pense pas que ça prenne autant de temps que pour Juanita.

Evelyn se leva et gagna la voiture aussi vite que la douleur le lui permettait. Comble de chance, l'hôpital n'était pas loin. Elle avait envie de pousser et se souvenait depuis la naissance de Juanita que cela signifiait que l'arrivée du bébé était imminente. Russell parcourut comme un bolide les quelques rues qui les séparaient de l'hôpital et marqua un arrêt brutal devant le bâtiment. Il coupa le moteur et se hâta d'ouvrir la portière côté passager à Evelyn.

— Tu peux marcher ?

— Je ne sais pas.

— Pas grave.

Il la prit dans ses bras et courut vers la porte. Une fois à l'intérieur, une infirmière les aperçut et se précipita à leur rencontre en poussant un fauteuil roulant.

— Posez-la, monsieur.

Russell s'exécuta et, tandis qu'elle l'emmenait dans le couloir, l'infirmière demanda à Evelyn d'inspirer doucement et de ne pas pousser. Une autre infirmière l'aida à installer Evelyn sur une table d'examen.

— Le bébé arrive, haleta Evelyn, prise d'une nouvelle contraction. Oh, mon Dieu.

L'infirmière remonta la robe d'Evelyn et ôta sa culotte quelques secondes avant que ses eaux ne se déversent en un flux tiède et n'inondent l'endroit où elle se trouvait. L'autre infirmière attrapait des serviettes pour recueillir l'écoulement lorsque le docteur entra.

— Le bébé montre la tête. Elle va devoir accoucher ici.

Le docteur grommela une réponse et souleva le drap avec lequel l'infirmière avait recouvert les genoux d'Evelyn.

— Bon. Vous pouvez pousser maintenant, dit l'infirmière qui se tenait à ses côtés.

Au terme de quatre poussées atroces, une autre petite fille vit le jour. Les cheveux collants de sueur et la respiration haletante, Evelyn s'effondra sur le lit. Encore une fille. Russell voulait un garçon. Serait-il affreusement déçu ? Elle essaya de ne pas s'en inquiéter tandis que les infirmières la lavaient, puis la transportaient jusqu'à la maternité. Après qu'elles l'eurent installée dans son lit avec l'interdiction formelle de se lever, Russell fut autorisé à entrer.

— C'est une fille, annonça Evelyn.

— Oui. L'infirmière me l'a dit.

Il s'assit sur la chaise en bois dur réservée aux visiteurs.

Rien dans la routine de l'hôpital n'avait changé depuis la dernière fois, mais elle aurait aimé qu'on lui permette de s'asseoir sur le lit. Et peut-être qu'ils pourraient se tenir la main. Elle était prête à n'importe quoi pour se sentir plus proche de lui. Evelyn soupira.

— Ils ont dit qu'elle était en bonne santé.

— C'est bien.

— Tu es heureux ?

— Bien sûr.

Le sourire qu'il lui adressa était différent de celui qu'il affichait lorsque Juanita était née.

Evelyn avait espéré qu'après l'arrivée du bébé, Russell se montrerait plus enthousiaste à l'idée d'avoir un autre enfant. Elle était certaine qu'il adorait les enfants. La manière dont il se comportait avec Juanita en attestait. Il lui chantait souvent des chansons et la prenait toujours dans ses bras pour la faire tourner lorsqu'il rentrait du travail.

— Es-tu horriblement déçu que ce soit une autre fille ?

— Pas à ce point-là. (Il lui adressa à nouveau un faible sourire.) Mais un homme se réjouit d'avoir un fils.

Evelyn se mit à pleurer à chaudes larmes.

— Je suis désolée.

Il lui tapota la main.

— Ce n'est pas ta faute.

Avant qu'ils aient pu terminer leur conversation, une infirmière fit irruption dans la pièce pour dire à Russell qu'il devait partir. C'était une autre règle qui n'avait pas changé. Les visiteurs, même les maris, n'étaient autorisés à rester que quelques minutes après l'accouchement. Les jeunes mamans avaient besoin de repos.

Russell se pencha et embrassa brièvement Evelyn avant d'emboîter le pas à la femme et de sortir. Quelques instants plus tard, l'infirmière entra avec le bébé. Evelyn regarda la petite fille pendant qu'elle tétait et songea à la manière dont son entrée dans le monde allait changer leur vie. Russell avait déjà décrété qu'il devrait travailler davantage, maintenant qu'il y avait une bouche supplémentaire à nourrir. Il ne comptait pas non plus abandonner ses responsabilités au sein du Corps de Défense civile. Lorsque la guerre avait éclaté, il avait passé des semaines à s'entraîner pour venir en aide aux victimes au cas où les États-

Unis seraient bombardés, et même si cette menace avait diminué, il devait toujours assister à des réunions bihebdomadaires et effectuer des patrouilles une nuit par semaine. Evelyn était fière de ce que faisait Russell, même si elle ne pouvait s'empêcher d'éprouver parfois de la rancœur devant le nombre d'heures qu'il passait en dehors de la maison.

Une fois que Russell eut terminé l'intérieur de la deuxième chambre, il lui fit clairement comprendre qu'elle ne devait pas le harceler pour qu'il finisse le reste de la maison ou qu'il achète des choses. Il n'avait pas le temps d'y travailler et ils devaient économiser de l'argent d'une manière ou d'une autre. Evelyn avait essayé de respecter sa volonté, mais cela avait été difficile puisque c'était elle qui avait les yeux fixés sur les murs en placoplatre nu la plupart du temps et qui se demandait comment elle allait bien pouvoir s'occuper de deux enfants avec peu de moyens. Le pire, c'est qu'elle n'avait pas le temps de lui parler de ce qu'elle ressentait. Pas plus qu'elle ne savait ce qu'il pensait ou éprouvait. Elle avait parfois l'impression que leur relation était aussi fragile qu'une coquille d'œuf et que le moindre faux pas était susceptible de la briser.

~

Russell se glissa sur le tabouret et fit signe au barman de lui verser une bière. Il venait ici assez régulièrement et Ed savait qu'il devait lui servir une Stroh. Evelyn ignorait combien de fois Russell s'arrêtait au bar sur le chemin entre la maison et son lieu de travail, et c'était mieux ainsi. Une femme n'avait pas besoin de connaître toutes les activités de son mari.

— Mauvaise journée ? demanda Ed en posant la chope devant Russell.

— Ouais. Mais je devrais être heureux. (Russell avala une gorgée de bière, puis lécha la mousse qu'il avait sur la lèvre.) Je suis à nouveau papa.

— Félicitations. C’est un garçon ?

Russell secoua la tête.

— J’espérais, mais c’est encore une fille.

— Peut-être la prochaine fois.

— Ouais. Peut-être.

Russell soupira tandis qu’Ed s’occupait d’aller servir une femme qui venait d’entrer.

Russell n’était pas sûr qu’il y aurait une prochaine fois. Il était certes déçu de ne pas avoir un fils, mais ce n’était pas la seule raison de son mécontentement. Il essayait de se convaincre qu’il ne maudissait pas son mariage ni ses responsabilités, mais lorsqu’il se retrouvait seul devant sa bière, il ne pouvait pas nier ce sentiment. Ni les questions qu’il se posait. Avait-il commis une grosse erreur en se mariant ? Aurait-il pu faire carrière dans la musique ? Bon sang, il n’avait presque plus de temps à consacrer à la musique.

Il chassa ces pensées. Il était inutile de s’attarder sur ce qui aurait pu être. Il devait être heureux avec ce qu’il avait. Et parfois, il l’était. Sa mère avait eu raison de dire que la famille était ce qu’il y avait de plus important dans la vie. Russell souhaitait simplement qu’Evelyn soit plus facile à vivre. Il n’avait jamais connu pareils mouvements d’humeur ni de tels accès de colère. En tout cas, son comportement était aux antipodes de celui de sa mère et de ses sœurs qui semblaient toujours satisfaites de leur existence.

Après avoir terminé sa bière, Russell pivota sur le tabouret dans l’intention de rentrer chez lui. Il devait aller chercher Juanita chez Mary. Cette dernière ne voyait aucun inconvénient à la garder pendant que Russell travaillait et durant les courtes visites qu’il rendait à Evelyn à l’hôpital, mais elle préférait ne pas l’avoir toute la nuit. Elle devait s’occuper de ses propres enfants.

La femme qui était entrée quelques minutes plus tôt leva la

tête et sourit lorsque Russell passa devant elle. Celui-ci recula d'un pas et la reconnut.

— C'est toi la nouvelle recrue à l'atelier, n'est-ce pas ?

— Oui. Eileen.

Elle sourit.

— Russell.

Il s'appuya contre le tabouret à côté d'elle.

— Tu veux prendre un verre avec moi ?

— Impossible. Je dois récupérer ma gosse.

— Oh. Marié ?

— Ouais. Ma femme est à l'hôpital. Elle vient d'avoir notre deuxième enfant la semaine dernière.

Elle leva son verre en guise de salut.

— Félicitations.

— Merci. (Il savait qu'il devrait partir, mais il hésitait. Quelque chose dans son joli sourire le retenait.) Le travail te plaît ?

Elle acquiesça.

— Ça me donne de quoi mettre du pain sur la table.

— Mariée ?

— Mon mari est à l'étranger. (Eileen inclina la tête et le regarda longuement.) Je suis surprise que tu n'y sois pas. Tu as l'air d'avoir l'âge de la conscription.

— Je n'ai pas été accepté.

— C'est mieux comme ça. La guerre fait des choses horribles aux gens.

Russell devinait que son affirmation cachait autre chose, mais il s'abstint de poser des questions. Ce n'était pas son rôle et il devait reconnaître qu'il était de cet avis. Tuer n'avait rien d'agréable, même lorsque c'était légitime.

— Je ferais mieux d'y aller. (Russell s'écarta du tabouret.) On se voit au travail.

Tandis qu'il rentrait chez lui, Russell repensa au sourire de la femme et à la manière dont il lui avait donné envie de sourire en retour.

Eileen avait commencé à travailler à l'atelier il y a une semaine. Elle travaillait de nuit et par conséquent, Russell ne l'avait vue qu'une fois lorsqu'il était resté après dix-neuf heures. Greg, le surveillant de nuit, l'accompagnait et Russell s'était dit qu'il lui faisait visiter les lieux.

Russell se rendit compte qu'il ne serait pas contre l'idée de la revoir et repoussa rapidement cette pensée. Il buvait trop de bière et était en manque de sexe ces derniers temps. Il devait se montrer prudent.

Evelyn éloigna le bébé de son sein endolori. Ces premiers jours d'allaitement avaient été une véritable torture. Ses mamelons lui faisaient mal jusqu'à ce qu'ils durcissent et lorsque le lait affluait en grande quantité, sa poitrine devenait profondément douloureuse. L'inconfort ne durait que quelques jours et elle savait qu'il était mieux pour le bébé de recevoir du lait maternel. Elle l'avait appris à la naissance de Juanita.

Elle en était au troisième jour.

Evelyn passa un doigt sur la douce joue de son bébé qui n'avait toujours pas de nom. À la pouponnière, elle était enregistrée sous le nom « Bébé Van Gilder », et les infirmières ne cessaient de lui rappeler qu'elle devait trouver un prénom pour l'enfant. Faute de quoi, elles ne pouvaient remplir l'acte de naissance, ce qui devait être fait avant qu'Evelyn ne quitte l'hôpital.

Pendant la courte visite qu'il lui avait rendue ce soir, Russell avait fini par demander à Evelyn de choisir un prénom. Cela lui importait peu, même s'il ne voulait pas que le bébé porte le nom de sa mère. Il n'aimait pas le prénom Emma. Celui-ci ne plaisait pas davantage à Evelyn, surtout compte tenu des sentiments de sa belle-mère à son égard. Néanmoins, elle l'avait suggéré, pensant que cela ferait plaisir à Russell et peut-être même à sa mère, qui l'ignorait toujours. Emma adressait de brèves lettres à Russell pour lui donner des nouvelles de la famille qu'il pouvait, disait-elle, partager avec sa femme. Comme si Evelyn n'était qu'une pièce rapportée.

Non. Elle n'appellerait pas l'enfant Emma.

Tandis qu'elle observait les yeux de son bébé tressauter pendant son sommeil, Evelyn réfléchit à d'autres prénoms. Peut-être Viola, comme sa sœur. Non. L'enfant n'avait pas une tête à s'appeler Viola. Sarah ? Evelyn trouva cela parfait, mais se rendit compte que ce choix était susceptible d'être source de rancœur. En dépit de tous les déboires qu'elle avait subis par la faute de sa mère, Evelyn ne voulait pas la blesser volontairement et se souvint à quel point celle-ci s'était montrée ravie lorsque Viola avait appelé son premier enfant Regina.

Une infirmière écarta le rideau qui séparait le lit d'Evelyn de celui de sa voisine et s'approcha, son uniforme rigide bruissant contre les draps.

— C'est l'heure pour le bébé de retourner à la pouponnière. (L'infirmière prit l'enfant des mains d'Evelyn.) Ce serait bien si elle avait un prénom.

Evelyn perçut un accent de reproche dans le ton de l'infirmière, mais elle devait admettre que cette dernière avait raison.

— Je… Nous avons décidé quand mon mari est venu tout à l'heure. J'ai oublié de vous le dire quand vous l'avez amenée.

L'infirmière se dirigeait déjà vers la porte. Elle s'immobilisa et se retourna.

— Alors ?

— Marion, répondit Evelyn sans savoir d'où lui était venue cette idée.

— Un deuxième prénom ?

— Aucun. Seulement Marion.

Plus tard, lorsqu'une seconde infirmière apporta à Evelyn le document afin qu'elle le signe, elle remarqua que la première avait écrit Maryann au lieu de Marion. Elle devait avoir mal compris. Evelyn hésita un instant et se demanda si elle devait corriger l'erreur, mais les signes d'agacement que montrait l'infirmière la troublèrent. Elle détestait se sentir sous pression chaque fois que quelqu'un attendait qu'elle lise un document, quel qu'il soit. C'était comme si la personne savait qu'elle était lente à lire et à comprendre, et la jugeait stupide.

— Y a-t-il un problème ? finit par demander l'infirmière.

— Non.

Evelyn s'empressa de signer le formulaire et le lui rendit. Maryann était un joli prénom qui faisait honneur à la Sainte Vierge. Peut-être cela compenserait-il le fait qu'Evelyn vivait dans le péché.

23

EVELYN – SEPTEMBRE 1943

EVELYN NE TARDA PAS À S'APERCEVOIR QU'ELLE ÉTAIT insuffisamment préparée pour s'occuper de deux enfants. Elle pensait que l'expérience qu'elle avait acquise en travaillant pour Sarah, puis chez les Gardner, lui aurait tout enseigné sur l'éducation des enfants, mais les choses étaient tellement différentes à présent qu'il s'agissait des siens. Il n'y avait pas d'horaires de travail bien définis. Aucun moment où les enfants étaient sous la garde de quelqu'un d'autre. Russell avait de nouvelles responsabilités à l'atelier qui le retenaient pendant de très longues heures. Du moins, il disait que c'était le travail qui l'accaparait et Evelyn n'avait pas l'énergie émotionnelle nécessaire pour remettre sa parole en doute.

À bien y réfléchir, elle n'avait pas beaucoup d'énergie pour quoi que ce soit. Lorsque les six semaines d'abstinence obligatoire qui avaient suivi l'accouchement avaient pris fin, Russell s'était assuré d'être à la maison plusieurs soirs de suite, mais Evelyn, épuisée, était allée se coucher après avoir mis les filles au lit. Elle ne ressentait même pas l'envie de faire l'amour, pas comme après la naissance de Juanita, quand elle était impatiente d'assouvir ce désir qui perdurait longtemps après avoir allaité le bébé.

Elle n'avait même pas l'énergie de parler et lorsque cela leur arrivait, la discussion dégénérait toujours en dispute. Evelyn avait en permanence les nerfs à vif et elle avait souvent l'impression qu'elle allait exploser si elle ne s'éloignait pas des filles.

La première fois qu'elle les laissa, ce fut seulement pour une heure. Les deux filles faisaient la sieste, aussi elle se glissa hors de la maison et se rendit à la bibliothèque au coin de la rue. Une fois à l'intérieur, elle s'assit sur une chaise en bois avec un livre, mais au lieu de lire, elle se contenta de rester là et de laisser le calme l'envelopper.

— Désirez-vous que je vous en apporte un autre ? demanda la bibliothécaire en désignant le livre fermé sur les genoux d'Evelyn.

— Non. Mais merci.

Evelyn ouvrit le livre et s'efforça de lire un peu, jetant de temps à autre un coup d'œil à l'horloge afin de s'assurer qu'elle ne restait pas trop longtemps. Une heure tout au plus. Mais elle se retrouva happée par l'histoire et lorsqu'elle regarda à nouveau la pendule, il s'était écoulé une heure et demie.

Elle bondit, remit le livre en place sur l'étagère et se précipita dehors. *S'il vous plaît, mon Dieu, faites que les filles aillent bien.*

Elle entra à la hâte dans la maison, mais s'immobilisa net en apercevant Russell.

— Oh. Tu es rentré tôt, parvint-elle à articuler en dépit du nœud qui lui enserrait la gorge.

— La journée a été tranquille aujourd'hui. Où étais-tu ?

— Je suis juste… euh… sortie faire un petit tour à pied.

— Pas si petit que ça. Je suis à la maison depuis une demi-heure.

Il y avait une pointe de contestation dans sa voix et Evelyn chercha désespérément un moyen de l'éviter.

— Les filles dorment toujours ?

Russell acquiesça.

— Oui, mais tu aurais dû les emmener.

— Elles faisaient la sieste.

— Alors tu aurais dû rester ici avec elles.

D'un côté, Evelyn savait qu'il avait raison. De l'autre, sortir de cette maison lui semblait indispensable, ne serait-ce que pour un petit moment.

— J'ai pensé que je ne perdais rien à me promener un peu pendant qu'elles dormaient.

— Il aurait pu leur arriver quelque chose.

— Il ne s'est rien passé. Elles vont bien. (Elle le bouscula en passant près de lui.) Je vais préparer le dîner.

— Evelyn.

Comme il ne disait rien d'autre, elle se tourna vers lui.

— Quoi ?

— Ne t'avise plus de laisser à nouveau mes filles toutes seules.

— Oh. Ce sont tes filles maintenant ? Alors pourquoi est-ce que tu ne t'en occupes pas pour changer un peu ?

Evelyn attrapa son sac à main et partit comme une furie.

Elle ne savait pas où aller et n'avait pas beaucoup d'argent sur elle, alors elle marcha jusqu'à la rue principale et entra dans le drug store. Elle prit place au comptoir de la fontaine à sodas et commanda un Coca-Cola. Puis, elle en commanda un deuxième afin de rester là plus longtemps. Enfin, le garçon qui s'occupait de la fontaine lui dit qu'elle devait partir. Ils allaient bientôt fermer et il devait faire le ménage. Elle acquiesça et s'en alla, marchant sans but pendant un petit moment tandis que le crépuscule s'installait et que la chaleur estivale diminuait. Elle songea à marcher pour toujours. À s'éloigner de son passé, de son présent et de sa douleur. Mais elle savait que c'était impossible. Jamais elle n'abandonnerait ses enfants.

La volonté d'Evelyn de rester à la maison ne dura que quelques mois. Elle recommença ensuite à s'éclipser afin de trouver un peu de tranquillité. Juste de temps à autre avant qu'elle n'explose de frustration. À chaque fois, elle se rendait au drug store ou à la bibliothèque et prenait soin de n'y rester qu'une heure. Et à son retour, elle était toujours soulagée de constater que les filles dormaient encore et que Russell n'était pas là.

Jusqu'à aujourd'hui.

Elle entra dans la cuisine où elle le trouva tenant une Maryann en pleurs tandis qu'il la faisait sauter sur ses genoux pour essayer de la calmer. Il se tourna brusquement vers Evelyn.

— Où étais-tu fourrée, bon sang ?

Sa voix la transperça comme une lame et les plaques rouges sur ses joues se mirent presque à flamboyer. Tétanisée d'effroi, Evelyn demeura muette.

— Tu es restée dehors longtemps cette fois-ci ? demanda-t-il d'une voix plus douce.

— Je ne sais pas. Je lisais à la bibliothèque… parvint-elle à articuler.

— Tu les as laissées toutes seules histoire de lire un putain de livre ? Au cas où tu l'aurais oublié, tu as le droit de les emprunter.

Evelyn déglutit avec difficulté.

— C'est si calme là-bas.

Russell se contenta de la regarder fixement, toujours occupé à faire sauter le bébé sur ses genoux.

— Je ne voulais pas…

— Tu ne voulais pas ? Tu avais dit que tu ne recommencerais pas. C'est quoi ton problème ?

Evelyn tenta en vain de retenir ses larmes qui coulèrent le long de ses joues.

— Je ne sais pas.

Russell lui remit le bébé qui pleurait.

— Ça ne peut plus durer. Tu ne peux pas partir en laissant les enfants.

— Je sais. (Evelyn porta Maryann sur sa hanche et sortit un biberon du réfrigérateur.) Je vais essayer de faire un effort.

— Essayer ne suffit pas.

— C'est juste que…

— Quoi ?

Evelyn hésita. La comprendrait-il ? Elle ne se comprenait pas elle-même. Elle n'avait pas la moindre idée de la cause de sa tristesse, de son désespoir et de sa frustration.

— Je ne me sens pas bien.

— Tu es malade ?

Sa question empreinte d'inquiétude lui donna le courage de poursuivre.

— Non. Pas malade. C'est juste que je ressens des sentiments bizarres depuis la naissance du bébé.

— Oh, mon Dieu, s'exclama-t-il d'une voix qui ne reflétait plus aucune préoccupation. Des sentiments ? Toutes les femmes ont des sentiments et ce n'est pas pour ça qu'elles prennent des décisions stupides.

Evelyn se détourna et mit le biberon à chauffer sur la cuisinière. Stupide, stupide, stupide. Maintenant, même Russell la croyait stupide. Finirait-elle un jour par devenir intelligente ?

— Je suis désolée.

— Ouais. Eh bien, inutile d'être désolée. Contente-toi d'assumer tes responsabilités.

Il sortit et sa dernière remarque donna à Evelyn l'impression qu'on venait de la frapper. Elle s'appuya contre le plan de travail pour éviter de tomber. Lorsque le biberon fut assez chaud, elle le saisit et s'installa à la table avec Maryann afin de lui donner à manger.

Juanita entra en trottinant dans la pièce.

— Faim, maman.

De sa main libre, Evelyn ouvrit la boîte de crackers qui se trouvait sur la table et en glissa quelques-uns à Juanita.

— Je vais préparer le dîner dans un moment.

Juanita prit les crackers et en grignota un, puis toucha la joue humide d'Evelyn.

— Bébé pleurer. Maman pleurer.

Evelyn étouffa le sanglot qui montait dans sa gorge. Tous ces pleurs devaient cesser.

Russell se glissa sur le tabouret et fit signe à Ed de lui apporter une bière.

— Comment ça va ? demanda Ed en posant le verre devant Russell.

Un peu de mousse déborda de la chope, et Ed l'essuya avec soin avant qu'elle n'atteigne la surface du bar.

Russell saisit sa bière et en but la moitié avant de répondre.

— Pourquoi la vie est-elle si compliquée ?

— Je suis barman, pas philosophe.

Russell éclata de rire. La petite plaisanterie était précisément ce dont il avait besoin pour dévier de la question initiale. Il était exclu que Russell confie au barman à quel point la journée avait été difficile ni dans quelle mesure les mauvais jours s'accumulaient telle une pile de vieux journaux que personne ne se donnait la peine de jeter. Que se passait-il, bon sang ? Cette Evelyn irresponsable et acariâtre n'était pas la femme dont il était tombé amoureux. Ou du moins dont il croyait être tombé amoureux. À vrai dire, c'était probablement plus du désir que de l'amour. Si seulement elle ne s'était pas retrouvée enceinte. Ce n'était pas dans ses projets. Ses projets, c'était la musique. Toujours la musique. Il savait que s'il en avait eu l'occasion, il aurait pu faire plus et devenir quelqu'un dans le monde musical, mais ce rêve s'était effondré tel un château de cartes.

Pour être franc, tout n'était pas de la faute d'Evelyn. Ni les circonstances actuelles ni la grossesse qui les avaient conduits à se retrouver en pareille situation. Comme sa mère aimait à le dire, il fallait être deux pour concevoir un bébé, alors peut-être aurait-il pu prendre davantage de précautions en ce début d'été, trois années auparavant.

Il en était à sa seconde bière lorsque Eileen entra et se glissa sur le tabouret à côté de lui.

— Comment ça va ? demanda-t-elle.

— On fait aller. Et toi ?

Elle haussa les épaules, ce qui le conduisit à s'interroger.

— Si tu as un problème au travail, tu sais que tu peux m'en parler, dit-il.

Eileen fit signe à Ed de lui apporter une bière et sourit à Russell.

— Tout se passe bien au travail. (Ils burent leurs bières en silence pendant quelques minutes, puis Eileen posa sa chope.) Mon mari est revenu.

— Vraiment ? C'est une bonne nouvelle, non ?

— Bien sûr.

Elle ne semblait pas convaincue.

— Il va bien ?

— Ouais. Il est juste… différent.

Russell n'avait pas à se demander ce qu'elle taisait. Certains rentraient de la guerre avec des séquelles invisibles. Il voyait des hommes au regard vide et éteint venir travailler à l'usine, et il avait entendu dire que l'un d'eux était devenu fou et avait tué sa femme. Il espérait que le mari d'Eileen ne faisait pas partie de ceux-là. Il la regarda avec attention.

— Ça va ?

Elle haussa à nouveau les épaules.

— Il a fait quelque chose de… mal ?

— Non, c'est juste que… (Elle laissa sa phrase en suspens et but une gorgée de bière.) J'ai retrouvé un inconnu et je ne suis pas sûre d'aimer cet inconnu, poursuivit-elle.

Russell se passa une main sur le visage. Que diable devait-il dire ? Que diable devait-il faire ? Lui qui était incapable de résoudre ses propres problèmes.

— Ça va aller, dit-elle. Je peux me débrouiller.

Il hocha la tête en espérant que son soulagement n'était pas trop manifeste.

Elle éclata de rire.

— Pardon, pouffa-t-elle. Tu as l'air d'un gamin qui vient d'échapper à une raclée.

— Je ne savais pas quoi dire. Tu mérites mieux.

Il détourna les yeux et but une gorgée de bière.

Ils restèrent assis en silence pendant quelques minutes supplémentaires, puis Eileen attrapa quelques noix dans le bol posé sur le bar et se tourna vers lui.

— Qu'est-ce que tu fabriques ici au lieu d'être à la maison ?

Il haussa les épaules.

— Allez. Accouche.

— J'avais besoin de sortir un moment.

Eileen l'observa par-dessus le rebord de son verre.

— Je crois que c'est un peu plus compliqué que ça.

Russell finit doucement sa bière et fit signe à Ed de lui en apporter une autre. Il était tenté, fortement tenté de se confier à elle, mais il hésitait. Elle avait déjà assez de problèmes. Pendant ce temps, Eileen continuait à l'observer. Il s'efforça de ne pas prêter attention à l'éclat chaleureux de ses yeux ni à l'excitation qu'il ressentait lorsqu'elle se penchait vers lui et que leurs jambes se touchaient. Il s'écarta. Nom de Dieu. Il avait intérêt à faire très attention.

Après qu'Ed eut servi la nouvelle bière, Eileen reprit :

— Si tu n'as pas envie de parler, ça ne fait rien. Mais je sais écouter les gens.

— C'est juste que…

— Quoi ?

— Oh, et puis merde.

Russell but la moitié de sa nouvelle bière avant de lui livrer une version condensée des difficultés auxquelles il avait été confronté ces derniers mois, se gardant toutefois de lui dire qu'il commençait à regretter d'avoir rencontré Evelyn.

— Bon sang, commenta Eileen lorsqu'il eut terminé. Comment peut-elle laisser les enfants comme ça ?

Russell haussa les épaules.

— Écoute. Je ne veux pas me mêler de tes affaires, mais si jamais tu as besoin que je surveille les enfants, fais-le-moi savoir.

— Je ne peux pas.

— Bien sûr que si. J'ai le téléphone.

Sa réflexion fit sourire Russell.

Il ne pensait pas que cela arriverait si tôt, mais quelques semaines plus tard, il fut forcé d'accepter la proposition d'Eileen. Il était au travail lorsque Roger, son patron, l'appela.

— On te demande au téléphone, Russell.

Il éteignit sa machine, essuya ses mains graisseuses sur un chiffon et suivit son employeur dans le petit bureau situé au coin de l'atelier d'usinage. Roger désigna le téléphone posé sur son bureau.

— Je te laisse.

Lorsque Roger eut quitté la pièce, Russell attrapa le combiné.

— Allô ?

— Russell, c'est Mary. Ta voisine.

Au ton de sa voix, des frissons lui parcoururent la colonne vertébrale.

— Quelque chose ne va pas ?

— Oui. Je suis vraiment désolé de te déranger au travail, mais je ne savais pas quoi faire.

— Que se passe-t-il ?

— J'étendais du linge dans mon jardin quand j'ai entendu tes filles pleurer.

Il n'avait pas à demander. Il savait qu'il n'avait pas à demander, mais il le fit quand même.

— Evelyn est partie ?

— Oui.

Oh, mon Dieu.

— Tu es avec elles en ce moment ?

Russell avait à peine terminé de poser la question qu'il connaissait déjà la réponse. Bien sûr qu'elle n'était pas chez lui. Il n'avait pas le téléphone.

— Désolé. Tu peux y retourner et rester avec mes filles jusqu'à ce que je rentre ?

— Ça va prendre combien de temps ? La petite est malade et je dois l'emmener chez le médecin.

Russell passa la main sur sa barbe et réfléchit. Il ne pouvait pas partir avant au moins une demi-heure. Il devait réparer cette machine pour l'équipe de nuit. Et ensuite, il y avait quarante-cinq minutes de route jusqu'à la maison. Que faire ?

— Russell ? Tu es là ?

— Oui, Mary. Écoute, tu peux y aller et rester là-bas un petit moment ? Peut-être dix minutes ? Je pense pouvoir demander à quelqu'un de venir avant mon retour.

— Entendu, acquiesça Mary. Je peux laisser Margie pour qu'elle garde Judy. Mais seulement pendant dix minutes. C'est tout.

— Merci.

Russell mit fin à la communication et appela Eileen. Son numéro figurait sur le planning.

À peine Evelyn était-elle montée dans le bus ce matin-là qu'elle se rendit compte que c'était une décision stupide de partir aussi loin sans les enfants. Tandis que le bus s'éloignait poussivement du trottoir, elle avait failli tirer sur le cordon pour l'arrêter, mais avait laissé sa main retomber sur ses genoux. Elle en avait besoin. Elle avait besoin de s'échapper, ne serait-ce qu'une partie de la journée. Tout irait bien pour les filles. Elle leur avait donné à manger à toutes les deux. Elle s'était assurée qu'elles avaient des couches et des vêtements propres. Elles s'en sortiraient pendant deux ou trois heures. Russell serait de retour à seize heures et Evelyn pourrait rentrer peu après. Russell n'aurait pas à savoir qu'elle s'était absentée plus de quelques minutes.

Quarante-cinq minutes plus tard, elle descendit à l'angle de la rue qui menait chez Viola et parcourut à pied les deux pâtés de maisons qui la séparaient de l'endroit où habitait sa sœur. Elle ignorait à quoi s'attendre en arrivant. Cette fois-ci, elle ne s'était pas rendue à la cabine téléphonique du coin pour appeler. Elle espérait seulement que Lester ne serait pas là.

À son arrivée, elle frappa sur le montant en bois de la porte moustiquaire et patienta. Viola mit une éternité à se présenter à la porte et lorsqu'elle le fit, elle se contenta de l'entrouvrir et de jeter un coup d'œil à l'extérieur.

— Oui ? (Elle sembla alors reconnaître sa sœur.) Evelyn ?

— Je sais que j'aurais dû t'appeler, mais…

— Qu'est-ce que tu fais ici ?

Viola tenait toujours la porte entrebâillée et Evelyn ne distinguait pas son visage dans la pénombre de l'intérieur.

— Lester est là ?

— Non.

— Je peux entrer ?

Viola sembla mettre un temps interminable à se décider, puis elle ouvrit plus largement la porte. Evelyn eut le souffle coupé lorsqu'elle entra et que ses yeux s'ajustèrent. De vilaines ecchymoses jaunes marquaient le visage de sa sœur et sa lèvre était enflée.

— Viola ! Qu'est-ce qui t'est arrivé ?

— Dois-je mentir et dire que je me suis pris une porte ?

— C'est... c'est Lester qui t'a fait ça ?

Evelyn tendit la main et effleura doucement du doigt le visage de sa sœur.

Viola grimaça et s'écarta.

— J'ai fichu cet enfoiré dehors.

Evelyn entra dans le salon où elle trouva l'aînée de Viola assise sur le canapé, avec dans ses bras le petit Jimmy.

— Les enfants vont bien ? demanda-t-elle en se tournant vers sa sœur.

— Oui. C'est pour ça que je l'ai obligé à partir. Je me suis dit qu'il finirait par s'en prendre à eux.

— Oh, mon Dieu. (Evelyn posa son sac à main sur la table basse.) Qu'est-ce que tu vas faire ?

— Je ne sais pas. Peut-être déménager. Une des filles avec qui je travaillais à l'hôtel a trouvé un travail dans le Nord. Elle m'a appelé il y a un moment pour me dire qu'il y avait des postes à pourvoir.

— Quel genre de travail ? Où ?

— Dans une ville qui s'appelle Grayling. Beaucoup d'hommes y vont pour chasser et elle travaille dans une loge.

Le bébé se mit à pleurer, aussi Viola s'approcha et le prit des bras de sa fille.

— Va jouer, Reggie. Maman et Tante Evelyn ont besoin de parler.

Après le départ de l'enfant, Viola s'installa sur le canapé pour donner le sein à Jimmy.

— Tu vas vraiment faire ça ? demanda Evelyn.

— Peut-être. Il faut que je voie ce que ça donnerait avec les enfants et tout le reste. Mais, ouais, ça me tente bien.

Evelyn tâcha d'accepter l'idée de perdre une nouvelle fois contact avec sa sœur.

— C'est loin, Grayling ?

— Mon amie m'a dit que c'était à environ cinq heures de route. Je ne sais pas combien de kilomètres il y a.

— C'est loin.

Viola haussa les épaules, puis changea le bébé de sein.

— Il y a du café frais dans la cuisine si tu en veux. Et j'en prendrais bien une tasse.

— Comment pouvons-nous boire un café comme si de rien n'était alors que tu prévois de déménager ?

— Tu voudrais faire quoi ? Rester assise à pleurer ?

— Ce n'est pas juste.

Viola soupira.

— Je sais. Je suis désolée. (Elle sourit.) Mais j'aimerais vraiment une tasse de café.

Evelyn ne put s'empêcher de lui sourire en retour et sentit sa rancœur se dissiper. Viola avait toujours le don d'envenimer une dispute ou bien d'y mettre un terme par une réflexion amusante. Evelyn préférait l'humour. Rien au monde ne les rapprochait autant que les petits sourires qu'elles échangeaient. Elle se rendit dans la cuisine et leur servit à toutes les deux une tasse de café.

Lorsque Viola eut terminé d'allaiter le bébé, ce dernier s'endormit et elle le déposa dans le parc qui se trouvait à proximité. Puis, elle se réinstalla sur le canapé et prit sa tasse.

— Alors ? Vas-tu me dire ce qui me vaut cette visite inattendue ? Et où sont tes filles ?

Evelyn éclata en sanglots.

— Qu'est-ce qui ne va pas ?

— Je ne sais pas. Je n'arrête pas.

— De faire quoi ?

— D'avoir besoin de partir. De pleurer sans raison.

Viola but une gorgée de café, puis reposa sa tasse.

— Il doit bien y avoir une raison. Les gens ne pleurent pas pour rien. Même si tu étais douée pour ça quand tu étais petite.

Evelyn savait que cette dernière phrase était censée être drôle, mais elle ne sourit pas cette fois-ci. Elle essuya ses joues humides avec la paume de ses mains et tenta d'endiguer le flot de larmes qui la submergeait.

— Je te demanderais bien si tu es malheureuse, dit Viola, mais il semblerait que ce soit une question idiote. Alors qu'est-ce qui te rend triste à ce point ?

— C'est juste que… la vie est dure depuis la naissance de Maryann.

— Dure ? Comment ça ?

— Je suis épuisée en permanence et Russell ne m'est d'aucune aide. Il n'est pas assez souvent à la maison pour ça. Et parfois, je ne sais pas comment m'y prendre avec Juanita. Elle fait des bêtises, je lui donne une fessée, alors elle se met à pleurer et le bébé aussi. Je ne supporte pas tous ces pleurs et tout ce travail.

— Russell te trompe ?

Répondre à cette éventualité à voix haute mettait Evelyn mal à l'aise. Bien sûr, elle s'était posé des questions dans les recoins sombres de son esprit et s'était interrogée au sujet des nuits où il découchait. Mais elle n'avait jamais eu matière à ce que ses interrogations se transforment en soupçons.

— Puisque tu ne réponds pas, je suppose que c'est « non », reprit Viola. Alors qu'est-ce qui te rend la vie si difficile à part des problèmes comme ceux que connaissent toutes les mères ?

Stupéfaite, Evelyn regarda sa sœur, puis détourna les yeux. Elle s'attendait à ce que Viola se montre compréhensive et compatissante. Pas à ce qu'elle se mette en colère. Le bébé de Viola se mit à pleurer et cette dernière s'approcha de lui et le prit dans ses bras avant de faire face à sa sœur.

— Regarde-moi, Evelyn. (Viola attendit, puis répéta sa

phrase.) Regarde-moi ! Je suis couverte de bleus, bon sang. Et toi tu te plains d'avoir la vie dure.

— Je suis désolée, je ne voulais pas…

Evelyn laissa sa phrase en suspens. Elle s'excusait en permanence. Pourquoi ne pouvait-elle pas s'arrêter avant d'avoir à demander pardon ?

— Je n'arrive pas à le croire. (Viola secoua la tête.) Tu n'as même pas conscience de la chance que tu as. Tu es tombée sur le bon gars. (Viola se leva et se dirigea vers la cuisine avec sa tasse.) J'aurais dû rester avec lui quand j'en ai eu l'occasion.

— Quoi ?

— Rien, répliqua Viola en continuant d'avancer.

Evelyn se précipita à sa suite.

— Ce n'est pas rien. Où veux-tu en venir ?

Viola déposa sa tasse dans l'évier et se retourna.

— Nous sommes sortis ensemble quelques fois. C'est tout. Après notre première rencontre et avant que les choses deviennent sérieuses entre vous deux.

— Vous êtes sortis ensemble ? C'est tout ?

Viola détourna les yeux et ne répondit pas.

Evelyn se laissa tomber sur une chaise de la cuisine.

— Oh, mon Dieu.

— Pas la peine d'en faire tout un cinéma. C'est seulement arrivé quelques fois.

Evelyn se leva brusquement de sa chaise et se retint de gifler sa sœur. Elle avait assez de bleus comme cela.

— Tu le savais, siffla-t-elle d'une voix stridente. Tu savais que je l'aimais bien avant qu'il ne fasse ta connaissance. Mais tu n'as pas pu t'empêcher de me prendre encore une chose.

Sans laisser à Viola le temps de répondre, Evelyn sortit comme une furie de la cuisine, attrapa ses affaires et s'en alla. Elle doutait d'être un jour en mesure de pardonner à sa sœur.

24

EVELYN – SEPTEMBRE 1943

EVELYN ENTRA PAR LA PORTE DE DERRIÈRE ET FIT LES quelques pas qui séparaient le palier de la cuisine. Elle entendit des voix qui provenaient de la chambre du fond et s'immobilisa un instant. Elle se hâta de poser son sac à main sur la table de la cuisine et se précipita dans la chambre. Une femme tenait Maryann dans ses bras tandis que Russell était assis avec Juanita sur la chaise à bascule. Qu'est-ce que cela signifiait ? Elle regarda son mari.

— Russell. Qui est cette femme ?

— Où étais-tu passée ?

Maryann se mit à pleurer et la femme la berça légèrement en chantonnant pour la calmer.

— Donnez-moi mon bébé. (Evelyn s'avança d'un pas furieux et lui retira Maryann.) Qui êtes-vous ?

Au lieu de répondre, la femme se tourna vers Russell.

— Je ferais mieux d'y aller. On se voit au travail.

Evelyn hissa le bébé sur son épaule, lui tapota le dos et regarda la femme sortir.

— Qu'est-ce qui t'a pris ?

Evelyn se tourna à nouveau vers son mari. Elle n'avait jamais vu Russell aussi en colère. Ses yeux lançaient des flammes qui la laissèrent sans voix.

— Tu as encore laissé les enfants. Tu m'avais pourtant promis que ça n'arriverait plus.

— C'était seulement pour quelques heures. Elles dormaient.

Russell resta silencieux pendant un long moment, puis il se leva, installa Juanita sur la chaise à bascule et lui mit un ours en peluche entre les mains. Il sortit de la chambre, traversa le petit couloir et entra dans la cuisine. Evelyn s'empressa de déposer Maryann dans son berceau et lui emboîta le pas. En pénétrant dans la cuisine, elle remarqua près de l'évier un seau rempli d'eau sale. Une serpillière flottait à la surface.

— Qu'est-ce que c'est ?

— Le berceau était couvert de merde. Eileen a été obligée de tout nettoyer en arrivant.

— Eileen ? C'est ainsi qu'elle s'appelle ? C'est une de tes amies ? railla Evelyn.

Russell souleva le seau et le vida. La serpillière tomba dans l'évier.

— Elle travaille avec moi, Evelyn. C'est tout.

Evelyn se débarrassa de sa veste et la suspendit à une patère près de la porte qui menait aux marches de derrière et au sous-sol.

— Pourquoi est-elle venue ici ?

— Pour s'occuper des enfants. Tu n'étais pas là. (Sa colère refit surface et Evelyn vit les plaques rouges sur ses joues s'agrandir.) Tu savais que je devais assurer deux quarts aujourd'hui.

— Et c'est bien là le problème, répliqua-t-elle, tout aussi furieuse. Tu n'arrêtes pas de travailler et moi je suis toujours coincée ici avec deux gosses.

Ils se dévisagèrent quelques instants, puis Russell s'affala sur une chaise de la cuisine.

— Je n'arrive pas à croire que tu les aies laissées.

— Comment as-tu fait pour savoir que j'étais partie ? demanda Evelyn après une minute d'un silence tendu.

— Mary m'a appelé.

— Mary ? Notre voisine ?

— Oui. Elle a entendu les filles pleurer et elle est venue voir. Quand elle s'est aperçue que tu n'étais pas là, elle m'a téléphoné. Comme je ne pouvais pas rentrer tout de suite, j'ai demandé à Eileen de faire un saut pour vérifier ce qui se passait.

— Tu as demandé à une parfaite inconnue de s'occuper de nos enfants ?

Russell soupira.

— Ce n'est pas une inconnue.

— Oh ? Tu la connais bien alors ?

Evelyn avait bien conscience d'être médisante, mais elle ne pouvait s'en empêcher. La jalousie occasionnait toutes sortes d'attitudes déraisonnables.

— C'est une collègue de travail. Elle bosse de nuit, alors je la vois de temps en temps quand j'assure un double quart. Elle habite à quelques rues d'ici.

— C'est pratique.

— Oh bon sang, Evelyn. Vas-tu arrêter ?

Elle s'apprêtait à parler, mais il leva la main pour la faire taire.

— Pas maintenant. Je suis crevé. Je vais me coucher.

— Et le dîner ? Tu n'as pas faim ?

— Non. Et ne t'avise plus de partir comme ça.

Sur ce, Russell se dirigea vers la chambre de devant et claqua la porte. Le vacarme déclencha des cris dans l'autre chambre et Evelyn se précipita à l'intérieur. Elle devait calmer les filles afin qu'il puisse dormir, mais elle était en partie toujours furieuse. La manière dont cette femme avait regardé Russell avant de s'en aller lui déplaisait. Il pouvait lui répéter à longueur de journée qu'il n'y avait rien, quelque chose dans ce regard disait le contraire. Ou était-ce simplement le fruit de son imagination ?

Cette pensée la prit au dépourvu tandis qu'elle attrapait Maryann et l'obligeait à se taire. Elle n'avait aucune raison d'être jalouse, n'est-ce pas ? Elle songea alors à sa sœur. Pendant si longtemps, Evelyn avait mis de côté ses soupçons au sujet de Viola et Russell. Quelle idiote elle avait été.

Si elle n'avait pas eu à faire en sorte que les enfants restent tranquilles, Evelyn aurait crié de frustration.

Evelyn venait juste de mettre Juanita et Maryann au lit pour la sieste lorsqu'on frappa à la porte. Elle fut surprise de trouver sa mère et Henry sur le perron. Il était rare qu'ils effectuent le trajet en voiture depuis le centre de Détroit jusqu'à Van Dyke. Regina disait toujours que c'était trop loin, mais la distance ne lui semblait jamais trop grande pour qu'Evelyn fasse le déplacement dans l'autre direction afin de leur rendre visite.

— Henry. Regina. Comme je suis contente de vous voir. (Evelyn ouvrit la porte juste assez pour leur permettre d'entrer.) Je viens de coucher les filles. Je peux aller les chercher si…

— Non. Laisse-les, dit Regina. Nous sommes simplement venus voir si tout allait bien.

— Bien ? (Evelyn prit le châle de sa mère et le chapeau d'Henry et se dirigea vers le portemanteau du couloir.) Comment ça ?

— Nous avons parlé à Viola.

— Oh.

— Elle nous a raconté que vous vous étiez disputées la semaine dernière.

Evelyn se tourna vers eux.

— Elle aurait peut-être mieux fait de tenir sa langue.

Henry pouffa de rire.

— Tu as déjà vu ta sœur tenir sa langue ?

Evelyn acquiesça d'un sourire. Viola n'y allait jamais par quatre chemins.

— Vous voulez du café ?

— Avec plaisir, répondit Regina.

Evelyn se rendit dans la cuisine et alluma le feu sous la cafetière. Regina et Henry s'assirent à la table.

— Viola était très contrariée que tu t'en ailles comme ça, précisa Regina lorsque le café fut servi.

— Est-ce qu'elle vous a expliqué pourquoi j'étais partie ?

Regina but une gorgée de café avant de répondre comme si cette interruption pouvait empêcher ce qui n'était qu'une simple conversation de virer à l'affrontement.

— Elle a dit que tu l'avais accusée de s'être mal comportée.

Evelyn se mit à rire.

— Je ne l'ai accusée de rien du tout, répliqua-t-elle après s'être suffisamment calmée. Elle m'a parlé de sa relation avec Russell.

Regina leva une main.

— Elle n'avait pas de relation avec Russell.

— Et coucher avec lui, tu appelles ça comment ?

Ses paroles restèrent en suspens et une gêne s'installa pendant quelques instants. Henry se leva et emporta son café au salon, visiblement mal à l'aise quant à la tournure que prenait la conversation. Evelyn attendit que sa mère réponde.

— Viola a clairement fait savoir que c'était arrivé avant que ta relation avec Russell ne devienne sérieuse. Viola pensait que ça n'avait pas d'importance, finit par dire Regina.

Bien sûr que cela avait de l'importance. Cela donnait de la crédibilité aux soupçons qui hantaient Evelyn depuis si longtemps. Les doutes arrivaient par vagues, tantôt fortes et impétueuses. À d'autres moments, elles venaient doucement taquiner les confins de son esprit et elle réussissait alors à en faire abstraction. Depuis sa dispute avec Viola, les vagues n'avaient cessé de l'assaillir et elle était fatiguée. Tellement fatiguée.

Une certaine colère continuait cependant de l'habiter. Elle l'avait suivie jusque chez elle la semaine dernière et refusait de la lâcher malgré tous ses efforts pour essayer de l'ignorer. Aujourd'hui, elle avait réprimé son emportement et ravalé la réplique qu'il cherchait à lui dicter. À quoi bon se quereller avec sa mère ?

Evelyn se leva, disposa des biscuits à l'avoine dans une assiette et l'apporta à table. De toute évidence, sa mère y voyait là un signe que le sujet de Viola et Russell était clos. Elle prit un biscuit et en mangea une bouchée.

— Ils sont très bons, dit-elle après l'avoir avalée. C'est toi qui les as faits ?

— Oui. D'après une recette que j'ai trouvée sur la boîte de flocons d'avoine.

Regina termina son biscuit, puis annonça :

— Viola s'en va.

— Je sais. Elle m'a parlé du travail qu'on lui avait proposé au Nord.

— Tu devrais te réconcilier avec elle avant son départ. Elle a beaucoup souffert, tu sais.

Une fois de plus, Evelyn ravala les paroles qui menaçaient de sortir.

Elle prit une profonde inspiration et soupira.

— Je ne suis pas encore sûre de pouvoir le faire, dit-elle.

Henry revint avec son café.

— J'ai entendu dire qu'il y avait des biscuits.

Evelyn désigna l'assiette.

— Servez-vous.

Henry reprit place à table et un silence pesant s'installa dans la pièce.

— Est-ce que tout va bien entre toi et Russell ? finit par demander Regina.

Surprise, Evelyn leva les yeux.

— Pourquoi cette question ?

Henry tendit le bras et lui tapota la main.

— Ne te vexe pas, mais il nous a téléphoné la semaine dernière. Pour savoir si tu étais chez nous.

— Il n'aurait pas dû vous déranger.

— Il était inquiet.

Evelyn but une gorgée de café.

— Je n'aurais jamais pensé qu'il vous appellerait.

— Tu savais que ce n'était pas la première fois ?

— La première fois que quoi ?

— Nous sommes au courant. Chaque fois que tu t'en vas, Russell nous appelle.

Evelyn se leva, se dirigea vers le plan de travail et leur tourna le dos.

— Je suis désolée d'apprendre qu'il vous importune.

— Ce n'est pas un problème, répondit Henry. Seulement, nous ne savons jamais à quel endroit tu es, alors nous ne pouvons pas vous aider.

Aucune parole ne fut échangée pendant un moment, aussi Evelyn en profita pour se laver les mains et regagner la table.

— Parfois, je vais un peu à la bibliothèque. Et parfois, je vais chez Viola.

— Pourquoi ressens-tu le besoin de t'en aller comme ça ? demanda Henry.

Evelyn haussa les épaules.

— Russell a dit que tu n'emmenais pas les filles, ajouta Regina.

Il s'agissait d'une affirmation et non d'un reproche, mais Evelyn le perçut ainsi et bondit de sa chaise.

— Tu es mal placée pour me juger.

Regina écarquilla les yeux et ses joues s'empourprèrent tandis qu'elle se levait de sa chaise.

— Au moins je n'ai pas abandonné mes filles dans un putain d'orphelinat, lâcha Evelyn.

La gifle prit Evelyn par surprise et, à en juger par l'expression qui se reflétait sur le visage de sa mère, elle aussi était blessée.

— Je suis vraiment désolée.

Regina s'avança d'un pas, mais Evelyn recula.

— Non. Ne me touche pas.

Henry tendit la main en direction Evelyn, mais elle s'écarta également de lui. Elle croisa le regard de sa mère.

— Allez-vous-en.

— Evelyn, je t'en prie, plaida Henry.

— Non. Allez-vous-en tous les deux.

Regina demeura immobile tandis qu'Henry récupérait leurs affaires. Il enroula son châle autour de ses épaules et la conduisit jusqu'à la porte. Puis, il se retourna vers Evelyn.

— Ta mère fait des efforts.

— Elle aurait dû en faire plus il y a longtemps.

— Inutile de le prendre sur ce ton, tança Henry.

Evelyn resta muette tandis qu'Henry et sa mère sortaient. Puis, elle s'approcha de la lourde porte en bois et s'y appuya. Elle était désolée. Désolée pour tout ce gâchis. En revanche, elle ne regrettait pas ses paroles. Peut-être aurait-elle dû dire à sa mère ce qu'elle ressentait depuis longtemps et ainsi se débarrasser de ce poids énorme qui l'oppressait.

Depuis quand ce fardeau l'accablait-il ?

Lorsque Russell revint du travail, Evelyn attendit qu'il ait terminé de dîner pour lui parler de la visite inattendue de Regina et d'Henry.

— Je n'aime pas que tu leur dises des choses sur moi, conclut-elle.

— Je ne leur dis rien sur toi. (Il repoussa son assiette vide sur le côté et soupira.) Je leur demande simplement si tu es là.

— Eh bien arrête.

Elle se leva et ramassa les assiettes vides pour les mettre dans l'évier.

— Alors reste à la maison, bon sang.

— Russell, s'il te plaît. Je ne veux pas me disputer avec toi.

— Moi non plus. (Il inclina sa tasse.) Il reste du café ?

— Bien sûr. (Elle apporta la cafetière et remplit sa tasse. Après avoir reposé la cafetière sur la cuisinière, elle regagna la table et s'assit.) Peut-être que je me sentirais mieux si nous faisions bénir notre mariage.

— Quoi ?

Quelques gouttes de liquide brun s'échappèrent de sa tasse et se répandirent en un cercle sur la nappe blanche.

— Tu sais à quel point l'Église est importante pour moi. (Evelyn absorba le café renversé à l'aide de sa serviette.) Et je ne peux pas communier parce que nous ne sommes pas mariés religieusement.

— Pourquoi maintenant ? Pourquoi après bientôt trois ans ?

Evelyn hésita, puis finit par répondre :

— J'ai posé la question au prêtre la dernière fois. Il m'a dit que j'étais exclue à jamais. Et que nos enfants étaient… (elle buta sur le dernier mot) des bâtards.

— Quoi ? (Russell lui lança un regard noir.) Comment un prêtre peut-il dire une chose aussi horrible à propos d'un enfant ?

— Je ne sais pas. (Evelyn haussa les épaules.) Le prêtre a dit que si nous faisions bénir notre union, tout deviendrait légal aux yeux de l'Église.

— Je me fous de ce que pense ton Église.

— J'espérais…

— Espérais quoi ? (Il se mit debout et leva les bras au ciel.) J'en ai par-dessus la tête de tes espoirs et de tes rêves.

Il lui avait coupé la parole avec une telle colère qu'elle ne sut que bégayer.

— Je... Je...

Ils se firent face pendant un moment dans un silence tendu, puis il ajouta :

— Je t'ai dit avant notre mariage ce que je pensais de l'Église. Et je te le répète. Tu auras beau pleurnicher, tu ne me feras pas changer d'avis.

— Je ne pleurnichais pas.

— Tu n'arrêtes pas. Si ce n'est pas à propos de ta maudite Église, c'est à propos de la maison. *Russell, quand est-ce que tu vas finir les placards de la cuisine ? Russell, est-ce qu'on pourrait avoir un porche d'entrée ? Russell, ça ne te ferait pas de mal d'aller à l'église de temps en temps.*

Il lui tourna le dos et se dirigea vers la porte.

— C'est pourtant vrai, lui lança-t-elle alors qu'il s'éloignait. Et si tu passais plus de temps ici, tu pourrais peut-être finir cette fichue maison.

Il fit volte-face.

— Je passerais plus de temps ici si l'ambiance était plus respirable.

— Oh. C'est ça. Dis que tout est de ma...

Le claquement de la porte interrompit sa phrase.

Evelyn ne reparla plus de l'Église. Ni de la maison qui n'était pas terminée. Et elle ne s'absenta plus durant les mois qui suivirent. Lester était revenu, aussi Viola lui avait laissé les enfants et était partie dans le nord du Michigan. Lorsque Regina avait rompu le silence glacial qui perdurait depuis le désastre de sa dernière visite pour lui annoncer la nouvelle, Evelyn était restée stupéfaite. Comment Viola avait-elle pu abandonner ses enfants après toutes les épreuves qu'elles avaient traversées sans leur mère ? Et comment avait-elle pu les laisser à Lester ?

En dépit de tous ses malheurs, Evelyn n'avait jamais envisagé de laisser ses filles plus de quelques heures et elle n'arrivait pas à comprendre comment Viola avait pu partir sans ses enfants.

La rancœur entre elle et Russell avait fini par s'apaiser de nouveau et Evelyn s'efforçait de ne pas céder à l'envie de se libérer de la pression que lui occasionnait le fait de s'occuper des filles. Il lui arrivait de s'isoler dans la salle de bains pendant de longs moments, mais au moins elle ne quittait pas la maison en les laissant seules. Et elle ne parlait pas à Russell des fois où elle perdait la maîtrise d'elle-même et les frappait pour qu'elles arrêtent de pleurer. Heureusement, Juanita ne disait jamais rien non plus.

Pourtant, Evelyn percevait son mécontentement et aurait aimé pouvoir faire quelque chose de plus afin de le rendre heureux. Afin de s'épanouir elle-même. Afin d'empêcher sa vie de se désintégrer.

25

EVELYN – MARS 1945

EVELYN FAISAIT MIJOTER UNE MARMITE DE POULET ET de boulettes au gruau sur la cuisinière lorsque Russell rentra du travail. Son pas lourd sur le linoléum attira son attention et elle se retourna pour le regarder. Il ne souriait pas. Il n'avait même pas ce sourire forcé qu'il affichait parfois quand les choses allaient particulièrement mal entre eux et qu'il s'efforçait de ne rien laisser transparaître. D'après le *Manuel de la parfaite épouse*, une femme devait toujours réserver à son mari un accueil enjoué, mais la gaieté ne semblait pas de mise. Était-il arrivé quelque chose de terrible au travail ?

— Qu'est-ce qui ne va pas ? demanda-t-elle.

Il s'adossa à la porte de la cuisine et l'observa pendant une éternité avant de répondre :

— Je suis fatigué.

— Alors, assieds-toi. Le dîner est presque prêt.

Elle se retourna vers la cuisinière.

— Je ne veux pas m'asseoir. Et je ne veux pas manger.

Son ton froid et dénué d'émotion l'intriguait.

— Russell ? Est-ce que ça va ?

— Non. Ça ne va pas. Et ça non plus.

Il fit un geste de la main qui engloba la pièce.

— De quoi est-ce que tu parles ?

— Nous ne sommes pas heureux ensemble, Evelyn.

Elle le regarda, incapable de prononcer une parole tant elle était abasourdie.

— Je m'en vais. Je veux divorcer.

Evelyn prit appui contre le petit placard situé près de la cuisinière tandis que les mots l'assaillaient. Pourquoi maintenant ? Elle croyait que les choses s'amélioraient.

— Je ne comprends pas, Russell.

Même en disant cela, elle comprenait. Même si elle avait essayé de croire que tout allait bien entre eux, elle savait que ce n'était pas le cas. Depuis la dernière fois qu'Evelyn était partie, Russell s'était lentement éloigné d'elle. Tous les faux-semblants du monde ne changeraient rien à la réalité.

— Où vas-tu aller ? demanda Evelyn à Russell qui gardait le silence.

— Je vais prendre une chambre à la pension de famille.

Sa manière de le dire fit mouche. Pas n'importe quelle pension de famille. LA pension de famille.

— Celle d'Eileen ?

Il acquiesça.

— Est-ce qu'elle… ? C'est pour ça ?

— Non, s'empressa-t-il de répondre. Son mari vient de revenir de la guerre. Comment pourrais-je ?

— De la même façon que tu as baisé ma sœur.

Il se rua sur elle et la gifla avec violence.

— Je t'interdis de m'accuser.

Leurs regards se croisèrent, si hostiles qu'ils auraient été capables de fendre du béton. Puis, Evelyn le repoussa brutalement et s'écarta.

— Va-t'en. Fous le camp d'ici.

Russell partit en trombe et Evelyn s'effondra sur une chaise. Même si elle avait secrètement redouté qu'une telle chose se produise, elle ne parvenait pas à croire ce qui lui arrivait. Les couples ne divorçaient pas. Ils se réconciliaient. Mais ces pensées avaient beau lui traverser l'esprit, elle savait que les différends qui l'opposaient à Russell étaient insurmontables. Pourtant, elle était sidérée à l'idée que tout était terminé entre eux et elle ignorait ce qu'elle allait faire. Vers qui pourrait-elle se tourner ? Viola était trop loin et Evelyn n'était pas sûre de vouloir en parler à sa mère. Regina se réjouirait-elle de son échec ?

Non. C'était une chose horrible à envisager. Regina l'avait déçue à bien des égards, mais elle n'était pas insensible à ce point. Evelyn se sentit coupable de s'être laissée aller à cette réflexion.

Russell revint tard ce soir-là alors que les filles étaient déjà couchées. Il adressa un signe de tête à Evelyn qui était assise sur le canapé dans le salon, puis il entra dans la chambre de devant et en ressortit peu après avec une valise dans une main et son étui à guitare dans l'autre.

— Est-ce que je peux voir les filles avant de partir ?

Evelyn faillit refuser juste pour le contrarier, mais elle se radoucit et acquiesça. Il posa la valise et la guitare et pénétra sans faire de bruit dans la seconde chambre.

— Il y a de l'argent sur la commode dans notre chambre. Tu devras t'en contenter pour les courses jusqu'à ce que nous... euh, arrangions tout, dit-il en ressortant quelques minutes plus tard.

Evelyn se leva.

— Je n'ai pas envie d'arranger quoi que ce soit. Pourquoi est-ce que tu ne restes pas ?

Il s'approcha d'elle et la prit par les épaules. Pendant un moment, elle crut qu'il allait la serrer dans ses bras. Elle aurait aimé qu'il l'étreigne, mais il se contenta de la fixer.

— Evelyn, je suis désolé pour toutes ces paroles blessantes. Et je suis désolé pour toutes ces disputes. Mais ne vois-tu pas ?

Nous ne pouvons pas continuer à vivre comme ça. Nous n'arrêterons jamais de nous quereller, alors… alors…

Il semblait avoir du mal à trouver les mots justes, aussi il baissa les mains et s'éloigna.

— Je dois y aller, affirma-t-il en attrapant de nouveau sa valise et sa guitare. On reste en contact.

On reste en contact. Comme s'il quittait une simple connaissance.

La douloureuse réalité la frappa de plein fouet et elle étouffa un grand cri tandis qu'elle se précipitait dans sa chambre. Elle balaya d'un revers de main toutes les figurines de verre qui se trouvaient sur sa commode et se sentit libérée lorsqu'elles s'écrasèrent en mille morceaux sur le sol. Elle ouvrit ensuite les tiroirs et jeta certains des vêtements que Russell avait laissés sur place pêle-mêle par-dessus les débris.

Le lendemain matin, Evelyn entendit Maryann pleurer et se réveilla en sursaut. Elle ignorait à quel moment elle s'était endormie, mais elle était affalée sur le lit et portait toujours sa robe d'intérieur. Elle se leva à la hâte, se rendit à la salle de bains pour y faire ses besoins, puis alla s'occuper de ses enfants.

Maryann avait encore mouillé ses draps et Evelyn réprima une bouffée d'exaspération. Quand finirait-elle par être propre ? Elle se mit à rire nerveusement à cette pensée. La propreté était le cadet de ses soucis à l'heure actuelle.

L'air grave, Juanita observa avec attention sa mère défaire le lit et Evelyn se douta que c'était parce que l'enfant ne savait pas quelle serait sa réaction face à l'incident. Evelyn avait conscience de l'instabilité qui régnait dans la vie des filles à cause de ses explosions de colère que, bien trop souvent, elle n'arrivait pas à maîtriser.

— Ce n'est rien, dit-elle à Juanita. Emmène ta sœur à la cuisine et donne-lui des céréales.

Juanita s'empressa de prendre Maryann par la main et l'entraîna hors de la pièce. Evelyn mit de côté la couverture qui, heureusement, n'était pas mouillée et roula le drap en boule. Elle devrait laver l'alèse en caoutchouc qui protégeait le matelas plus tard, mais pour le moment, elle se contenterait de glisser le linge de lit dans la machine à laver.

Ce ne fut que le lendemain que Juanita lui posa des questions sur leur père. Cela fendait le cœur d'Evelyn de constater que les filles étaient tellement habituées à ce qu'il soit parti la majeure partie du temps qu'elles venaient tout juste de remarquer son absence. Evelyn ne savait pas quoi leur dire ni comment leur annoncer la nouvelle, mais elle prit une profonde inspiration et commença :

— Papa va habiter ailleurs.

— Il s'en va où ? demanda Juanita.

— Dans une pension de famille.

— Est-ce qu'il va revenir ?

Cette question était la plus délicate de toutes, aussi Evelyn décida de l'éluder pour l'instant.

— Je ne sais pas.

Les filles semblèrent satisfaites de sa réponse et Evelyn n'en dit pas davantage.

Pendant deux semaines, Evelyn s'occupa de ses enfants de façon machinale et prit à peine soin d'elle-même jusqu'au jour où l'odeur nauséabonde de son corps la poussa vers la baignoire. Elle enfila des vêtements propres. Non pas parce qu'elle en avait envie, mais parce que ceux qu'elle portait dégageaient une odeur semblable à celle de vieilles ordures. Elle les jeta. Elle savait qu'elle ne pouvait pas continuer ainsi. Ses émotions étaient à fleur de peau et elle avait l'impression qu'elle allait exploser si elle n'avait personne à qui parler. Aussi, elle habilla les filles de manteaux chauds pour les protéger du froid de cette journée de mars et elles se rendirent en bus jusqu'à l'appartement de sa mère. Le mercredi était l'un de ses jours de congé habituels. Elle serait probablement à la maison.

Le bus les laissa à trois pâtés de maisons de l'appartement et

Evelyn porta Maryann tandis que Juanita marchait à côté d'elles, tenant un sac rempli de biberons et de couches qu'Evelyn avait préparé. Lorsqu'elles se présentèrent à la porte de Regina, les bras d'Evelyn lui faisaient mal et elle appuya sur le bouton de la sonnette d'une main tout en gardant la petite fille en équilibre sur sa hanche. Par chance, la porte ne tarda pas à s'ouvrir et Henry regarda dehors.

— Evelyn, quel plaisir de te voir ! Entre.

Henry tendit les mains pour prendre Maryann et Evelyn aida Juanita à porter le sac. Puis, elle ôta son manteau et le suspendit à une patère près de la porte avec celui de Juanita. Henry se dirigea vers le salon et cria :

— Regina. Evelyn est là.

Quelques secondes plus tard, Regina sortit du couloir qui desservait les chambres. Elle s'approcha d'Evelyn et la serra dans ses bras. C'était une étreinte chaleureuse, accueillante, et désirée depuis si longtemps qu'Evelyn baissa sa garde. Elle fondit en larmes.

Regina aida Evelyn à prendre place sur le canapé.

— Evelyn. Qu'est-ce qui ne va pas ?

Evelyn se laissa tomber au milieu des coussins moelleux.

— Russell… veut… divorcer, parvint-elle à articuler entre deux sanglots.

Henry, qui tenait toujours Maryann, prit Juanita par la main.

— Allons à la cuisine chercher des biscuits.

— Pour un choc, c'en est un, dit Regina lorsqu'il fut parti.

Evelyn sortit un mouchoir de son sac à main et s'essuya les joues.

— Je ne sais pas quoi faire.

— Attends une minute. Je vais nous chercher quelque chose à boire.

Regina se leva, alla dans la cuisine, et revint quelques instants plus avec deux gobelets qui contenaient un liquide ambré. Evelyn avala une grande gorgée et s'étouffa.

— Qu'est-ce que c'est ?

— Du whisky. J'ai pensé que ça te ferait du bien.

— Je n'ai pas l'habitude de boire.

— Je sais. Mais tu étais pâle comme un linge à ton arrivée. Maintenant, tu as retrouvé quelques couleurs.

Evelyn ne put s'empêcher de rire. Puis, elle recommença à verser des larmes qui ruisselèrent d'abord lentement le long de ses joues avant de se muer en un torrent qui lui brûla la peau. Regina l'entoura de ses bras et la berça.

Il fallut plusieurs minutes à Evelyn pour s'arrêter de pleurer et reprendre la parole.

— Oh, maman, qu'est-ce que je vais devenir ? Je vais être perdue sans Russell. Et les filles ? Comment vais-je réussir à m'occuper des filles ?

— Tu feras tout ce qu'il faut. Tu t'en sortiras.

Evelyn se libéra de son étreinte.

— M'en sortir ? Comment ? J'ai déjà du mal à joindre les deux bouts avec le salaire de Russell.

— Tu y arriveras. Tu es forte. Plus forte que tu ne le penses.

Evelyn s'efforça de le croire. Plus tard, les paroles de sa mère l'accompagnèrent lorsqu'elle rentra chez elle et elle essaya de s'y accrocher.

Le lendemain soir, alors qu'Evelyn venait de coucher les filles, on frappa à la porte d'entrée. Elle l'ouvrit et aperçut Russell.

— Eh bien, euh… tu n'étais pas obligé de frapper. C'est ta maison.

— J'ai pensé qu'il valait mieux.

Il n'en dit pas davantage, aussi elle s'écarta pour lui permettre d'entrer. Il s'approcha de la petite chaise située face au canapé, déposa son manteau sur le dos de cette dernière et s'assit.

— Tu veux du café ?

Il secoua la tête.

— Je n'ai pas l'intention de rester. Je veux juste qu'on parle des modalités.

— Quelles modalités ?

— Du divorce.

— Oh.

Elle se laissa lentement tomber sur le canapé.

— Tu peux garder la maison. Tu as besoin d'un toit pour les enfants. (Devant son absence de réponse, il poursuivit.) Je resterai à la pension de famille. Ce n'est pas loin. C'est pratique. Et je pourrai venir voir les filles.

— Tu as déjà tout prévu ? demanda-t-elle doucement.

— J'ai pris conseil auprès d'un avocat. Il m'a suggéré un divorce à l'amiable.

— À l'amiable ?

— Oui. Par consentement mutuel.

— Mais je ne suis pas d'accord. Je ne veux pas divorcer.

Russell soupira et se passa une main sur le visage.

— Il vaudrait mieux que tu ne t'y opposes pas.

— Mieux ? Mieux pour qui ? Pour toi et ta pouffiasse ?

— Je ne te quitte pas pour une autre femme. Je m'en vais, c'est tout. (Il se passa à nouveau une main sur le visage.) Bon sang, Evelyn, tu ne comprends donc pas ? Nous ne faisons que nous disputer. Je n'en peux plus. Et je ne supporte plus de ne pas savoir quand tu t'absenteras encore. Pour peut-être ne jamais revenir. Je ne peux pas travailler et élever deux gosses. Nous n'aurions jamais dû nous marier.

Cette réflexion lui fit aussi mal que si on l'avait fouettée avec du fil barbelé. Qu'était-elle censée répondre à cela ? Ces quatre années avaient-elles été une gigantesque supercherie ? Sa vie tout entière n'était-elle qu'un énorme mensonge ?

— D'accord, murmura-t-elle.

— Quoi ?

— J'ai dit d'accord. Puisque tu veux divorcer, je ne discuterai pas.

Mais Evelyn avait envie de lui tenir tête. En dépit de toutes les difficultés qu'ils avaient endurées au cours des années précédentes, elle l'aimait. Elle l'aimerait toujours. Comment pourrait-elle vivre sans lui ?

26

EVELYN – AVRIL 1946

Evelyn prit place sur la chaise à barreaux face au bureau de l'avocat, George J. Amos. Russell était assis sur une chaise semblable à sa droite. C'était Hoffman qui leur avait recommandé cet avocat et Russell lui avait dit que si elle ne contestait pas le divorce, ce dernier pourrait à lui seul s'occuper des formalités juridiques liées au dépôt de la requête. Ils s'étaient déjà entretenus avec lui à plusieurs reprises afin de définir les points d'entente et à chaque fois, Evelyn avait eu du mal à garder son sang-froid. Comment pouvait-elle hocher la tête, sourire et prétendre qu'elle était d'accord alors qu'elle ne l'était pas ? Bon sang ! Elle ne voulait pas de ce divorce, mais elle ne pouvait rien faire pour l'empêcher. Russell refusait de se plier à ses supplications pour essayer d'arranger les choses, donc c'était terminé.

Ils procédaient aujourd'hui à l'examen final des conditions du divorce. Henry était présent lui aussi afin de s'assurer que tout était équitable pour Evelyn.

— Très bien, conclut Amos. Comme indiqué et convenu précédemment, Evelyn Van Gilder sera propriétaire de la maison située au 804 rue Timpken. La garde des deux enfants mineurs,

Juanita Van Gilder et Maryann Van Gilder, sera attribuée à la mère, Evelyn Van Gilder. Russell Van Gilder aura la jouissance de la voiture, un coupé Ford T, et bénéficiera d'un droit de visite hebdomadaire des enfants mineurs. Il sera par ailleurs autorisé à emmener les enfants en vacances en Virginie-Occidentale. (Il marqua une pause et leva les yeux vers Evelyn et Russell.) Est-ce bien exact ?

Evelyn acquiesça d'un hochement de tête.

— Veuillez exprimer verbalement votre réponse.

— Oui, articula-t-elle d'une voix rauque tandis que le mot lui restait en travers de la gorge.

Russell n'eut quant à lui aucune difficulté à dire oui.

— Les conditions de la pension alimentaire sont les suivantes. (Amos passa à la seconde page du document.) Russell Van Gilder versera la somme de dix-sept dollars par mois pour chaque enfant mineur jusqu'à ce que ledit enfant atteigne l'âge de dix-huit ans.

Lors d'une réunion précédente, Henry avait essayé de faire en sorte qu'Evelyn obtienne un peu plus, mais Russell s'était montré inflexible. Il ne gagnait que cent trente dollars par mois, un montant qui devait lui servir à régler son logement, ses repas, ses cotisations syndicales et d'autres dépenses.

— Si tout est en ordre, je déposerai demain la requête devant les tribunaux du comté. Je vous contacterai lorsque le moment sera venu pour vous de comparaître devant le juge pour l'audience finale. Des questions ?

Evelyn n'en avait pas et se contenta de secouer la tête. Russell en fit autant.

Deux semaines plus tard, ils étaient réunis au même palais de justice où ils s'étaient mariés, pour divorcer cette fois-ci. Mary gardait les filles, et Evelyn avait pris le bus tôt le matin pour se rendre au centre-ville. Henry lui avait proposé de l'emmener, mais elle avait refusé. La seule personne qu'elle aurait aimé avoir auprès d'elle ce jour-là se trouvait à plusieurs centaines de kilomètres, et elle n'avait pas eu de nouvelles de sa sœur depuis plusieurs mois.

Elle demeura figée tandis que le juge lisait les documents et que l'avocat se tenait entre elle et Russell. Dieu merci, le juge devant lequel ils se présentaient n'était pas le même que celui qui avait officialisé leur mariage et ne les regardait pas en souriant. Evelyn n'aurait pas pu le supporter.

Le juge les interrogea l'un après l'autre, et lorsque vint le moment approprié, ils déclarèrent chacun à leur tour :

— J'accepte.

Puis, le juge annonça solennellement :

— En vertu des plaidoiries développées devant ce tribunal et des preuves examinées aujourd'hui, le divorce est prononcé en ce dix-neuvième jour d'avril de l'an de grâce 1946. Les parties consentent au partage des biens et aux arrangements parentaux proposés, lesquels sont de ce fait ordonnés par ce tribunal. Votre avocat déposera le jugement définitif auprès du greffier et vous en recevrez chacun une copie certifiée conforme. Bonne chance à vous deux.

Evelyn resta un moment debout. Ses pieds étaient comme du plomb. Elle ne savait que faire. Elle avait peur de ne pas pouvoir bouger. Elle redoutait de fondre en larmes.

Elle avait peur tout simplement.

L'avocat lui effleura le bras.

— Venez dans le couloir.

Elle lui emboîta le pas, surprise que ses chaussures ne frappent pas le parquet comme des parpaings à chacun de ses pas tant elle avait du mal à se déplacer.

Russell sortit à son tour, mais resta en retrait tandis que l'avocat aidait Evelyn à s'asseoir sur un banc.

— Ça va aller ? demanda Amos.

— Oui. Donnez-moi juste une minute.

— Je dois déposer ces documents, dit-il en brandissant la liasse de papiers que le juge lui avait remise.

— Bien sûr.

— Vous recevrez par courrier votre copie du jugement.

Evelyn acquiesça, sans regarder l'avocat qui s'éloignait. Ses yeux se portèrent sur Russell qui arpentait l'étroit espace au bout du couloir. Était-il aussi perdu qu'elle ? Elle voulait lui faire signe. Lui parler. Lui demander s'ils pouvaient revenir en arrière. Mais avant qu'elle ne puisse faire un geste, il lui jeta un ultime regard, puis sortit du bâtiment à grands pas, emportant avec lui ses dernières forces.

Elle s'affaissa contre le bois dur telle une poupée de chiffon. Elle était seule. Désespérément seule.

Qui pourrait l'aimer à présent ?

27

EVELYN – OCTOBRE 1946

Réveillée en sursaut par un bruit qu'elle ne parvint pas à identifier au premier abord, Evelyn se leva avec difficulté du canapé et se précipita dans la cuisine pour regarder l'horloge.

— Oh, non, murmura-t-elle. La maison est sens dessus dessous et l'assistante sociale va arriver d'une minute à l'autre.

Elle entendit Maryann pleurer et Juanita lui dire de se taire.

— Maman dort. Il ne faut pas la réveiller.

Evelyn demeura clouée au sol de la cuisine sans savoir si elle devait s'occuper de l'enfant qui pleurait ou bien essayer de ranger les papiers, les jouets et la vaisselle sale qui encombraient le salon. Six mois s'étaient écoulés depuis le divorce. Au début, Evelyn était parvenue à s'accrocher au vœu qu'elle avait formulé après que Russell était sorti de sa vie. Le vœu selon lequel elle ferait tout son possible pour se ressaisir et construire un foyer pour les filles. Elle ne les abandonnerait pas. Elle resterait à leurs côtés et prendrait bien soin d'elles.

Ses bonnes résolutions avaient duré quelques mois, puis Evelyn avait été dépassée par le poids des responsabilités. Le manque d'argent. Les jérémiades continuelles des filles qui se plaignaient d'avoir faim. Les fins de mois étaient les plus pénibles, car il ne lui restait même pas une pièce pour acheter une boîte de crackers ou une miche de pain.

Il lui arrivait de penser à quel point son existence serait facile sans les filles. Les possibilités tournaient dans son esprit, aguichantes, tentantes. Elle pourrait s'en aller comme l'avait fait sa sœur. Abandonner les enfants et recommencer une nouvelle vie ailleurs. Et peut-être trouver quelqu'un d'autre qui l'aimerait.

Le pourrait-elle ?

Le voulait-elle ?

Aussi séduisante que fût cette idée, la réponse était toujours non.

Elle n'abandonnerait pas ses filles. Pas de la façon dont elle avait été abandonnée.

Maryann avait cessé de pleurer. Evelyn regagna donc le salon en courant, débarrassa les vieux magazines qui traînaient sur la table basse et ajusta le plaid sur le dossier du canapé. Elle consacra ensuite quelques précieuses minutes à s'occuper de la petite-fille. Elle changea sa culotte mouillée et demanda à Juanita de veiller à ce que sa sœur reste tranquille. Dans la salle de bains, elle se lava rapidement le visage et se peigna les cheveux. Il pourrait être utile d'avoir une allure propre et soignée.

Quelques minutes plus tard, un coup retentit à la porte d'entrée. Evelyn s'empressa d'aller ouvrir et d'accueillir l'assistante sociale du programme d'aide aux enfants à charge. Henry lui avait dit qu'elle était susceptible de pouvoir bénéficier d'une allocation et l'avait aidée à remplir les documents nécessaires pour y prétendre trois mois auparavant. La semaine dernière, elle avait reçu une lettre indiquant que sa requête avait été approuvée sous réserve d'une visite domiciliaire. C'est la raison pour laquelle une femme d'âge moyen aux cheveux roux et touffus dépassant d'un chapeau noir se tenait en ce moment même dans l'embrasure de la porte.

Evelyn s'écarta pour permettre à la femme d'entrer dans le salon et désigna le canapé.

— Entrez et asseyez-vous.

Elles passèrent un certain temps à examiner les détails de la demande et ce à quoi Evelyn pouvait s'attendre en matière de soutien financier, puis la femme lui adressa un rapide sourire et se leva.

— Puis-je voir les enfants ?

Evelyn se leva à son tour et conduisit la femme jusqu'à la chambre où jouaient les filles, espérant que cette dernière ne percevrait pas la légère odeur d'urine qui se dégageait des vêtements qu'elle s'était empressée de mettre dans un panier à linge.

— Voici Juanita, annonça Evelyn en désignant l'aînée des filles. La plus jeune s'appelle Maryann.

— Bonjour, dit la femme avant de se tourner vers Evelyn. Elles ont l'air en bonne santé.

— Je fais de mon mieux.

La femme jeta un coup d'œil dans la chambre et hocha la tête.

— C'est bon. Nous pouvons terminer dans l'autre pièce.

— Bien sûr. (Evelyn regarda Juanita.) Occupe-toi de ta sœur pendant encore un petit moment.

— Oui, maman.

La femme ouvrit à nouveau sa sacoche et en sortit un papier.

— Voici le document officiel qui vous autorise à recevoir vingt dollars par mois au titre de l'aide aux enfants à charge. Vous pourrez également bénéficier de l'aide sociale pour les produits alimentaires. (Elle désigna une ligne sur le papier.) Signez ici.

Tandis qu'Evelyn s'appliquait à écrire son nom sur la ligne indiquée, la femme lui glissa un dépliant sur la table basse.

— Ceci vous expliquera comment sont distribuées les denrées excédentaires du département de l'Agriculture. Vous pouvez utiliser ce carton pour récupérer la nourriture.

La femme remit à Evelyn un petit carton qui ne mesurait pas plus de cinq centimètres carrés.

— Vous êtes sûre que c'est ce que vous voulez faire ? demanda la femme qui commençait à refermer sa sacoche. À votre place, certaines mères envisagent une autre croix option.

Evelyn n'avait pas besoin de demander en quoi consistait cette autre option. Elle le savait.

Elle passa son doigt sur le carton qui lui permettrait d'obtenir de quoi manger pour ses filles.

— Je ne changerai pas d'avis, affirma-t-elle. Je n'abandonnerai jamais mes enfants.

ÉPILOGUE

BIEN QUE MA MÈRE N'AIT JAMAIS CESSÉ D'AIMER MON père, le jour où il a épousé sa seconde femme, ses espoirs d'un avenir meilleur ont été anéantis. C'était trois ans après leur divorce et son remariage a scellé la fin de leur union. Russell ne serait plus jamais à elle, et elle s'est retrouvée avec deux enfants à charge, sans éducation ni travail. Même avec l'aide du gouvernement, les temps étaient rudes et la vie quotidienne s'apparentait à un combat.

Lorsque j'étais très jeune, je n'ai pas toujours aimé ma mère. À vrai dire, il m'arrivait parfois de la détester. Loin du « je te déteste » qu'a coutume de dire un enfant qui n'obtient pas ce qu'il veut, c'était une haine issue d'une peur et d'une incertitude profondément ancrées. Je ne comprenais pas pourquoi la colère régnait si souvent à la maison. Je ne comprenais pas pourquoi elle se mettait dans une rage folle et nous battait ma sœur et moi. Je ne comprenais pas pourquoi elle faisait des réserves d'en-cas et les mangeait tard le soir alors que ma sœur et moi étions censées dormir, mais que la faim nous tenaillait l'estomac et nous maintenait éveillées.

Il y avait bien des choses que je ne comprenais pas jusqu'à ce que je grandisse et me rende compte que ma mère ne savait pas comment s'y prendre autrement. Elle était le produit d'une éducation à la dure et souvent cruelle.

Pourtant, elle a survécu et cela l'a rendue forte, même si elle ne s'est jamais considérée comme telle. Ce roman inspiré de sa vie constitue pour moi une manière de rapprocher la mère que je craignais lorsque j'étais enfant et la femme que j'ai appris à aimer, mais que je n'ai jamais pu connaître complètement. Elle accumulait les secrets comme elle accumulait les chips.

Fin

Cher lecteur,

Nous espérons que vous avez passé un agréable moment avec *Evelyn*. N'hésitez pas à prendre quelques instants pour laisser un commentaire, même s'il est court. Votre avis est important pour nous.

Bien à vous,

Maryann Miller et l'équipe de Next Chapter

À PROPOS DE L'AUTEUR

Maryann Miller est l'auteure primée de nombreux livres, scénarios et pièces de théâtre. Elle a commencé sa carrière professionnelle en tant que journaliste, à écrire des chroniques, des articles de fond et de courtes fictions pour des publications régionales et nationales.

Parmi les prix qu'elle a reçus pour ses écrits, citons le Page Edwards Short Story Award, le New York Library Best Books for Teens Award, la première place au concours de nouvelles et de scénarios de la Houston Writer's Conference, une place de demi-finaliste à Sundance et une place de demi-finaliste au Chesterfield Screenwriting Competition.

Evelyn
ISBN: 978-4-82419-538-8

Publié par
Next Chapter
2-5-6 SANNO
SANNO BRIDGE
143-0023 Ota-Ku, Tokyo
+818035793528

7 juillet 2024

Milton Keynes UK
Ingram Content Group UK Ltd.
UKHW041328301124
451950UK00006B/59

9 784824 195388